人民共和國文化與文學叢書

七 編

李 怡 主編

第 2 冊

新中國的自我認知與世界想像
——以 1950～1970 年代抗美援朝文藝爲中心

韓 潭 著

花木蘭文化事業有限公司

國家圖書館出版品預行編目資料

新中國的自我認知與世界想像——以 1950～1970 年代抗美援
朝文藝為中心／韓潭 著－初版－新北市：花木蘭文化事業有
限公司，2019〔民 108〕
目 2+168 面；19×26 公分
（人民共和國文化與文學叢書 七編；第 2 冊）
ISBN 978-986-485-774-6（精裝）
1. 中國文學 2. 文藝評論 3. 抗美援朝
820.8   108011411

特邀編委（以姓氏筆畫為序）：

ISBN-978-986-485-774-6

吳義勤 孟繁華 張 檸
張志忠 張清華 陳思和
陳曉明 程光煒 劉福春
（臺灣）宋如珊
（日本）岩佐昌暲
（新西蘭）王一燕
（澳大利亞）鄭 怡

人民共和國文化與文學叢書
七 編 第二 冊　　　　　ISBN：978-986-485-774-6

新中國的自我認知與世界想像
——以 1950～1970 年代抗美援朝文藝爲中心

作　　者　韓潭
主　　編　李怡
企　　劃　四川大學中國詩歌研究院
總 編 輯　杜潔祥
副總編輯　楊嘉樂
編　　輯　許郁翎、王筑、張雅淋　美術編輯　陳逸婷
印　　刷　普羅文化出版廣告事業
出　　版　花木蘭文化事業有限公司
發 行 人　高小娟
聯絡地址　235 新北市中和區中安街七二號十三樓
　　　　　電話：02-2923-1455／傳眞：02-2923-1452
網　　址　http://www.huamulan.tw 信箱 hml810518@gmail.com
初　　版　2019 年 9 月
全書字數　162859 字
定　　價　七編 13 冊（精裝）　台幣25,000 元

新中國的自我認知與世界想像
——以 1950～1970 年代抗美援朝文藝爲中心

韓潭 著

作者簡介

韓潭，北京大學中國語言文學系博士畢業，現任韓國聖公會大學東亞州研究所研究員並在韓國全南國立大學中文系任教。筆者的研究方向是以探求當代中國人的文化主體認同感爲導向。現階段筆者所關注的重點之一是韓國戰爭與其文化記憶認同點。主要論文有《新中國初期冷戰世界觀考察——以 1950 年代抗美援朝文學爲中心》、《後冷戰時期，中國抗美援朝記憶敘事的困難》、《1958 年中國抗美援朝記憶的政治性與文化再現的多層性》等。

提　　要

　　韓國戰爭對 1950 年代前後形成的東亞國際秩序產生了極大的影響。戰爭爆發後，中國以「抗美援朝，保家衛國」爲口號，派出中國人民志願軍，於 1950 年 10 月 19 日正式加入這場戰爭。對中國來說，這場戰爭既是建國以後首次涉外戰爭，又是國防戰爭，同時也是實現無產階級國際主義精神理念的戰爭。由於戰爭發生在異域的朝鮮，大部分人民群眾只能通過由中國政府主導的各種媒體報導與宣傳和大眾運動、文藝敘事等間接地經歷了這場「想像中的戰爭」。其中抗美援朝文藝是作爲文化手段的柔化宣傳方式表現人民志願軍的革命英雄主義、愛國主義和國際主義精神的社會主義文藝。這樣的抗美援朝精神與毛澤東時代中國肩負的歷史使命即「社會主義現代化」之間存在某種同構性，因此關於抗美援朝戰爭及其記憶的敘事並沒有隨著 1953 年戰爭的結束而中斷，而是貫穿了整個毛澤東時代，發展成不斷強化中國革命自我的國家敘事。對此，本書將抗美援朝文藝作爲貫穿於毛澤東時代的中國話語來體現文化研究的價值。具體而言，通過對 1950～1970 年代的抗美援朝敘事的構建過程進行歷時性的梳理與分析，同時連接各階段國內外環境與時代發展潮流，由此呈現出抗美援朝敘事策略上的連續性與差異性，最終考察其中包含的社會主義新中國想像。

人民共和國時代新文學史料的保存與整理——《人民共和國文化與文學叢書》第七編引言

李 怡

　　中國新文學創生於民國時期，其文獻史料的保存、整理與研究、出版工作也肇始於民國時期。不過，這些重要的工作主要還在民間和學者個人的層面上展開，缺乏來自國家制度的頂層擘畫，也未能進入當時學科建設的正軌。

　　作爲國家層面的新文學文獻史料的搜集整理工作始於新中國成立以後。

　　十七年間，作爲新文學總結的各類作家文集、選集開始有計劃地編輯出版。如在周揚主持下，由柯仲平、陳湧等編輯了《中國人民文藝叢書》。該工作始於 1948 年，1949 年 5 月起由新華書店陸續出版。叢書收入作家創作（包括集體創作）的作品 170 餘篇，工農兵群眾創作的作品 50 多篇，展現了解放區文學，特別是自《在延安文藝座談會上的講話》以來的文學成果，從此開啓了國家政府層面肯定和總結新文學成績的新方式。此外，開明書店、人民文學出版社等也先後編選了一些現代作家的選集、文集，通過對新文學「進步」力量的梳理昭示了新中國所認可的新文學遺產。

　　除了文學作品的選編，文學研究史料也開始被分類整理出版，如上海文藝出版社影印了二、三十年代的革命文學期刊四十餘種，編輯了《魯迅研究資料編目》、《中國現代文學期刊目錄》等專題資料，還創辦了《中國現代文藝資料叢刊》；作爲「內部讀物」，上海圖書館在 1961 年編輯出版了《辛亥革命時期期刊總目錄》。這樣的基礎性的史料工作在新文學的歷史上，都還是第

一次。第二年 5 月，在《中國現代文藝資料叢刊》的創刊號上，周天提出了對現代文學資料整理出版的具體設想，包括現代文學資料的分類法：「一、調查、訪問、回憶；二、專題文字資料的整理、選輯；三、編目；四、影印；五、考證。」〔註1〕標誌著中國新文學史料文獻研究之理論探討的起步。

作家個人的專題資料搜集、整理開始受到了重視，在十七年間，當然主要還是作爲「新文學旗手」的魯迅的相關資料。1936 年魯迅逝世後即有不少回憶問世，新中國成立後，又陸續出版了許廣平、馮雪峰、周作人、周建人、唐弢等親友所寫的系列回憶，魯迅作爲個體作家的史料完善工作，繼續成爲新文學史料建設的主要引擎。

隨著新中國學科規劃的制定，中國新文學（現代文學）學科被納入到國家教育文化事業的主要組成部分，對作爲學科基礎的文獻工作的重視也就自然成了新中國教育和學術發展的必然。大約從 1960 年代開始，部分的高等院校和國家研究機構也組織學者隊伍，投入到新文學史料的編輯整理之中。1960年，山東師範學院中文系薛綏之等先生主持編輯了「中國現代作家研究資料叢書」，名爲內部發行，實則在高校學界傳播較廣，影響很大。叢書分作家作品研究十一種，包括《郭沫若研究資料彙編》、《茅盾研究資料彙編》、《巴金研究資料彙編》、《老舍研究資料彙編》、《曹禺研究資料彙編》、《夏衍研究資料彙編》、《趙樹理研究資料彙編》、《周立波研究資料彙編》、《李季研究資料彙編》、《杜鵬程研究資料彙編》、《毛主席詩詞研究資料彙編》等；目錄索引兩種，包括《中國現代作家著作目錄》、《中國現代作家研究資料索引》；傳記一種，爲《中國現代作家小傳》；社團期刊資料兩種，有《中國現代文學社團及期刊介紹》和《1937～1949 主要文學期刊目錄索引》。全套叢書共計 300 餘萬字。以後，教研室還編輯了《魯迅主編及參與或指導編輯的雜誌》，收錄了十七種期刊的簡介、目錄、發刊詞、終刊詞、復刊詞等內容。這樣的工作在當時可謂聲勢浩大，在整個新文學學術史上也是開創性的。另據樊駿先生所述，中國社會科學院文學研究所現代文學研究室在五十年代末也做過類似工作。〔註2〕

〔註 1〕周天：《關於現代文學資料整理、出版工作的一些看法》，載《中國現代文藝資料叢刊》第 1 輯，上海文藝出版社 1962 年版。

〔註 2〕樊駿：《這是一項宏大的系統工程——關於中國現代文學史料工作的總體考察》（上），《新文學史料》1989 年 1 期。

　　當然，這些文獻史料工作在奠定我們新文學學術基礎的同時也構製了一種史料的「限制性機制」，因為，按照當時的理解，只有「革命」的、「進步」的文獻才擁有整理、開放的必要，在特定政治意識形態下，某些歷史記敘和回憶可能出現有意無意的「修正」、「改編」，例如許廣平 1959 年「奉命」寫作的《魯迅回憶錄》，1961 年 5 月由作家出版社出版。周海嬰先生後來告訴我們：「這本《魯迅回憶錄》母親許廣平寫於五十年前的 1959 年 8 月，11 月底完成，雖然不足十萬字，但對於當時已六十高齡且又時時被高血壓困擾的母親來說，確是一件為了『獻禮』而『遵命』的苦差事。看到她忍受高血壓而泛紅的面龐，寫作中不時地拭擦額頭的汗珠，我們家人雖心有不忍，卻也不能攔阻。」「確切地說許廣平只是初稿執筆者，『何者應刪，何者應加，使書的內容更加充實健康』是要經過集體討論、上級拍板的。因此書中有些內容也是有悖作者原意的。」〔註3〕

　　而所謂「反動」的、「落後」的、「消極」的文獻現象則可能失去了及時整理出版的機會，以致到了時過境遷、心態開放的時代，再試圖廣泛保存和利用歷史文獻之時，可能已經造成了某些不可挽回的物理損失。

　　1950 年代中期特別是「大躍進」以後，以研究者個人署名的文學史著作開始為集體署名的成果所取代，除了如復旦大學、吉林大學、中國人民大學、北京大學中文系師生先後集體編著出版的《中國現代文學史》外，以「參考資料」命名的著作還包括東北師範大學中文系中國現代文學教研室《中國現代文學參考資料》（1954）、北京師範大學中文系編《中國現代文學史參考資料》（高等教育出版社 1959）、吉林師範大學中文系現代文學教研室《中國現代文學參考資料》（1961）等，所謂「資料」其實是在明確的意識形態框架中對文藝思想鬥爭言論的選擇和截取，東北師範大學中文系中國現代文學教研室《中國現代文學參考資料》在文學史的標題上彙編理論批評的片段，讀者無法看到完整的論述，而其他保留了完整文章的「資料」也對原本豐富的歷史作了大刀闊斧的刪削，甚至還出現了樊駿先生所指出的現象：

　　　　「大躍進」期間，採用群眾運動方式編輯出版的一些「中國現代文學參考資料」書籍，有的不知是因為粗心大意，還是出於政治需要，所收史料中文字缺漏、刪節、改動等，到了遍體鱗傷的地步，叫人慘不忍睹，更不敢輕易引用。理論上把堅持階級性、黨性原則

〔註 3〕周海嬰、馬新雲：《媽媽的心血》，見許廣平《魯迅回憶錄：手稿本》1～2 頁，長江文藝出版社 2010 年。

和爲無產階級政治服務的要求簡單化、絕對化了，又一再斥責史料
工作中的客觀主義、「非政治傾向」，也導致了人們忽略這個工作必
不可少的客觀性和科學性。〔註4〕

不過，較之於後來的「文革」，新中國十七年間的文獻工作還是值得充分
肯定的，新文學的史料整理和出版在此期間的確在總體上獲得了相當的發
展，──雖然「大躍進」期間也出現過修正歷史的史料書籍，不過，比起隨
之而來的十年文革則畢竟多有收穫。在文革那浩劫的歲月中，不僅大量的文
學文獻被人爲地破壞，再難修復和尋覓，就是繼續出版的種種「史料」竟也
被理直氣壯地加以增刪修改，給後來的學術工作造成了根本性的干擾，正如
樊駿痛心疾首的描述：

「文化大革命」後期，有的高校所編的現代文學參考資料，竟
然把胡適的《文學改良芻議》和陳獨秀的《文學革命論》，與林紓等
守舊文人反對新文學的文章一起作爲附錄。這就是説，他們不但不
是「五四」文學革命最早的倡導者，而且從一開始就是這場變革的
反對者、破壞者。顛倒事實，以至於此！不尊重史料，就是不尊重
歷史；改動史料，就是歪曲歷史眞相的第一步。這樣的史料，除了
將人們對於歷史的認識引入歧途，還能有什麼參考價值呢？

「文化大革命」期間，朝不保夕的「黑幫」和「準黑幫」、他
們的膽戰心驚的親屬友好、還有「義憤填膺」的「革命小將」，從各
不相同的動機出發，爭先恐後地展開了一場毀滅與現代歷史有關的
事物的無比殘酷的競賽。很少有人能夠完全逃脱這場劫難。不要説
不計其數的史料在尚未公諸世人之前，或者尚未爲人們認識和使用
之前，就都化爲塵土，連一些死去多年的革命作家的墳墓之類的歷
史文物都被搗毀了。江青、張春橋等人爲了掩蓋自己三十年代混跡
文藝界時不可告人的行徑，更利用至高無上的權力查禁、封鎖、消
滅有關史料，連多少知道一些當年內情的人也因此成了「反革命」，
甚至遭到「殺人滅口」的厄運。眞可以説是到了「上窮碧落下黃泉」
的乾淨徹底的地步。

這類出於政治原因、來自政治暴力的非正常破壞所造成的損

〔註4〕樊駿：《這是一項宏大的系統工程──關於中國現代文學史料工作的總體考
察》（上），《新文學史料》1989年1期。

失，更是不知多少倍於因爲歲月消逝所帶來的自然損耗。試問有誰能夠大致估計由此造成的史料損失？更有誰能夠補救這些損失於萬一呢？」〔註5〕

至此，我們可以說，中國新文學的文獻史料工作出現了中斷。

中國新文學文獻史料工作的再度復蘇始於新時期。隨著新時期改革開放的步伐，一些中斷已久的文化事業工作陸續恢復和發展起來，中國新文學研究包括作爲這一研究的基礎性文獻工作也重新得到了學界的重視。1980 年，在中國現當代文學研究剛剛恢復之際，作爲學科創始人的王瑤先生就提醒我們，「必須對史料進行嚴格的鑒別」，「在古典文學的研究中，我們有一套大家所熟知的整理和鑒別文獻材料的學問，版本、目錄、辨僞、輯佚，都是研究者必須掌握或進行的工作，其實這些工作在現代文學的研究中同樣存在，不過還沒有引起人們應有的重視罷了。」〔註6〕

新時期的文獻史料工作首先體現在一系列扎扎實實的編輯出版活動中。其中，值得一提的著作如下：

作爲文獻史料的最基礎的部分——作家選集、文集、全集及社團流派爲單位的作品集逐漸由各地出版社推出，人民文學出版社與各省級出版社在重編作家文集方面作了大量的工作，中國社會科學院文學研究所現代文學研究室主編的《中國現代文學創作選集》叢書，人民文學出版社編輯出版的《中國現代文學流派創作選》叢書，錢谷融主編的《中國新文學社團、流派叢書》等都成爲學術研究的重要文獻，大型叢書編撰更連續不斷，如《延安文藝叢書》、《上海抗戰時期文學叢書》、《抗戰文藝叢書》、《中國抗日戰爭時期大後方文學書系》、《中國解放區文學研究叢書》、《中國淪陷區文學大系》等，《中國新文學大系》的續編工作也有序展開。

北京魯迅博物館於 1976 年 10 月率先編輯出版不定期刊物《魯迅研究資料》，人民文學出版社於 1978 年秋季也創辦了《新文學史料》季刊。稍後，各地紛紛推出各種專題的文學史料叢刊，包括《東北現代文學史料》〔註7〕、

〔註5〕樊駿：《這是一項宏大的系統工程——關於中國現代文學史料工作的總體考察》（上），《新文學史料》1989 年 1 期。

〔註6〕王瑤：《關於中國現代文學研究工作的隨想》，載《中國現代文學研究叢刊》1980 年 4 期。

〔註7〕黑龍江、遼寧社會科學院文學研究所共同編印，不定期刊物，1980 年 3 月出版第一輯。

《抗戰文藝研究》、〔註8〕《延安文藝研究》、〔註9〕《晉察冀文藝研究》〔註10〕等，創刊於六十年代初期的《中國現代文藝資料叢刊》於七十年代末期復刊〔註11〕，創刊較早的《文教資料簡報》也繼續發行，並影響擴大。〔註12〕

1979年中國社會科學院文學研究所現代文學研究室發起編纂大型史料叢書《中國現代文學史資料彙編》，該叢書包括甲乙丙三大序列，甲種為「中國現代文學運動、論爭、社團資料叢書」31卷，乙種為「中國現代作家作品研究資料叢書」，先後囊括了170多位作家的研究專集或合集近150種，丙種為「中國現代文學期刊目錄彙編」、「中國現代文學總書目」等大型工具書多種。甲乙丙三大序列總計五六千萬字，由60多所高校和科研機構的數百位研究人員參加編選，十幾家出版社承擔出版任務。這是自中國新文學誕生以來規模最大的一項文獻整理出版工程。2010年，知識產權出版社將已經面世的各種著作盡數搜集，在《中國文學史資料全編·現代卷》之名下再次隆重推出，全套凡60種81冊逾3000萬字，蔚為大觀。

一些較大規模的專題性文學研究彙編本也陸續出版，有1981～1986年天津人民出版社出版的由薛綏之先生主編的《魯迅生平史料彙編》，全書分五輯六冊計三百餘萬字，是對於現存的魯迅回憶錄的一種摘錄式的彙編。除外，先後有上海社會科學院文學研究所主編的《上海「孤島」時期文學資料叢書》、廣西社會科學院主編的《抗戰時期桂林文化運動史料叢書》、中國社會科學院文學研究所魯迅研究室主編的《1923～1983年魯迅研究學術論著資料彙編》以及《中國人民解放軍文藝史料叢書》、《新文學史料叢書》、《江蘇革命根據地文藝資料彙編》等。

〔註8〕 四川省社科院文學所與重慶中國抗戰文藝研究會聯合編輯，1981年底開始「內部發行」，至1983年1期起公開發行，到1987年底共出版27期，1988年3月起改由四川省社科院出版社出版，重新編號出版了3期，1990年由成都出版社出版1期。

〔註9〕 陝西省社會科學院文學研究所和陝西延安文藝學會合辦的《延安文藝研究》雜誌，於1984年11月創刊。

〔註10〕 天津社科院文學所創辦，最初作為「津門文藝論叢」增刊，1983年10月出版第一輯。

〔註11〕 上海文藝出版社1962年5月創刊，出版3輯後停刊，第4輯於1979年復刊。

〔註12〕 最初是南京師範學院內部編印的資料性月刊，創辦於1972年12月，1～15期名為《文教動態簡報》，從第16期（1974年3月）起更名為《文教資料簡報》，並沿用至1985年底。1986年1月該刊改名《文教資料》，1987年1月改為公開發行。

　　上述「文學史資料彙編」中涉及的著作、期刊目錄可謂是文獻史料工作的「基礎之基礎」，在這方面，也出現了大量的成果，除了唐沅等編輯的《中國現代文學期刊目錄彙編》〔註13〕外，引人注目的還有董健主編的《中國現代戲劇總目提要》，〔註14〕賈植芳等主編的《中國現代文學總書目》，〔註15〕《中國現代作家著譯書目》，〔註16〕郭志剛等編《中國現代文學書目匯要》〔註17〕，應國靖著《現代文學期刊漫話》，〔註18〕吳俊、李今、劉曉麗等編《中國現代文學期刊目錄新編》等。〔註19〕此外，來自圖書館系統的目錄成果也為釐清文學的「家底」提供了幫助，如國家圖書館、上海圖書館編《1833～1949 全國中文期刊聯合目錄》（補充本）、〔註20〕《民國時期總書目》〔註21〕等。

　　隨著史料文獻的陸續出版，文獻工作的理論探索與學科建設工作也被提上了議事日程。

　　20 世紀 80 年代以來，學術界即不斷有人發出建立「中國現代文學文獻學」的呼籲。《中國現代文學研究叢刊》1985 年第 1 期刊登了馬良春《關於建立中國現代文學「史料學」的建議》， 他提出了文獻史料的七分法：專題性研究史料、工具性史料、敘事性史料、作品史料、傳記性史料、文獻史料和考辨性史料。《新文學史料》1989 年第 1、2、4 期連續刊登了著名學者樊駿的八萬字長文《這是一項宏大的系統工程——關於中國現代文學史料工作的總體考察》。樊駿先生富有戰略性地指出：「如果我們不把史料工作理解為拾遺補缺、剪刀加漿糊之類的簡單勞動，而承認它有自己的領域和職責、嚴密的方法和要求、獨立的品格和價值——不只在整個文學研究事業中佔有不容忽略、無法替代的位置，而且它本身就是一項宏大的系統工程；那麼就不難發現迄今

〔註13〕上下冊，天津人民出版社，1988 年。
〔註14〕南京大學出版社，2003 年。
〔註15〕福建教育出版社， 1993 年。
〔註16〕兩冊（含續編），書目文獻出版社分別於 1982、1985 年出版。
〔註17〕小說卷、詩歌卷各一冊，書目文獻出版社，1994 年。
〔註18〕花城出版社，1986 年。
〔註19〕上海人民出版社，2010 年。
〔註20〕中央民族大學出版社，2000 年。
〔註21〕北京圖書館編，書目文獻出版社 1986 年～1997 年陸續出版。它以北京圖書館、上海圖書館、重慶圖書館的館藏為基礎，收錄了 1911 年至 1949 年 9 月間出版的中文圖書 124000 餘種，基本反映了民國時期出版的圖書全貌。

所作的，無論就史料工作理應包羅的眾多方面和廣泛內容，還是史料工作必須達到的嚴謹程度和科學水平而言，都存在著許多不足。」

1986 年北京語言學院出版社出版了朱金順先生的《新文學資料引論》，這是關於中國現代文學史料學的第一部專著。

1989 年，中華文學史料學學會成立，著名學者馬良春任會長，徐迺翔任副會長，並編輯出版了會刊《中華文學史料》，〔註22〕2007 年，中華文學史料學學會在聊城大學集會成立了中國近現代文學史料學分會，標誌著新文學（現代文學）文獻學學科的建設又上了一個臺階。

進入 1990 年代，從學術大環境來說，新文學研究的「學術性」被格外強調，「學術規範」問題獲得了鄭重的強調和肯定，應當說，文獻史料工作的自覺推進獲得了更加有利的條件。近 20 年來，我們的確看到有越來越多的學者自覺投入了文獻收藏、整理與研究的領域，河南大學、清華大學、中國現代文學館、重慶師範大學、長沙理工大學等都先後舉辦了現代文學文獻史料研討的專題會議。2004 年至 2007 年，《學術與探索》、《中國現代文學研究叢刊》、《河南大學學報》、《汕頭大學學報》、《現代中文學刊》等刊物闢專欄相繼刊發了專題「筆談」，《中國現代文學研究叢刊》還在 2005 年第 6 期策劃了「文獻史料專號」，《現代中國文化與文學》設立「文學檔案」欄目，每期發表新文學史料或史料辨析論文。新文學文獻史料的一系列新的課題得以深入展開，例如版本問題、手稿問題、副文本問題、目錄、校勘、輯佚、辨偽等等，對文獻史料作為獨立學科的價值、意義及研究方法等多個方面都展開了前所未有的研討。

陳子善先生及其主編的《現代中文學刊》特別值得一提。陳子善先生長期致力於中國現代文學史料研究，尤其對張愛玲佚文的搜集研究貢獻良多。2009 年 8 月，原《中文自學指導》改刊成為《現代中文學刊》，由陳子善先生主持。這份刊物除了對中國現代文學研究突出「問題意識」之外，最引人矚目之處便是它為現代文學的史料文獻研究提供了大量的篇幅，不僅有文獻的考辨、佚文的再現，甚至還有新出版的文獻書刊信息及作家故居圖片，《現代中文學刊》的彩色封底、封二、封三幾乎成為學人愛不釋手的歷史文獻的櫥窗。

劉增人等出版了 100 多萬字的《中國現代文學期刊史論》，既有「中國現

〔註22〕《中華文學史料（一）》由上海百家出版社 1990 年 6 月推出。

代文學期刊敘錄」，又有「中國現代文學期刊研究資料目錄」的史料彙編，從「史」的梳理和資料的呈現等方面作了扎實的積累。〔註23〕2015 年 12 月，劉增人、劉泉、王今暉編著的《1872～1949 文學期刊信息總匯》由青島出版社推出，全書分四巨冊， 500 萬字，包括了 2000 幅圖片， 正文近 4000 頁，涵蓋了 1872～1949 年間中國文學期刊的基本信息。

　　一些著名學者都在新文學的文獻學理論建設上貢獻了重要的意見。楊義提出「文獻還原與學理原創」的「八事」：1、版本的鑒定和對這些鑒定的思考；2、作家思想表述和當時其他材料印證；3、文本真偽和對其風格的鑒賞；4、文本的搜集閱讀和文本之外的調查；5、印刷文本和作者手稿，圖書館藏書和作家自留書版本之間的互補互勘；6、文學材料和史學材料的互證；7、現代材料和古代材料的借用、引申和旁出；8、圖和文互相闡釋。〔註24〕

　　徐鵬緒、逄錦波試圖綜合運用文獻學、傳播學、闡釋學、接受美學等理論方法，對中國現代文學文獻學的基本概念進行界定，嘗試建構中國現代文學文獻學理論體系的基本模式。〔註25〕

　　2008 年，謝泳發表論文《建立中國現代文學史料學的構想》，〔註26〕先後出版《中國現代文學史料概述》（廈門大學出版社 2009 年版）和《中國現代文學史料的搜集與應用》（臺北秀威信息科技股份有限公司 2010 年版）、《中國現代文學史研究法》（廣西師範大學出版社 2010 年版），就「中國現代文學史料學」問題闡述了自己的詳盡設想。

　　劉增杰集多年現代文學史料研究和研究生教學成果而成《中國現代文學史料學》，〔註27〕此書被學者視為 2012 年現代文學史料考釋與研究方面的「重大突破」。

　　最近十多年來，在新文學文獻理論或實際整理方面作出了貢獻的學者還有孫玉石、朱正、王得後、錢理群、楊義、劉福春、吳福輝、林賢次、方錫德、李今、解志熙、張桂興、高恒文、王風、金宏宇、廖久明、李楠、魏建等。

〔註23〕新華出版社，2005 年。
〔註24〕楊義：《文獻還原與學理原創的互動》，《.河南大學學報》2005 年 2 期。
〔註25〕徐鵬緒、逄錦波：《中國現代文學文獻學之建立》，《東方論壇》2007 年 1～3 期。
〔註26〕《文藝爭鳴》2008 年 7 期。
〔註27〕中西書局，2012 年。

　　隨著中國文學傳播與研究的國際化，境外出版機構也開始介入到文獻史料的整理與出版活動，如香港牛津大學出版社出版蕭軍《延安日記》、《東北日記》，臺灣秀威信息科技股份有限公司出版謝泳整理的《現代文學史稀見資料》，臺灣花木蘭文化出版社自 2016 年起推出劉福春、李怡主編《民國文學珍稀文獻集成》大型系列叢書。

　　在中國現代文學的史料文獻意識日益強化的同時，當代文學的史料文獻問題也被有志之士提上了議事日程，洪子誠、吳秀明、程光煒等都對此貢獻良多，〔註 28〕這無疑將大大地推動新文學學科的文獻研究，更為新文學研究走向深入，為現代新文學傳統的經典化進程加大力度，甚至有人據此斷言中國新文學研究已經出現了現代文學研究的「文獻學轉向」。〔註 29〕

　　但是，與之同時，一個嚴峻的現實卻也毫不留情地日益顯現在了我們面前，這就是，作為新文學出版的物質基礎——民國出版物卻已經逼近了它的生存界限，再沒有系統、強大的編輯出版或刻不容緩的數字化工程，一切關於文獻史料的議論都會最終流於紙上談兵，對此，一直憂心忡忡的劉福春先生形象地說：「歷史正在消失」：「第一，我們賴以生存的紙質書報刊已經臨近閱讀的極限；第二，歷史的參與者和見證者現在很多都已經再沒有發言的機會了。2005 年，《人民日報》海外版的消息，國家圖書館民國文獻，中度以上破壞已達 90%。民國初期的文獻已 100%損壞。有相當數量的文獻，一觸即破，瀕臨毀滅。國家圖書館一位副館長講：若干年後，我們的後人也許能看到甲骨文，敦煌遺書，卻看不到民國的書刊。而更嚴重的是，隨著一批批老作家的故去，那些鮮活的歷史就永遠無法打撈了。」〔註 30〕

　　由此說來，中國新文學的文獻史料工作不僅僅有任重道遠的沉重感，而且更有它的刻不容緩的緊迫性。

　　新文學百年文獻史料，即便是中華人民共和國文學史料這一部分，也是好幾代史料工作者精心搜集、保存和整理的成果，雖然現代印刷已經無法還

〔註 28〕　參見洪子誠《當代文學的史料問題》(《長沙理工大學學報》2016 年 6 期)，吳秀明、章濤《當代文學文獻史料研究的歷史與現狀——基於現有成果的一種考察》(《文藝理論研究》2012 年 6 期)，吳秀明、章濤《當代文學文獻史料研究的歷史困境與主要問題》(《浙江大學學報》2013 年 3 期) 等。

〔註 29〕　王賀：《現代文學研究的「文獻學轉向」》，《長沙理工大學學報》2016 年 6 期。

〔註 30〕　劉福春：《尋求中國現代文學文獻學學科的獨立學術價值》，《長沙理工大學學報》2016 年 6 期。

原它們那發黃的歷史印跡，無法通過色彩和字型的恢復來揭示歷史的秘密，然而，其中盡力保存的歷史的精神和思想還是「原樣」的，閱讀這些歷經歲月風霜雨雪的文獻，相信我們能夠依稀觸摸到中國新文學存在和發展的更爲豐富的靈魂，在其他作品選集之外，這些被稱作「史料」的文學內部或外部的「故事」與「瘢痕」同樣生動、餘味悠長。

2019 年 1 月修改於成都江安花園

目次

導　言

朝鮮戰爭是作爲冷戰最初的「小熱戰」爆發的，它對 1950 年代前後形成的東亞國際秩序產生了極大的影響。戰爭爆發後，中國以「抗美援朝，保家衛國」爲口號，派出中國人民志願軍，於 1950 年 10 月 19 日正式加入這場戰爭。對中國來說，這場戰爭既是建國以後首次涉外戰爭，又是國防戰爭，同時也是實現無產階級國際主義精神的理念戰爭。由於戰爭發生在作爲「異域」的朝鮮，大部分人民大眾只能通過由中國政府主導的各種媒體報導與宣傳、抗美援朝大眾運動、抗美援朝文藝敘事，間接地經歷了這場「想像中的戰爭」。其中抗美援朝文藝作爲文化手段的柔化宣傳方式，是以「抗美援朝，保家衛國」爲精神主導和核心主題，表現中國人民志願軍的革命英雄主義、愛國主義和國際主義精神的社會主義文藝。這樣的抗美援朝精神與毛澤東時代的中國肩負的兩大歷史使命——「強盛中國」與「革命中國」建設之間存在某種同構性，因此關於抗美援朝戰爭及其記憶的敘事並沒有隨著 1953 年戰爭的結束而中斷，而是貫穿了整個毛澤東時代，發展成不斷強化中國革命自我的國家敘事。從這一點來看，研究抗美援朝文藝，爲追問冷戰在中國語境下通過怎樣的審美過程被人民大眾所接受，以及冷戰思維對於加深新中國的自我認知與世界想像產生了怎樣的影響，提供了一條重要的文化途徑。

對此，本文關注抗美援朝文藝作爲貫穿於毛澤東時代的中國話語的文化研究價值，將此前在當代文學史研究中較爲「邊緣化」的抗美援朝文藝進行重新問題化、歷史化。具體而言，本文通過對 1950～1970 年代的抗美援朝敘事的構建過程進行歷時性的梳理與分析（1950 年代形成、1960 年代轉變、1970 年代文革時期鞏固），同時勾連各階段國內外環境與時代發展潮流，由

此呈現出抗美援朝敘事策略上的「連續性與差異性」，最終考察其中包含的社會主義新中國想像。因此，作爲反映當時歷史語境中文化邏輯的時代話語的表象，即具體呈現新中國「自我表象」的自我——志願軍，以及他者朝鮮的形象特徵與變化，是本文在考察當代中國冷戰自我主體和世界想像的關鍵研究對象。

基於這樣的理解，本書主要由三章組成。第一章主要圍繞 1950 年代中前期的抗美援朝文藝實踐展開。通過抗美援朝大眾運動、抗美援朝文學中映像出的初期階級認同的多樣性、志願軍的「自我」形象和朝鮮的「他者」形象特徵，試圖重新建構建國初期新中國話語形成期的特定面貌。第二章主要考察自 1950 年代後期起一直到文革爆發之前，通過電影被重新講述的抗美援朝戰爭記憶。筆者認爲這時期的「抗美援朝記憶的召喚」和「抗美援朝戰爭電影熱潮」現象可以視作當時中國爲特定目標而做出的努力之一，具體而言，即從政治和文化的層面上解決國內外環境導致的革命危機並登上世界革命舞臺。在此基礎上，進一步探究在與過去不同的抗美援朝敘事策略中所包含的新的自我認知與世界想像。第三章主要討論文革時期的樣板戲作品，尤其是將《奇襲白虎團》與《海港》作爲重要的文本考察文革時期中國作爲世界革命的先鋒地位，以及與世界聯合的中國的「無產階級國際主義世界觀」。結語部分重申本文的研究意圖，並嘗試將討論延伸到後革命時代的當下，考察中國抗美援朝集體記憶的再建構現象與其文化政治上的意義。

緒　論

第一節　研究緣起

　　本書的主要研究目的在於，通過對 1950～1970 年代作爲「國家敘事」的抗美援朝敘事的構建過程進行歷時性的梳理與分析，在時代話語的表徵角度探究冷戰時期中國的「國家－人民」自我認同的確立過程。因此，具體呈現了中國新的「自我表象」的自我——志願軍，與他者——朝鮮的形象特徵和變化，以及當時歷史語境中的文化邏輯是這其中非常重要的研究對象。由此，本研究根本上的前提在於，把朝鮮戰爭及其敘事視爲展現冷戰時期革命中國的「國家－人民」自我認同構建的一種文化途徑。

　　在 1950 年 6 月 25 日爆發並於 1953 年 7 月 27 日停戰的朝鮮戰爭，雖然起始於朝鮮半島內戰，然而其軍事衝突對立雙方逐漸擴大發展成包括南朝鮮在內的 22 個國家組成的聯合國陣營和包括北朝鮮在內的三個國家組成的共產主義陣營。朝鮮戰爭最終成爲了「東亞冷戰和世界冷戰的中心」〔註1〕。在這場戰爭中，世界、東亞、南朝鮮的左派右派、共產勢力與反共勢力各自形成同盟並爭鋒相對，其結果是南朝鮮和北朝鮮各自成爲了美日韓和蘇中朝對峙的東亞冷戰中全方位的鬥爭前哨〔註2〕。戰爭爆發後，中國高舉「抗美援朝，保家衛國」的旗幟，派出中國人民志願軍，於 1950 年 10 月 19 日正式加入這

〔註 1〕　〔韓〕朴明林：《韓國 1950，戰爭與和平》，坡洲：NANAM，2002 年，第 28頁。

〔註 2〕　〔韓〕朴明林，同上，第 33 頁。

場戰爭，最終，中國以此爲契機打開了建國初期政治、社會的動盪局面，突顯了社會主義新中國的政治正當性與權威性。由此來看，在把階級認同作爲國家意識形態的中華人民共和國這一新型現代民族國家成立初期，參加朝鮮戰爭可以說爲確保國家安定做出了貢獻。然而，與國際社會將朝鮮戰爭視爲「東亞冷戰和世界冷戰的一個中心」不同，親身參與了朝鮮戰爭的中國的冷戰化與國民化過程具有一種「地域特殊性」，這種特殊性無法單純地通過美蘇兩大陣營對立的全球冷戰框架得以充分的說明。韓國白元潭教授立足於「亞洲」這一地域特殊性，對亞洲的冷戰特徵進行了如下總結：「二戰後亞洲各國對自身的認識與之前時期並沒有發生斷裂式的變化。這種意識一直在反殖民地與民族解放的過程中孕育發展。這一認識也表現在各國在冷戰格局的形成中一直都在積極對應的現象上。」〔註3〕按照她的觀點，亞洲殖民時代的結束可以等同於冷戰格局的開始。同樣，亞洲的冷戰格局也可以被視爲 1945 年以前的殖民體系中的一環，即「殖民遺存與冷戰文化的重疊」。這就表明東亞冷戰化的格局並不是通過朝鮮戰爭一步到位形成的，從日本的殖民統治到反殖民運動，再到解放戰爭以及朝鮮戰爭之間的「冷戰化」過程中存在著某種「連續性」。冷戰過程中的這種「連續性」也反映了新中國在確立和推行新國家秩序過程中遇到的困難，因爲當代中國並不是在某塊新的土地上由新的人民「創造」的國家，而是在舊中國的領土、人民構成、傳統和文化習俗的環境之上建立的，正因如此，建國初期，階級認同在短時間內快速形成一體化非常困難，加之貫穿整個二十世紀的多種政治認同成分交織共存，包括晚清以來的民族國家認同、五四以來的個人認同、社會主義新中國以後的階級認同等。這種情況下，從政治層面來看，朝鮮戰爭爆發和中國直接參戰的「戰時危機」是處於困境之中的中國政府團結全國人民推進社會統一進而鞏固國家政權的一次極其特殊的機會。由此，引領朝鮮戰爭取得勝利則成爲重中之重，爲此，中國國內在政府的主導下開展抗美援朝運動，以此開展面向人民大眾的宣傳和教育。不過在戰爭初期，這種官方敘事層面的政治性宣傳在動員人民方面並未能取得非常好的效果。侯松濤在《抗美援朝運動與民眾社會心態研究》中指出，在戰爭初期，中共政策與民眾社會心態有「不一致」的現象：「如果說『抗美援朝，保家衛國』是以毛澤東爲首的中共中央領導人經過全面權衡

〔註3〕 〔韓〕聖公會大東亞洲研究所編：《冷戰亞洲的文化風景 1：1940～1950 年代》，首爾：現實文化研究出版，2008 年，第 63 頁。

和深思熟慮作出的戰略決策，那麼對於中國普通民眾而言，對這一決策的理解和接受更需要一個過程。」〔註4〕因此，中國政府在通過抗美援朝運動開展宣傳和教育的同時，也致力於通過「柔化」的文藝宣傳使國家抽象的政治性宣傳融入人民的日常生活，從而引領人民大眾形成心理共鳴和認同。從這一點來看，作爲抗美援朝運動的一環而出現的五十年代抗美援朝主題文學，在分析建國初期中國語境下的冷戰是通過怎樣的審美過程被人民大眾所接受的這一問題方面，是一條重要的文化途徑。

　　與朝鮮戰爭爆發幾乎同時產生的中國的朝鮮戰爭敍事，以「抗美援朝」這一參加朝鮮戰爭的價值爲中心主題，表現了中國人民志願軍的革命英雄主義、愛國主義和國際主義精神。同時，朝鮮戰爭敍事中非常具體地刻畫了社會的整體性，正面主人公（人民志願軍）登場，具有揭示明確的未來信念，也即「樂觀展望」的社會主義現實主義的美學特徵。這種社會主義文藝，政治宣傳和教育的目的性很強，終極目標則是使社會主義世界觀深入人民大眾，並以對社會主義價值觀的堅信爲基礎，使國家和民族的未來朝著計劃中的方向推進。尤其是文學中的志願軍這一「自我形象」作爲社會主義新人的模範，也成爲了在巨變中的中國環境之下踐行新時代任務的主體。人民大眾作爲讀者，通過文藝作品把自身與志願軍戰士視爲一體，以及對遭受美帝國主義侵略的朝鮮及朝鮮人民的感同身受和支持，認識到與過去截然不同的自己，也見證了在新世界格局下新中國及作爲新主體的自身得到認可的過程。對於這種「形象」的重要性，酒井直樹認爲，形象一方面是虛構的，但另一方面又是促使人們朝著未來前進的力量。因爲形象控制著想像力，這種想像力能催生對身份認同的欲求。然而，這種自我主體的構成並非孤立存在，而是與其他形象，也即他者形象產生並保持著某種聯繫，他的這一「雙形象化圖式」充分說明了在抗美援朝敍事中自我形象與他者形象都非常重要〔註5〕。因此，以朝鮮戰爭爲重要轉折點而形成的當代中國的冷戰世界觀，如果說是通過抗美援朝文藝作品，以審美的視角及過程得以向人民大眾進行傳播和宣揚的話，那麼文藝作品中的「自我與他者形象」可以說是支撐著這種冷戰式「自我主體」與「世界想像」的力量之源泉。

〔註4〕侯松濤：《抗美援朝運動與民眾社會心態研究》，《中共黨史研究》，2005年第2期，第19頁。

〔註5〕〔日〕酒井直樹，藤井たけし譯，〈2.「日本思想」問題〉，《翻譯與主體》，首爾：YeeSan，2005年，第113頁。

　　不過，本書中筆者在對抗美援朝戰爭及其敘事的意義進行分析時，認爲有必要擴大時間範圍，不局限於五十年代，對戰爭記憶被再次喚起的六十年代以及文革時期的七十年代等時期也進行了整體上的歷時性分析。因爲朝鮮戰爭中包含的信息並未在戰爭發生的五十年代結束，而是在社會主義革命時期一直爲人民大眾的「中國領導的世界革命的想像」不斷地提供動力。對於其中的原因，筆者在以「抗美援朝，保家衛國」爲代表的朝鮮戰爭精神和「毛澤東時期中國」追求的目標之間的相似性進行了探究：首先，從當時的口號「抗美援朝，保家衛國」可以看出，擁有「革命中國」與「強盛中國」這兩張「面孔」是抗美援朝戰爭的重要特徵之一。不過有意思的是，抗美援朝的這兩點意義與毛澤東時期的中國之間存在著某種相似性。從 1949 年中華人民共和國誕生到 1976 年文化大革命結束之間的「毛澤東時期中國」仍然可以像抗美援朝戰爭一樣用這種雙重結構進行闡釋。這一雙重結構的具體內容如下：新中國是推翻近代以來帝國主義對中國的長期壓迫、消除了各種內部矛盾並實現了民族解放的現代民族國家，有著「民族復興、強盛中國、實現現代中國」的熱情，與此同時，也懷有身爲亞洲社會主義革命領導者的理想，即肩負「強盛中國與革命中國建設」的兩大歷史使命。這兩大目標是「毛澤東中國」時期一直未曾改變的宏偉藍圖，但兩者之間並不總是保持著和諧的關係，相反，「階級鬥爭與經濟建設孰輕孰重」這一問題始終是中國發展路線和黨內論爭的焦點。毛澤東與部分黨內人士在新中國的經濟發展方向、速度、方法和內容等方面均存在分歧。同時，隨著中國所處國內外環境的變化，這兩種價值就像天平的兩端，不斷地起起伏伏一上一下，形成了該時期社會主義中國獨特的景象。是否正是由於「毛澤東時期中國」與「抗美援朝戰爭」之間的這種相似性，才使得抗美援朝戰爭與相關敘事，尤其是抗美援朝文藝作品作爲戰爭動員和對其記憶的再敘述，在社會主義革命時期內一直具有源源不斷的強大生命力，且與當代中國的主流意識形態保持同步的呢？答案是肯定的。這是因爲，「抗美援朝」及其記憶的敘事並沒有隨著 50 年代戰爭的結束而中斷，而是從戰後駐紮在朝鮮，幫助朝鮮恢復經濟的中國志願軍完全撤退的 1958 年起，再次被敘事化。直到 70 年代文化大革命樣板戲時期，正式發展成革命中國的自我敘述不斷被強化的革命戰爭敘事，一直與當代中國的主流意識形態保持同步。因此，自 50 年代抗美援朝敘事形成起，到後來 60 年代的變形，再到後來 70 年代不斷得到鞏固並成爲一種象徵，抗美援朝敘事

的整個變遷過程，可以看作是中國革命自我敘述的一個發展成熟的過程。同時，它作爲貫穿毛澤東時代中國時代話語的敘事，也是考察階級意識形態中的自我認知以及世界想像的文化途徑之一。從這一點來看，對抗美援朝敘事作品進行歷時性考察十分必要。

　　並且，當今對抗美援朝戰爭敘事的再考查，可以回顧和反思「朝鮮戰爭」在冷戰時代給東亞國家，尤其是中韓中朝關係以及各國人民所遺留下來的精神遺產，具有現實關懷與意義。作爲「東亞冷戰與世界冷戰中心」的朝鮮戰爭導致朝鮮半島分裂鞏固化，即使到後冷戰時代的今天，韓國與朝鮮依舊是世界上唯一的分裂國家，民族悲劇一直在持續。中國的參戰雖然在國內取得了人民大團結的政治成效，但是對外卻與以美國爲首的西方國家在很長一段時間內中斷交流，不僅在國際上受到孤立，更是完全成爲了東西冷戰秩序的正中心。除此之外，「敵我」二分法式的冷戰認識邏輯對當代中國的社會心態產生了消極影響，研究抗美援朝運動對民衆社會心態影響的侯松濤曾講到其消極層面，認爲「從長期看，卻容易造成民衆社會心理某些方面的困惑、矛盾和對某些問題的非理性的、極端化的認知，也會使民衆的心理傾向在政治壓力放鬆後從一個極端擺向另一個極端。」〔註6〕朝鮮戰爭時期，與中國經歷了類似的冷戰和國民化過程的韓國也依舊至今未擺脫冷戰帶來的社會心態的後果。韓國聖公會大學教授金東春曾將韓國朝鮮戰爭過程定義爲「是美國對朝鮮半島的介入，是國家的誕生史，是國民的形成史，也是社會運動與階級矛盾受到強烈鎮壓的消亡史」。因爲戰爭，無數人失去了親人和生活根基，處於民族覆沒危機前夕的韓國在經歷戰爭之後，建立了一個將『反共主義』作爲國家方針的國家，『反共』在很長一段時間內成爲支撐韓國政權正當性的最強理論。並且，即使到現在，韓國也依舊被困在「紅色恐怖」中無法解脫。「政治是戰爭的延續，國家權力或統治方式是戰爭過程中所形成的政治社會秩序的反覆和再生產」〔註7〕，福柯的這段話準確地指出了朝鮮戰爭給韓國社會帶來的深層心理創傷。從國家間的交流層面來看，自朝鮮戰爭以後，中國與朝鮮雖然一直保持了堪稱「血盟」的緊密關係，但中韓兩國卻因不同的意識形

〔註6〕　侯松濤：《抗美援朝運動與民衆社會心態研究》，《中共黨史研究》，2005 年第
　　　　 2 期，第 28 頁。

〔註7〕　〔法〕Foucault，Michel，Kim Sang-Woon 譯：《Il faut défendre la société，Cours
　　　　 au Collège de France，1975～1976)》，首爾：Dong Moon Sun，1997 年，第 35
　　　　 頁。

態,在很長一段時間內互不往來。隨著冷戰結束,終於於 1992 年正式建交,兩國冷戰時期的記憶與芥蒂也被隱藏在記憶長河中。但是,回首建交的 25 週年,冷戰時期中韓兩國 40 多年間的空白僅僅靠人力、物質交流數量的增加似乎很難得到彌補。這是因爲,處於休戰狀態而非結束的朝鮮戰爭,使朝鮮半島時刻處於緊張狀態之中,以及由此導致的國家間摩擦,使過去東亞冷戰秩序下的感情與記憶隨時會重新浮現。由此來看,這也在告知我們,雖然政治意義上的冷戰已經結束,但是那一時代的認知構造、感覺與記憶卻依舊有意識、無意識地在東亞國家及國民之間發揮作用。因此,在後冷戰時代的今天,作爲一種謀求東亞國家之間眞正和解與合作的捷徑,通過對抗美援朝敘事中當代中國人的感情結構進行深入分析,〔註8〕直面過去鮮明卻後來被隱藏、如今依舊像幽靈一樣徘徊在東亞的冷戰時代被扭曲的歷史、情感與記憶,或許可以爲糾正錯誤的二分法式的冷戰認識,從文化層面爲最終謀求眞正的「東亞和平」盡一點微薄之力。

第二節　研究現狀

　　從本書的研究目的來看,從時代話語的表徵角度來對抗美援朝文藝文本進行分析的先行研究十分具有參考價值。雖然自 2000 年以來,關於抗美援朝文藝的研究比較活躍,但本文所嘗試的「對抗美援朝敘事的歷時性考察」的相關研究卻很匱乏,僅從某一片段來對某一特定時期的體裁,如文學、電影、樣板戲等進行了研究。因此,在借助社會主義革命時期抗美援朝敘事來實現自我身份認同的過程,以及關注在這一過程中產生的連續性及差異的研究方面還存在不足。甚至也存在這樣的錯誤,即僅通過 50 年代以後創作的爲數不多的文學作品來概述「十七年」時期或「革命時代」的特徵。但是,這些先行研究作爲本書的首要借鑒成果,在很多方面提供了啓發。本節將首先對成果最爲豐富的文學研究現狀進行考察,繼而對電影及樣板戲的研究現狀進行考察。

〔註8〕雖然當時文藝由於處於社會主義政權之下,政治宣傳目的性較強,是政權主導下形成的一種集團性、組織性的創作,但是大眾敘事將政治宣傳柔化、情感化的這一特徵,注定人民實際生活體驗和時代感是無法完全排除在外的。在這一點上,被稱作「以形象化再現」的文藝體裁的特徵更是如此。

一、抗美援朝文學研究狀況

　　中國對國內抗美援朝的文學研究大致可分爲以下三個部分：詳細分析朝鮮敘事的特徵、用比較文學形象學的原理和方法分析抗美援朝文學作品中的形象塑造、接近文學史研究的方法。在抗美援朝文學研究方面，常彬是具有領先意義的學者。她指出抗美援朝的文藝特徵和延安文學的「文武戰線」原則間的結構性紐帶〔註9〕，並在當代文學思想中承認了抗美援朝文學的學術地位〔註10〕。早在2006年她和楊義一起參加了由韓國研究財團主辦的，中、韓、日三國學者合作項目《20世紀中國作家的對韓認識和敘事變遷研究》，並在此項目中負責抗美援朝時期的相關研究，發表了第一篇長達60頁的長論文《中國作家的韓戰敘事》。這篇研究收集整理了報刊、雜誌上的作品及史料，全面分析了文藝中朝鮮敘事的特徵。如朝鮮半島人民的戰爭苦難，朝鮮半島美麗的錦繡河山，歌舞之鄉的風土人情，中國軍人與半島和平，中國軍隊與北朝鮮軍隊，北朝鮮作家的文學表現，美軍、聯合國軍、南朝鮮軍，戰爭中的女人和女人的戰爭，人性深度的思考和戰爭思考等。這爲之後的中國研究者在研究抗美援朝文學，特別是在朝鮮敘事特徵方面構建了基本研究框架。她之後發表的一系列的研究成果〔註11〕可以看作是在2006年研究成果基礎上的進一步完善。

　　延邊大學三篇碩士學位論文——《論魏巍抗美援朝作品中的朝鮮形象》、

〔註9〕　常彬：「在考察延安文學的『文武兩條戰線』的原則，如何長入共和國的文學結構之時，不可忽視抗美援朝文學的紐帶性結構功能。『纖筆一枝何似，三千毛瑟精兵』，這種延安領袖名句大概也是抗美援朝作家的文學理想。」《抗美援朝文學敘事中的政治與人性》，《文學評論》，2007年第2期，第60頁。

〔註10〕「抗美援朝文學與土改文學雙浪並湧，構成了共和國文學編年史上氣勢浩大的第一章。」常彬，同上，第59頁。

〔註11〕常彬：《抗美援朝文學敘事中的政治與人性》，《文學評論》，2007年第2期；《抗美援朝文學中的域外風情敘事》，《文學評論》，2009年第4期；《異域想像：抗美援朝的文學敘事》，《中國社會科學院報》，2009年5月第6版；《異國錦繡河山與人文之美的故園情結：抗美援朝文學論》，《河北大學學報（哲學社會科學版）》，2010年第6期；《北朝鮮作家筆下的朝鮮戰爭——1950年代中國報刊刊載一瞥》，《河北大學學報（哲學社會科學版）》，2012年11月；《面影模糊的「老戰友」——抗美援朝文學的「友軍」敘事》，《華夏文化論壇》，2012年第八輯；《敘事同構的中朝軍民關係——抗美援朝文學論》，《河北學刊》，2013年1月；《戰爭中的女人與女人的戰爭——抗美援朝文學論》，《河北大學學報（哲學社會科學版）》，2014年7月。

《論楊朔抗美援朝文學作品中的朝鮮形象》、《論路翎抗美援朝文學作品中的朝鮮形象》〔註 12〕運用比較文學形象學的理論與方法來研究抗美援朝的代表作及其作者。從整體來看雖然完善了作家研究，但在形象學方面的研究——志願軍、朝鮮人民和朝鮮軍人、敵人形象和朝鮮靜物和風俗形象沒有擺脫常彬研究的基本框架。郭龍俊的《抗美援朝小說研究》的研究思路與如上的研究是同步的。可值得注意的是，在「抗美援朝小說的影響傳播」中以改編自巴金的小說《團員》的電影《英雄兒女》爲例，分析了電影與小說之間的差別及其影響力。但是在研究小說改編成電影中所產生的變化時，只是單純比較了情節、人物形象變化等〔註 13〕。閆麗娜的研究突破點在於以《解放軍文藝》爲中心，擺脫了現有的抗美援朝文學範疇——軍旅作家、文人作家創作的文學作品，擴大到了詩歌、戲劇、快板等大眾文藝作品方面。對有組織、具有團體寫作特點的抗美援朝文藝而言，要更加關注非專業作者的著作。尤其是參戰志願軍創作的「兵寫兵」的創作特點，雖然主要用途是配合戰地宣傳，但其及時反映戰鬥狀況的寫作特點，會讓大眾在想像中更加瞭解朝鮮戰爭的進行狀況。其中就快板詩來講，如她提到的快板的大眾文藝藝術特點——在藝術表現上「語言簡短，形式精練，運用口語化的方式」更適合老百姓閱讀的習慣，所以其影響力也大於文學作品。借助抗美援朝文藝來發揮民眾「想像」這一層面而言，作爲大眾文藝的快板詩是不可缺少的研究對象。但是本書只進行了初步的資料搜集並提出概括性特點，沒有將文藝和想像連接起來，這是非常遺憾的部分〔註 14〕。

作爲接近文學史研究的方法，姚康康的《「組織寫作」於當代文學的「一體化」進程——以抗美援朝文學爲例》中以 50 年的當代文學的「『組織寫作』與『一體化』」的特徵，並把其作爲當代文學的第一步來研究抗美援朝文學創作，具體分析了抗美援朝文學寫作的機制與寫作方式。尤其是把當時的文學批評看作是絕對權威，即文學創作獲得傳播和地位的決定性因素，把這一點

〔註 12〕 姜豔秀：《論魏巍抗美援朝作品中的朝鮮形象》，延邊大學碩士學位論文，2009 年；李偉光：《論楊朔抗美援朝文學作品中的朝鮮形象》，延邊大學碩士學位論文，2009 年；劉宇：《論路翎抗美援朝文學作品中的朝鮮形象》，延邊大學碩士學位論文，2012 年。

〔註 13〕 郭龍俊：《抗美援朝小說研究》，貴州師範大學碩士學位論文，2014 年。

〔註 14〕 閆麗娜：《抗美援朝文學研究——以 1950 年代〈解放軍文藝〉爲個案》，河北大學碩士學位論文，2011 年；《抗美援朝文學中的「朝鮮戰地快板詩」》，大眾文藝，2010.8。

加入研究範疇之內值得關注〔註 15〕。還有張紹麗將朝鮮戰地文學作爲「十七年」文學的一部分，研究「十七年」文壇環境和朝鮮戰地文學。她覺得，「朝鮮戰地文學絕大多數創作於「十七年」期間，對其作品的研究很大程度受『十七年』文學研究思路的影響」，因此她將朝鮮戰地文學作爲「十七年」文學的一部分，通過文本中的「英雄敘事」和「朝鮮敘事」敘事上的特點，研究了「十七年」朝鮮戰地文學與意識形態的關係〔註 16〕。此外還有重新評價路翎，巴金作品的研究論文。〔註 17〕

　　韓國學界一直關注在中國文學作品中的朝鮮人敘事。在前文中提到的常彬教授的《20 世紀中國作家的對韓認識和敘事變遷研究》就是成果之一〔註 18〕。參加這次項目的朴宰雨教授早在 2003 年就發表《中國當代作家的韓國戰爭題材小說研究》，介紹了韓國對抗美援朝文學研究的總體情況〔註 19〕。這篇論文總體地介紹了抗美援朝時期中國的社會現狀，有條理地整理了當時已發表的抗美援朝文學作品，該論文成爲了韓國抗美援朝研究的轉折點。韓國的抗美援朝文學研究從 1998 年金仁哲的《巴金與韓國戰爭》以來持續至

〔註 15〕姚康康：《「組織寫作」與當代文學的「一體化」進程──以抗美援朝文學爲例》，西北師範大學碩士學位論文，2012 年。

〔註 16〕張紹麗：《論「十七年」的朝鮮戰地文學》，河北師範大學碩士學位論文，2010 年。

〔註 17〕關於「路翎」的研究有呂東亮的《爲什麼會有這樣的批評──論 1954 年批評界對路翎的批評》(《汕頭大學學報（人文社會科學版）》，2009 年第 25 卷第 2 期)，王海燕的《合法性論證與敘事選擇──兼論路翎的兩部小說》(《湖北大學學報（哲學社會科學版）》，2003 年第 3 期)等。關於「巴金」的研究有賈玉民的《巴金抗美援朝創作論（上）》(《黎明職業大學學報》，2015 年第 4 期)、《巴金抗美援朝創作論（下）》(《黎明職業大學學報》，2016 年 3 月)、《巴金抗美援朝創作的崇高美（一）》(《美與時代》，2015 年第 10 期)、《巴金抗美援朝創作的崇高美（二）》(《美與時代》，2015 年第 11 期)，李宗剛的《巴金五十年代英雄敘事再解讀》(《東方論壇》，2005 年第一期)等。

〔註 18〕〔韓〕《韓、中、日合作研究──2004 年度韓國研究財團：20 世紀中國作家的對韓認識與敘事變遷研究》將從近代到朝鮮戰爭這段時期劃分爲五個階段，分析了中國文學中的朝鮮敘事和形象化。具體內容如下：一、《唇亡齒寒：中國近代小說對於「朝鮮亡國」的敘事方式和認識特徵》，李騰燕。二、《五四時期的韓人題材小說中的敘事與對韓認識》，藤田梨那（Rina Fujita）。三、《三四十年代韓人題材小說的敘事與對韓認識》，朴宰雨。四、《中國作家的韓戰敘事》，常彬，楊義。五、《90 年代夏輦生〈船月〉中的韓認識與敘述》，藤田梨那（Rina Fujita）。

〔註 19〕〔韓〕朴宰雨：《中國當代作家的韓國戰爭題材小說研究》，《中國研究》，Vol.32，2003 年。

今，研究方向主要是當時的主要作家——巴金、路翎、魏巍、楊朔等的作品論及詩歌研究，這些研究與中國的研究方向大體一致〔註 20〕。目前在韓國進行的研究，目光並沒有放在整體的抗美援朝文學創作上，而是僅限於研究某些作者。有些研究者認為當時社會主義色彩濃厚的抗美援朝文學非常可惜，換句話說有些研究用「文學審美價值」這一點來評價作為「戰爭文學」的抗美援朝文學，忽略了朝鮮戰爭對中國國內政治、文化的影響力。作為對現有研究的補充，韓國對抗美援朝文學研究與抗美援朝運動相關「文化研究」具有同等地位。例如，研究抗美援朝運動過程中發生的「愛國公約運動」與「三視教育」等在新中國初期是如何影響人民的反美意識和冷戰思維的。代表性的研究有《朝鮮戰爭時期中國的愛國公約運動與女性的國民化》、《朝鮮戰爭時期中國的反美運動與亞洲冷戰》〔註 21〕，還有分析朝鮮戰爭時期知識分子動員情況的論文《朝鮮戰爭時期中共的知識分子・學生的動員——抗美援朝運動與北京大學》〔註 22〕。對中國語境下的朝鮮戰爭以及與其相關的社會現象作為冷戰文化研究對象來總體進行考察的研究成果主要有最近韓國聖公會大東亞研究所的一系列出版物——《冷戰亞洲的誕生：新中國與韓國戰爭》、

〔註20〕 主要研究論文如下：朴宰雨，《中國當代作家的朝鮮戰爭題材小說研究》，《中國研究》，Vol.32，2003 年；金仁哲，《巴金與朝鮮戰爭》，《中國小說論叢》第 7 輯，1998 年；Lee，Young-Koo，《巴金與朝鮮戰爭》，《外國文學研究》第 25 號，2007 年；Lee，Young-Koo，《魏巍與朝鮮戰爭文學》，《中國研究》第 42 號，2008 年；Lee，Young-Koo，《劉白羽與朝鮮戰爭文學》，《中國研究》第 45 號，2009 年；Lee，Young-Koo，《路翎與朝鮮戰爭文學》，《中國研究》第 50 號，2010 年；趙大浩，《魏巍的韓國戰爭記錄文學研究——以〈誰是最可愛的人〉為中心》，《中國學論叢》，2007 年；趙大浩，《楊朔的韓國參戰文學研究——以〈三千里江山〉為中心》，轉載於《韓國戰爭與世界文學》，首爾：國學資料院，2003 年；Lee，Yun-Hee，《路翎的文學主張與堅守》，《人文科學研究》，2007 年；Park，Nan-Young，《巴金與朝鮮戰爭——國家意識形態與作家意識之間》，《中國語文論叢》第 40 號，2009 年；Kim，So-Hyun，《中國現代詩歌裏面的朝鮮戰爭》，《中國語文論叢》第 41 號，2009 年；Wang Zhen，《在〈東方〉中的抗美援朝英雄形象研究》，延世大學碩士學位論文，2012 年；Kim，Eui-Jin，《50 年代老舍文學的變身——以〈無名高地有了名〉為中心》，《中國語文學誌》第 42 輯，2013 年等等。
〔註21〕 〔韓〕任祐卿：《朝鮮戰爭時期中國的愛國公約運動與女性的國民化》，《中國現代文學》第 48 號，2009 年。《朝鮮戰爭時期中國的反美運動與亞洲冷戰》，《SAI 間》第 10 號，2011 年。
〔註22〕 〔韓〕Lee Se-Eun：《朝鮮戰爭時期中共的知識分子・學生的動員——抗美援朝運動與北京大學》，高麗大學碩士學位論文，2010 年。

《冷戰亞洲的文化風景 1：1940～1950 年代》、《冷戰亞洲的文化風景 2：1960
～1970 年代》〔註 23〕。這些著作克服了一國研究的局限性，作爲亞洲學者間
合作研究的產物，可以說是東亞共同文化企劃物的成果。尤其是《冷戰亞洲
的誕生：新中國與韓國戰爭》這部著作，作爲集中刻畫朝鮮戰爭與中國冷戰
化過程的研究，討論對象雖然不是文藝，而是政治運動（例如，1950 年的和
平簽名運動、反美大眾運動、新愛國主義運動等），但該研究思路卻對本文提
供了很大的啓發。

　　如上所述，抗美援朝戰爭和抗美援朝運動作爲新中國冷戰化的重要轉折
點，以抗美援朝文藝爲切入點，研究中國的冷戰文化具有相當的學術價值。
與此同時，抗美援朝文藝包含著殖民歷史和冷戰文化混雜並存的亞洲冷戰特
性，因此更有必要進行多角度研究。在這一點上，韓國的孫海龍和美國的馬
釗的研究作爲現有的文學研究的補充，值得關注。孫海龍的論文《抗美援朝
文學中體現的中國對朝鮮半島的認識——以 50 年代爲中心》〔註 24〕是帶著
「東亞社會中冷戰是通過怎樣的審美過程深入民眾內在化的？」這一問題意
識來觀察抗美援朝文藝文本。這一研究與先行研究一樣帶領了抗美援朝文學
的興起和發展，而作爲東亞學的專業研究者在論文中還涉及了豐富的歷史
（關於朝鮮戰爭的爆發和中國的參戰以及抗美援朝運動的相關內容）和政治
方面的內容。在這篇論文中尤其關注抗美援朝文學中體現的中國對朝鮮半島
的認識。論文從自近代至當代的朝鮮半島與中國關係的「連貫性」這一角度
來分析了，從朝鮮半島過去的地緣地理位置而產生的傳統安保概念「唇亡齒
寒」，在冷戰時期是如何發生變化的〔註 25〕。但是，他選定的表現南朝鮮形象

〔註 23〕〔韓〕聖公會大東亞洲研究所計劃，白元潭、任祐卿編：《冷戰亞洲的誕生：
　　　　新中國與韓國戰爭》，首爾：文化科學社出版，2013 年；聖公會大東亞洲研究
　　　　所編：《冷戰亞洲的文化風景 1：1940～1950 年代》，首爾：現實文化出版，
　　　　2008 年；聖公會大東亞洲研究所編：《冷戰亞洲的文化風景 2：1960～1970
　　　　年代》，首爾：現實文化出版，2009 年。
〔註 24〕〔韓〕孫海龍：《抗美援朝文學中體現的中國對朝鮮半島的認識——以 50 年
　　　　代爲中心》，成均館大學博士學位論文，2011 年。
〔註 25〕根據這個邏輯，「抗美援朝時期，作爲傳統安保概念的「唇亡齒寒」是動員民
　　　　眾最有效的話語。但是它並非只象徵傳統安保概念上朝鮮半島與中國的關
　　　　係。這還象徵著 50 年代初期受到亞洲冷戰影響的反美意識形態角度下中國與
　　　　朝鮮半島的關係。這樣『變異』的唇亡齒寒的道理通過抗美援朝運動被中國
　　　　民眾廣泛接受，也極大影響了中國民眾對冷戰的認識和感受的形成。」同上，
　　　　第 100 頁。

的文學文本是存在瑕疵的。我在孫海龍的論文中最關注的是「第五章，南北朝鮮二元論和階級‧性別象徵」中討論南朝鮮形象的部分。因爲在之前的抗美援朝文學研究中，對這一部分的研究較少。而我要研究的 60 年代電影中南朝鮮形象是較爲突出的。孫海龍主要選取的作品是路翎的《戰爭，爲了和平》（1985）和魏巍的《東方》（1978）。這兩部作品雖然可以作爲 1950 年抗美援朝文藝文本的參考作品，但要作爲主要作品卻存在不妥之處。《戰爭，爲了和平》這部作品是路翎因爲胡風事件受到批判而入獄之前（1955 年之前）創作的。而魏巍在 50 年代末開始創作《東方》，其作品的傾向一直未能擺脫 50 年代的風格。但是這兩部作品都是在新時期以後才出版的，這一點不容忽視。孫海龍在研究南朝鮮形象時主要選取這兩部作品是因爲抗美援朝文學作品中描述南朝鮮形象的資料非常匱乏。而這種對南朝鮮的形象化在 60 年代的電影中變得非常突出。因此，爲了研究作爲冷戰文化的抗美援朝文藝和中國民眾的審美冷戰化過程，材料中必須包含 60 年代一系列的電影文本。研究抗美援朝文學中的朝鮮形象和國際主義想像的聖路易斯華盛頓大學馬釗教授的兩篇論文《革命戰爭、性別書寫、國際主義想像：抗美援朝文學作品中的朝鮮敘事》〔註26〕、《政治、宣傳與文藝：冷戰時期中朝同盟關係的建構》〔註27〕也是需要關注的。他以抗美援朝中朝鮮敘事的特徵——女性化的朝鮮敘事爲中心，關注了冷戰時期大眾文藝與中國人民世界想像的相關性。實際上「女性化的朝鮮形象」是從常彬到孫海龍的研究，以及之前抗美援朝文學作品的研究一直出現的。但馬釗教授的研究中提到了「官方敘事」和「大眾敘事」之間的差異〔註 28〕。作爲「情感化」政治宣傳的抗美援朝文學作品，它在冷戰

〔註26〕 〔美〕馬釗教授的《革命戰爭、性別書寫、國際主義想像：抗美援朝文學作品中的朝鮮敘事》是 2015 年 6 月 20～21 日，由復旦大學中華文明國際研究中心主辦的訪問學者工作坊「海客談瀛洲：近代以來中國人的世界想像，1839～1978」中發表的論文。

〔註27〕 〔美〕馬釗：《政治、宣傳與文藝：冷戰時期中朝同盟關係的建構》，《文化研究》（第 24 輯）（2016 年‧春）。

〔註28〕 中國的實踐提出了另一個問題，即如何將國家視角的「官方敘事」（official narrative）轉換爲「大眾敘事」（popular narrative）。前者建立在黨的方針與政策、國家利益與國際戰略的基礎上，後者是「地方性的」（local）、「日常性的」（quotidian）、「以自我爲中心的」（self-centered），甚至是「自私的」（selfish），來源於日常生活經驗。「官方敘事」與「大眾敘事」處在緊張對峙的狀態下。即以大眾敘事文藝作品將這些抽象的政治概念生活化、影像化、人情化，成爲具體生動的人物、情節、場景，供普通群眾觀賞、閱讀、體驗與想像。馬

時期是自我認知和世界想象形成的重要機制。這一點與本書的思路一致。但遺憾的是，文學作品的朝鮮敘述中「朝鮮的母親」的形象取代了稱呼朝鮮的「高麗棒子」的形象〔註29〕。這樣的論點雖然適用於 50 年代的文學作品，但是在「十七年」時期文藝中與文學地位相當的 60 年代抗美援朝電影中，「朝鮮的母親」的形象並未取代「高麗棒子」的形象，而是隨著南朝鮮形象的突出使得友邦的社會主義北朝鮮與南朝鮮「高麗棒子」的形象各自分化開來並正式確立。這樣的問題也是因爲論文並沒有與「十七年」時期抗美援朝文藝中的電影文本統一列入考慮，而是文學中的朝鮮敘事納入「十七年文藝整體」的範疇。

二、抗美援朝電影研究狀況

　　對抗美援朝電影研究成果不像抗美援朝文學一樣豐富，絕大部分都是針對代表作《上甘嶺》、《奇襲》、《英雄兒女》的研究。而其中對《上甘嶺》和《英雄兒女》的研究佔了絕大多數。從新時期 90 年以來關於抗美援朝電影的論文就已陸續發表，可大部分都是以介紹電影的誕生、製作過程、劇作家和導演爲主要內容，要把這些論文看作文化研究成果還是有些不足的〔註30〕。可是最近在中國國內外發表的幾篇論文，從多個的角度分析了抗美援朝電

剣：《政治、宣傳與文藝：冷戰時期中朝同盟關係的建構》，《文化研究》（第24 輯）（2016 年・春），第 108 頁。

〔註29〕「文藝作品中的朝鮮敘事『情感化』政治宣傳，文藝作品中塑造的『阿媽妮』逐漸取代了歷史上的『高麗棒子』，成爲冷戰時期中國普通大眾腦海中的朝鮮新形勢。」馬剣，同上，第 108～109 頁。

〔註30〕申志遠、魏春橋：《〈上甘嶺〉——中國電影的激情年代》，《電影往事》，2003年；尹雪峰、賈宏宇：《淺析電影〈上甘嶺〉插曲〈我的祖國〉對當代青年人的愛國教育》，《電影文學》，2008 年第 24 期；李興芝：《漫談電影〈上甘嶺〉插曲：我的祖國》，《電影評介》，2009 年；魏德才：《電影〈奇襲〉誕生記》，《黨史縱橫》，1992 年；申志遠：《張魁印與電影〈奇襲〉》，《電影評介》，1999年；春紫：《破襲武陵橋——電影〈奇襲〉原型志願軍偵察科長張魁印》，《黨史縱橫》，2013 年第 10 期；王貞勤：《〈奇襲武陵橋〉：解放軍首部軍教故事片》，《湖北檔案》，2014 年；袁成亮：《電影〈英雄兒女〉誕生記》，《世紀橋》，2006.7；張秀梅：《烽煙滾滾唱英雄——劇作家毛烽和電影〈英雄兒女〉》，《黨史縱橫》，2010 年第 11 期；李天印：《用電影膠片記錄偉大的抗美援朝戰爭——八一電影製片廠赴朝鮮攝製組拍攝抗美援朝戰爭紀實》，《軍事記者》，2010 年；高紅雨、王文燕：《論新中國前 17 年戰爭電影》，《電影文學》，2012年等。

影，這一點值得注意。其中王斑教授的論文《藝術、政治、國際主義：中國電影裏的抗美援朝》（2012）以電影《上甘嶺》、《英雄兒女》爲研究對象，將冷戰看做「一場文化信念的激烈交鋒文化鬥爭」的角度，綜合考察了毛澤東時期的藝術與政治〔註31〕。特別是關於 1964 年上映的電影《英雄兒女》的文本分析，不僅分析比較了巴金的小說《團圓》與《英雄兒女》的區別，還把這部電影當作 60 年代全世界冷戰格局的「新局面」〔註32〕來分析。由於目前缺乏將抗美援朝電影的脈絡與 60 年代中國嚮往的第三世界革命理想的比較研究，這種分析可謂相當難得。論文中將《英雄兒女》視爲「透視東亞冷戰、國際主義、第三世界反霸的主題」〔註33〕，並一同研究了 60 年代國內外政治和社會脈絡，即考察了毛澤東的軍事浪漫主義，文藝思想，中蘇紛爭和向美蘇冷戰兩級對立發出挑戰的第三世界革命理想等。在這一點上，王斑的研究給予本文很多啓發。陳娜的《不僅僅是故事的旅行：小說〈團圓〉與電影〈英雄兒女〉的改編研究》（2014）與其他研究一樣忠實地分析了小說和電影的區別，而它的特點在於並不單純地把兩個不同載體的區別看作爲「故事的旅行」，而看作爲不同的創作主體和社會政治因素的結果〔註34〕。她還分析原作者巴金和電影編劇毛峰的創作生涯，去揭示它對各自小說和電影風格的影響。

　　韓國學者對於抗美援朝電影的研究處於低潮。其中李勝喜的《戰爭的政治性變異──以 50～60 年代「抗美援朝」戰爭題材電影爲中心》（2014）便是比較突出的研究成果。論文揭示了在韓國抗美援朝的文化研究中新的研究方向〔註35〕。她以三部抗美援朝經典電影──《上甘嶺》、《奇襲》、《英雄兒女》爲中心，分析了抗美援朝的「記憶」在不同時期與國家政治意識形態的訴求保持同步的狀況。她注重的是由國家主導的冷戰文化，以及它內部存在的政治化機制。李勝喜的思路與本文一樣，認爲 60 年代抗美援朝敘事是「記

〔註31〕 王斑著：《藝術、政治、國際主義：中國電影裏的抗美援朝》，由元譯：《當代作家評論》，2012 年第 4 期。

〔註32〕 「冷戰不僅僅關乎美國和蘇聯兩個霸權的對壘。社會主義陣營和第三世界有自己的冷戰觀。」王斑，同上，第 194 頁。

〔註33〕 王斑，同上，第 195 頁。

〔註34〕 陳娜：《不僅僅是故事的旅行：小說〈團圓〉與電影〈英雄兒女〉的改編研究》，《文藝爭鳴·視野》，2014 年第 10 期。

〔註35〕 〔韓〕李勝喜：《戰爭的政治性變異──以 50～60 年代「抗美援朝」戰爭題材電影爲中心》，《SAI 間》第 17 號，2014 年。

憶的敘事」。但是她的研究中對作爲他者形象的「朝鮮」關注較少。對抗美援朝戰爭時期創作的文藝作品取材上存在局限性，這與本書是不同的。

三、樣板戲研究狀況

《奇襲白虎團》是唯一一部以抗美援朝爲主題的樣板戲。可是有關這部樣板戲的研究與有關抗美援朝文學、電影研究的現狀同樣，將其作爲映像中國時代話語的文化研究方面的成果不多，這些研究更多的只是關注它的誕生、修改過程、英雄人物分析等局部內容。目前，韓國現況研究成果主要分成兩大部分——文本的外部研究與內部研究：文本的外部研究重點放在文革時期政治權力鬥爭，考察政治權力與文化之間的互動關係以及文化的政治權力化。內部研究主要考察樣板戲的形成過程、傳播、創作理論，以及每個作品的語言、美術、音樂等的藝術特徵，還有題材，主題意識與人物分析等。中國學者們的研究不僅以與韓國相似的研究範疇爲基礎，而且關注不同時期樣板戲、電視劇、電影等不同媒體的版本分析，迄今爲止他們對樣板戲研究的深度與寬度令人矚目。尤其是 2014 年香港出身的導演徐克拍攝的劇情動作片《智取威虎山》，再次掀起了對在當代語境下的紅色經典進行再解讀的熱潮，很多研究者把這部電影當作研究文本，發表了關於電影產業與政治之間的互動關係、紅色經典的好萊塢化等文化政治方面的成果。其代表性研究有路楊：《〈智取威虎山〉：「革命中國」的想像、追認與終結》、韓莉：《一個革命樣板戲的重新包裝：徐克〈智取威虎山〉中的政治與商業》。

根據以上對現有的抗美援朝文學和電影相關先行研究的總結，可以發現存在以下幾點不足之處。首先，文學研究領域研究對象的主要是 50 年代的文學文本，且其中大部分還是集中在 50 年代初期和中期創作和發表的作品，具有時代局限性〔註36〕。即便將抗美援朝戰爭視爲自 1950 年到 1958 年，也就是從 1950 年對朝參戰至 1953 年停戰，再到後來 1958 年中國軍隊徹底撤出朝鮮半島爲止，但僅以文學作品爲對象來考察，依舊很難實現本書的研究目的。在現有的研究集中作家作品論和當代文壇的研究上，並未從文化研究的角度

〔註36〕常彬教授以大量的資料爲依據，指出抗美援朝作品湧現的高峰期是在 1950 年 10 月至 1954 年間，並以當時代表性的黨報、綜合性報刊、文學期刊、出版社的抗美援朝文學作品數量爲基礎，指出自 1950 年後期起，抗美援朝文學創作數量顯著減少。參考常彬：《抗美援朝文學敘事中的政治與人性》，《文學評論》，2007 年第 2 期，第 59～60 頁。

對當時圍繞著朝鮮戰爭的中國社會整體和政治變化與文藝聯繫在一起進行研究也是非常遺憾的。其次，在電影研究領域，從文化研究的層面上來說，雖然也有結合當時中國國內外環境來研究抗美援朝電影的論文，但研究的成果本身並不多，而且研究對象集中在《上甘嶺》、《英雄兒女》兩部電影上。同時可以發現，由於研究的焦點主要集中在「中國」，對自我和他者形象以及兩者間的關係形象化後形成的自我認知和世界想像方面則關注度不夠。除此之外，就像現有的文學研究存在不足一樣，在「各時期抗美援朝敘事的變異」方面，即「60 年代通過電影所表達的抗美援朝主題，與 50 年代相比，是怎樣變化和融合的」這一論題在現有的研究範圍內還是空白。再次，現今樣板戲的研究，對《奇襲白虎團》作品的關注度本身不太夠，不僅如此，整個樣板戲研究方向作爲呈現出國際主義想像的文化研究成果也並不多。

　　本書爲了完善先行研究中的不足之處，更好地實現論文目的，本文將時間範圍不僅僅局限在戰爭時期——50 年代，而是將時間範圍擴大到戰爭記憶的再召喚時期——60 年代，以及文革時期——70 年代，對各個時期抗美援朝敘事的主要類型，即以文學、電影、樣板戲作爲文本，從歷時性角度進行考察。

第三節　主要概念與研究思路

　　如果說本書的研究目的在於考察 50 至 70 年代抗美援朝敘事的構建過程與冷戰時期中國自我認同的構建過程之間的摩擦與互動關係，那麼最終的重點將落實到「革命時代的抗美援朝敘事在人民想像中國和自我中起到了怎樣的作用？」這一問題上。王德威教授在他的著作《想像中國的方法》中提出：作爲社會性象徵活動，文學與電影不僅「反映」所謂的現實，其實更參與、驅動了種種現實變貌；作爲大眾文化媒介，文學與電影不僅銘刻中國人在某一歷史環境中的美學趣味，也遙指掩映其下的政治潛意識。文學暨電影工作者還有他們的觀眾，運用想像、文字、映象所凸顯的中國，其幽微複雜處，遠超過傳統標榜純知性研究者的視野極限〔註 37〕。他所提出的「通過文藝想像中國的方式」對本書的研究思路帶來了很大的啓發。

〔註 37〕王德威：《想像中國的方法：歷史‧小說‧敘事》，天津：百花文藝出版社，2016 年，第 355 頁。

　　首先，他對「作爲社會性象徵活動的」、「掩映其下的政治潛意識」的文學與電影的理解來源於弗雷德里克‧詹姆遜提出的馬克思主義文學研究方法論。詹姆遜確立了「永遠歷史化」這一大命題，主張任何理論都應當在特定的歷史語境中理解才是有效的。根據他的觀點，文學與藝術也要克服非歷史性這一問題，應該在文學與政治、歷史的關係中進行考察。這是因爲，文學文本作爲一種「社會的象徵性行爲」，既是社會的產物，也是社會「政治潛意識」象徵性、暗示性的體現。所謂的「政治潛意識」是指，從階級、集體、歷史層面爲了激活矛盾的現實與歷史而出現的一種無意識、卻又是必然的反應，而「敘事文本」就是將包含這種欲望和歷史矛盾的政治潛意識，以一種類似滿足心願的方式來進行緩解。但是，隱藏在敘事文本中的歷史和欲望並非是直接呈現的，而是如夢一般，運用置換、補償、投射等作用將其呈現出來。因此，文本需要來進行詮釋，所謂的辯證法文學理論的作用就是旨在恢復借用這種敘事作品來被象徵、隱喻、僞裝、隱蔽的歷史〔註 38〕。本文以詹姆遜的文學理論爲基礎，擺脫了將社會主義革命敘事看爲政治宣傳工具的這種片面性觀點，對社會主義革命時期抗美援朝敘事中所包含的現實與欲望之間的糾葛、烏托邦衝動、情感、集體無意識進行考察。「再解讀」就是一種與此相關的研究方法。「再解讀」在很大的程度上被視爲 20 世紀 80 年代中後期「重寫文學史」思潮在 90 年代的延伸，主要爲重新理解 20 世紀中國左翼文學與文化（尤其是左翼文學的「當代形態」的 50～70 年代文學）提供了新的研究視野〔註 39〕。本文對上述抗美援朝文藝的「再解讀」，也就是通過「文本的歷史化」來進行考察，能夠呈現抗美援朝敘事文本的「修辭策略、敘事結構、內在的文化邏輯、差異性的衝突內容或特定的意識形態內涵在文本中的實踐方式」，進而將抗美援朝「不被視爲封閉的文藝作品，而被視爲意識形態運作的『場域』，也就是交織著多種文化力量的衝突場域」〔註 40〕。同時，還

〔註 38〕〔美〕弗雷德里克‧詹姆遜，王逢振／陳永國譯：《政治無意識》，北京：中
　　　　國社會科學出版社，1999 年，前言與第一章參考

〔註 39〕唐小兵主編：《再解讀──大眾文藝與意識形態》，北京：北京大學出版社，
　　　　2007 年，第 271 頁。唐少兵對「解讀」的終極目的進行如下說明：「一旦閱讀
　　　　不再是單純地解釋現象或滿足於發生學似的敘述，也不再是歸納意義或總結
　　　　特徵，而是要揭示出歷史文本背後的運作機制和意義結構，我們便可以把這
　　　　一重新編碼的過程稱作『解讀』。解讀的過程便是暴露出現存文本中被遺忘、
　　　　被壓抑或粉飾的異質、混亂、憧憬或暴力」。同上，第 15 頁。

〔註 40〕唐少兵，同上，第 271 頁。

可以讓我們重新思考抗美援朝文藝的價值性。目前當代文學史中對抗美援朝文學價值的評價並不怎麼高，即使在著名的當代文學史論著中，對抗美援朝時期及當時文學的介紹也非常少，涉及的作品也主要集中在路翎的創作及當時對他的批評，而對抗美援朝文學的評價則牢牢地限定在當前對文學價值的評判標準上。當然，毋庸置疑的是，路翎的作品超越了當時的創作局限，即使今天讀來依然是優秀的文學作品。但是，如果僅僅用「文學性」這一個標準對抗美援朝文學進行評價，那麼抗美援朝時期文藝作品所具有的諸多價值都將被忽略。與當前文學史評價形成對比的是，社會主義革命時期出版的當代文學史論著中充分肯定了抗美援朝文學的價值，將其定性爲「革命歷史敘事」的主題之一。舉例來說，1960 年出版的《中國當代文學史（1949～1959）》上冊〔註41〕中主要論述了作家劉白羽與楊朔的《三千里江山》；1962 年，由華中師範學院中國語言文學系編著出版的《中國當代文學史稿》中，不僅收錄了作家楊朔和魏巍的作品，而且把《志願軍一日》和《志願軍英雄傳》等作品也作爲「群眾文藝」作品收錄在內〔註 42〕。雖然當時與現在的文學評價標準及主流話語存在相當大的差異，但把抗美援朝文學作爲革命歷史素材之一進行分析，這在重新回顧抗美援朝主題的層面上具有重要意義〔註 43〕。但是不能忽視的是，抗美援朝戰爭作爲繼抗日戰爭與解放戰爭之後，「中國人民共和國創建歷史」中的又一個重要組成部分，當時的抗美援朝戰爭敘事爲初期中共政權賦予了合法性，並向作爲讀者的人民大眾展現文學與社會現實之間特殊的想像關係〔註 44〕。尤其是，如果說抗美援朝戰爭與作爲中共革命戰爭

〔註41〕 山東大學中文系中國當代文學史編寫組編：《中國當代文學史（1949～1959），上冊》，山東大學出版，1960 年。

〔註42〕 華中師範學院中國語言文學系編著：《中國當代文學史稿》，科學出版社，1962年。

〔註43〕 抗美援朝文學作品在今天被過低評價有多方面的因素：首先，隨著革命話語的退潮，以戰爭宣傳和動員爲主要目的的抗美援朝作品從今天的文學視角來看，價值並不大；第二，抗美援朝戰爭是涉及美國、韓國等相關國家的國際戰爭，即使在當今和平時期，依然會對已與彼時大不相同的國家間關係產生影響；同時，在六十年代對抗美援朝進行回顧之時，中國被賦予「世界革命領導者」這一形象，這在後革命時期的今天，對國家利益並不會有任何好處。任何一個時期，對文學作品及作家的評價都不可能脫離主流話語，當代文學史中對文學作品和作家的評價也證明了這一點。

〔註44〕 陳曉明教授在談及當代文學中的革命歷史敘事作爲「文學的歷史化」的意義時表示：「文學寫作需要按照特定的歷史需要再現式地敘述一種被規定的、已

敘事的抗日戰爭或解放戰爭敘事之間存在同之處，其差異就在於，抗美援朝戰爭敘事並非是建國以前已經經歷過的、作爲一段崇高歷史的革命歷史敘事，而是以建國之後不到一年時間裏爆發的「朝鮮戰爭」爲素材。從這一點來看，與其他任何戰爭敘事相比，內在於抗美援朝的「當代中國」的時間與空間語境都顯得更爲強烈。並且，正如前面所講到的，抗美援朝敘事不僅是戰爭時期，甚至是整個毛澤東時代不斷強化革命中國自我敘述的革命戰爭敘事，同時與中國的主流意識形態保持同步，這也體現出從歷時性角度對敘事形成過程進行考察的必要性。

其次，在王德威看來，不管是利用文字語言的印刷作品——小說，還是利用視聽語言的影像媒介，即電影，都是以「以故事爲基礎的敘事藝術」作爲大前提。社會主義革命時期的抗美援朝敘事雖然根據時代的不同，文學、電影、樣板戲等主要敘事媒介有所不同，但都在驅動想像革命中國、塑造冷戰自我主體和世界想像中起著重要的作用。因此，雖然本文也對不同媒介的形式特徵進行了論述，但始終將關注點放在隨著時代發展潮流呈現出的敘事構成方式上的「連續性和差異性」方面。這裡所說的「連續性」是指，抗美援朝這一主題所攜帶的「愛國主義、國際主義、革命英雄主義」精神方面的「不變」；「差異性」是指，隨著時代的不同，在主題形象化方面的認同對象與其身份、一體化的水平的不同。自 50 年代抗美援朝敘事形成起，一直到 70 年代文革時期，抗美援朝敘事的構成方式隨著每一時代政治文化環境的不同在不斷發生著變化。這就很好地映證了前面所講的內容。因此，在「再解讀」這一方法論的基礎上，對文本進行再次分析的內容就在於，對反映當時歷史語境中的文化邏輯的時代話語的表象，即具體呈現中國新「自我表象」的自我——志願軍，以及他者朝鮮的「形象」特徵和變化進行考察。因爲「形象」作爲一種文化隱喻或象徵，是對某種缺席的或若有若無的事物的想像性、隨意性表現，其中混雜著認識的與情感的、意識的與無意識的、客觀的與主觀

然發生的歷史，從而使作品所反映的生活具有客觀的眞理性。歷史化也就是將歷史文本化和寓言化」，他強調：「中國當代的革命文學與革命歷史交織融合在一起，共同形成了中國的現代性的歷史化敘事」。雖然他把堪稱革命經典的「三紅」（《紅旗譜》、《紅日》、《紅岩》）、「一創」（《創業史》、「保林青山」（《保衛延安》、《林海雪原》、《青春之歌》、《山鄉巨變》）中與革命歷史題材相關的六部作品作爲示例，但抗美援朝敘事在這一層面仍有重要意義。陳曉明：《中國當代文學主潮》（第二版），北京：北京大學出版社，2013 年，第 114～115 頁。

的、個人的與社會的經驗內容〔註45〕。

　　對於這種「形象」的重要性，酒井直樹認爲，形象一方面是虛構的，但另一方面它又是促使人們朝著未來前進的力量。因爲形象控制著想像力，這種想像力能催生對身份認同的欲求。然而，這種自我主體的構成並非孤立存在，而是與其他形象，也即他者形象發生並保持著某種聯繫，他的這一「雙形象化圖式」充分說明了在抗美援朝敘事中自我形象與他者形象都非常重要〔註46〕。在同一問題上，當代形象學研究者巴柔也主張，新自我定位與其面對的既對立又互補的「他者」——異國形象有著直接的關係。並對「異國形象」的特殊性下了定義：「異國形象應被作爲一個廣泛且複雜的總體——想像物的一部分來研究」，他還指出以社會集體想像物的「形象」是「對一種文化現實的再現，通過這種再現，創作了它（或贊同、宣傳它）的個人或群體揭示出和說明了他們生活於其中的那個意識形態和文化的空間」。〔註47〕如果用巴柔的「形象學」理論與酒井直樹的「主體構成機制」來分析抗美援朝文學作品，那麼作品中作爲異國（他者）的「美軍和朝鮮」形象，則是建立在體現了中國政府及作家意識形態的自我認識的基礎之上，並且，作爲具體呈現「自我表象－志願軍」的一個「對立項」（counter-part），與自我形象組成了一對，是必不可少的。因此，抗美援朝文藝中「自我與他者形象」的特徵和變化，是本文在考察當代中國冷戰自我主體和世界想像的一個重要的研究對象。首先，本文在自我形象的分析中，筆者將主要側重於探究抗美援朝敘事中志願軍戰士的「階級身份」及其變化。作爲「自我」的志願軍形象是踐行中國政府提出的「抗美援朝，保家衛國」這一社會主義新價值觀與展望的主體，也是「社會主義新人」的模範，甚至也可以說是在社會主義建設時期對剛獲得解放的新中國本身的隱喻。這種情況下，隨著時代不同而發生的志願軍戰士身份的變化，意味著志願軍自我形象中包含的「新中國」、「主體」、「社

〔註45〕　周寧：《跨文化形象學的觀念與方法——以西方的中國形象研究爲例》，《東南學術》，2011 年第 5 期，第 7 頁。

〔註46〕　〔日〕酒井直樹，藤井たけし譯，〈2.「日本思想」問題〉，《翻譯與主體》，首爾：YeeSan，2005 年，第 113 頁。

〔註47〕　巴柔：《從文化形象到集體想像物》，孟華主編：《比較文學形象學》，北京大學出版社，2001 年版，第 121 頁；孟華，「一個作家筆下的形象，主要不是對異國社會（缺席的客體）的表現，而是對本國社會（在場的主體生活於其中）的表現。」孟華主編：《比較文學形象學》，北京大學出版社，2001 年版，第 9 頁。

會主義新人」等意義也發生改變，因此，不同時代志願軍戰士身份發生的變化非常重要。與此同時，「朝鮮戰爭」敘事作爲國家敘事，所要傳達的政府的信息也發生了變化。之後在對國際主義世界觀形成的分析中，將重點探討「朝鮮」這一特殊的「他者」。抗美援朝文學中的「美軍」與「朝鮮」兩個他者形象在表現以志願軍爲代表的新中國的強大和新國際主義世界觀方面扮演著重要的角色。不過，在這其中筆者將更加側重於對「朝鮮」形象的探究，原因在於，比起美軍形象，筆者認爲朝鮮形象更加有效地支撐和表現了新中國的「強盛中國，革命中國」之理想。「朝鮮」是志願軍戰士爲了保衛祖國與美國交戰、隨著志願軍百戰百勝最終得以成功守衛的「異國」，同時，志願軍在他國的這種行爲也體現了「國際主義」精神。由此來看，在抗美援朝文學中，朝鮮可以說是與主人公志願軍戰士同樣重要的形象，事實上，在每個時期志願軍形象包含並要傳達的中國政府的信息發生變化時，朝鮮形象總能較快適應並做出轉變。如果說抗美援朝敘事的形成期五十年代是第一次轉變時期，那麼作爲「回顧時期」的六十年代則發生了第二次轉變。與此相反，美軍形象的刻畫，五十年代的單純化、醜化的敘事方式在之後幾乎沒有發生變化，這也再次說明了「朝鮮」這一他者形象在刻畫中國自我形象方面是一個非常重要的「他者」。

　　以上對貫穿本文主題的「通過文藝敘事的想像」以及具體呈現出來的「自我與他者形象」的概念進行了考察。在這一概念的基礎上，本書以「再解讀思路」作爲最基本的研究方法，對 50 年代抗美援朝文學、60 年代抗美援朝電影、70 年代樣板戲電影文本進行了分析。

第四節　研究規劃

　　本書共由三章構成，在緒論和結論以外的本論部分中，第一章到第三章分別對應 1950 年代中前期、1950 年代末～1960 年代中期和 1960 年代中期～1970 年代中期。抗美援朝敘事自 1950 年代戰爭時期開始，到後來的 1960 年代回顧時期，再到最後 1970 年代文革時期，根據每個特定時期對歷史、文化邏輯、意識形態的要求，不僅是主要的敘事體裁，時代話語中所體現出來的自我、他者形象同樣也在隨時變化，不斷爲當代中國自我認知與世界想像注入動力。本書對一直不被重視、遺忘和壓抑的抗美援朝敘事進行「歷史化」的同時，通過對自我、他者形象特徵進行分析，來對形象策略背後所隱藏的

當代新中國「國家、人民」這一自我認同的藍圖及裂隙進行考察。因此，本書大致可分爲兩部分，一是當時時期國內外政治、文化背景，二是作爲時代話語表象的自我他者形象，對這兩方面進行分析。

第一章主要圍繞 1950 年代中前期的抗美援朝文藝展開。1950 年是建國初期，也是抗美援朝戰爭的爆發期，同時也是抗美援朝敘事的形成期。建國初期，中國政府爲確立和施行新政權，努力試圖樹立國家統治秩序，但卻舉步維艱。這不僅是由於當時圍繞新中國不安的國內外環境導致，還由於當時中國的特殊性。這是因爲，當代中國並不是在某塊新的土地上由新的人民「創造」的國家，而是在舊中國的領土、人民構成、傳統和文化習俗的環境之上建立的。正因如此，建國初期，階級認同在短時間內快速形成一體化非常困難，加之貫穿整個二十世紀的多種政治認同成分交織共存，包括晚清以來的「民族國家認同」、五四以來的「個人認同」、社會主義新中國以後的「階級認同」等。這種情況下，從政治層面來看，朝鮮戰爭爆發和中國直接參戰的「戰時危機」，是處於困境之中的中國政府加強全國人民團結，共同推進社會統一，進而鞏固國家政權的一次絕好機會。因此，可以說，新中國的首次國民化及冷戰化就是借助朝鮮戰爭的爆發，以及旨在動員人民大衆的抗美援朝運動這一契機來實現的。第一節就對抗美援朝戰爭參戰前後狀況以及抗美援朝運動的影響，尤其是從「社會主義意識形態的穩固」、「人民自我認同的強化」這一政治思想層面來進行考察。那麼，在這一點上，五十年代抗美援朝主題的文藝作爲抗美援朝運動中的重要一環，在探究上文所述的亞洲冷戰秩序中形成的中國人民的冷戰化和國民化狀況方面，是一條非常重要的文化路徑。第二節通過對各式各樣的抗美援朝作品，尤其是訪問朝鮮戰地的戰地作家們手下所呈現的對朝鮮戰爭的不同敘事方式，來對抗美援朝戰爭國家敘事形成期，即建國初期摻雜大衆政治認同成分的中國冷戰世界觀進行考察。魏巍、巴金、楊朔、路翎、老舍等作家曾以不同目的親赴朝鮮前線採訪、創作、組織朝鮮訪問慰問團、體驗戰地生活等。這些擁有朝鮮前線戰地經歷的作家們，在有組織性、集體性的當代文壇新體制之下，按照黨的統一創作方針進行創作，形成了朝鮮戰爭的「國家敘事」。但是由於作家本身也是作爲舊中國與新中國之間的過渡性存在，已形成的、在短時間內無法改變的世界觀和創作特點則會有意無意地滲透在作品中，形成各不相同的朝鮮戰爭景象。從這一點來看，這些作家創作的文學作品具有從舊中國向新中國轉換的過渡

期性質，因此，在研究建國初期各種世界觀交織並存的中國的冷戰化特徵方面，這些文學作品可以成爲重要的研究文本。基於此，本文把抗美援朝文學中的文學敘事分爲三大類，分別是「階級認同」敘事的基石、日帝侵略時期「民族主義」熱情的冷戰式轉變、「人道主義」視角下的戰爭悲劇。與此相應，本文也將按照這一順序，在各版塊分別對魏巍的戰地通訊作品、楊朔的長篇小說《三千里江山》以及路翎的一系列短篇小說等進行分析。這一點尤其會隨著不同作家在看待和理解「朝鮮戰爭」的不同，以及著力強調的角度與方面的不同而產生很大的差異。第三節則將具體考察作爲建國初期社會主義新人榜樣的翻身農民志願軍形象，以及反映初期國際主義世界觀的他者朝鮮形象。從本書所關注的革命時期抗美援朝敘事構建過程中「連續性和差異」這一問題意識出發，著重考察了自我形象方面各個時期志願軍的階級身份及變化。將對第一個時期，即 1950 年代抗美援朝文學中的「窮苦人」，尤其是「翻身農民」出身的志願軍形象進行分析，從而探究「社會主義新人」的意義與局限性。在分析他者朝鮮形象時，對在東方自我想像中被作爲普遍性他者的西方形象，即抗美援朝敘事中「美軍」形象的局限和朝鮮形象的重要性進行考察，並從過去中朝關係冷戰式轉變、以及文藝作品呈現出來的「記憶的編製」這一層面，來對 50 年代抗美援朝敘事中的朝鮮形象特徵進行考察。

　　第二章將對自 1950 年代後期起一直到文革爆發之前這段抗美援朝戰爭的回顧時期，被製作成電影來被消費的抗美援朝敘事轉變的特徵進行考察。主要研究對象是《戰友》（1958）、《友誼》（1959）、《三八線上》（1960）、《奇襲》（1960）、《英雄兒女》（1964）、《打擊侵略者》（1965）等抗美援朝電影。第一節首先考察 1950 年代後半期國內外環境的變化以及以「和平演變」爲代表的社會主義危機症候，然後進一步敘述這一時期出現的「抗美援朝記憶的召喚」以及「抗美援朝戰爭電影熱潮」現象，實際上是試圖從政治、文化層面來克服當時中國國內外環境所帶來的革命危機感，提出一個新世界革命藍圖這一觀點。但是，還需要注意的是這個時期構成抗美援朝敘事的話語與 50 年代戰爭時期有所不同。即使「抗美援朝戰爭」主題本身帶有的「愛國主義與國際主義精神」沒有發生根本的變化。可是根據國內外情況的變化，新的自我認識以及世界觀「展望」被改寫和重寫。這點也可以從不同時期與媒介的變化層面來進行考察。如果說五十年代文學生產與消費的最主要目的是對人民大眾進行全方位的身心動員以成功地克服當前的戰爭危機，那麼在戰爭記

憶回顧時期的六十年代，通過電影再次得以呈現的抗美援朝敘事則在意識形態層面相比前一時期更具象徵性的目的，這一點非常值得關注。同時，諸如此類的特點不僅體現在自我──志願軍形象身上，也體現在作爲他者的朝鮮形象上。筆者注意到這個時期再次被召喚的抗美援朝敘事經歷了（和 50 年代不同的）又一次新的轉變，並有了「革命歷史敘事」的定位，於是想要從「革命戰爭片」的角度考察抗美援朝時期的電影。第一節在正式對電影文本進行分析以前，首先對新中國電影的特徵和它所具有的政治文化性功能進行考察，並將「十七年」時期抗美援朝影片分爲三個時期，即戰爭初期（1950～1952 年）的記錄作品、停戰後首映故事片《上甘嶺》（1956），以及自 1958 年中國志願軍完全撤離朝鮮起一直到文革之前的第三次時期（1958～1965），來對整個抗美援朝影片和製作廠進行簡要梳理。第二節與第三節則分別對不同與 50 年代的自我志願軍和他者朝鮮形象進行分析，並對新形象策略背後當時中國的危機感以及相應的對策進行考察。首先，第二節將分析 1960 年電影中中國人民志願軍形象，如果說 50 年代的志願軍的主要階級身份是「翻身農民」，那麼 60 年代電影中的志願軍就已經完全擺脫了農民形象，自 1958 年起到 1963 年是「無產階級戰士」，1964～1965 文革前夕是「革命接班人」，共發生了兩次轉變。尤其是在文革前夕上映的電影《英雄兒女》，就很好地反映出作爲「革命接班人」的新志願軍形象。這電影改編自 1961 年巴金發表的中篇小說《團員》。本文將對兩部作品對同一文本的不同敘事方式進行比較，進而對僅在三至四年這簡短時間內發生的中國抗美援朝的敘事戰略的變化進行分析，尤其是通過「革命接班人」中所具體呈現出來的志願軍形象，最終來對文革前夕中共所提倡的不同於以往的「中國」與「中國主導下的世界革命」的藍圖進行考察。第三節則以「國際主義世界觀的鞏固化」爲主題，分析 60年代電影中所呈現的不同的朝鮮敘事特徵。1950 年末，中共中央明確提出要警惕「修正主義」和防止「和平演變」，此後隨著國際形勢的變化，對國內革命的路線也不可避免地做出了調整。尋找符合革命方向的新革命動力成爲了中國政府面臨的一項非常緊迫的工作。此時，「亞非拉」第三世界的民族解放熱潮作爲新的革命動力，不僅在六十年代重塑中國的新「世界想像」上扮演著重要的媒介角色，而且是身爲世界革命之領導的中國在國際共產主義運動中的地位得以提升的具體「他者」。本文首先對所謂「農民革命」的中國革命特殊性，以及中國的這種革命經歷對當時第三世界民族解放鬥爭所帶來的影

響進行考察。接下來，本文則正式對作爲「亞非拉」革命再現的「抗美援朝戰爭」進行考察。60 年代抗美援朝電影最顯著的變化可以說就是「朝鮮的出場」。不僅現有的朝鮮形象變得更加多樣化，而且李承晚僞軍也被搬上熒屏，使原有的朝鮮敘事又發生一次轉變，即二次轉變。本文通過對具體的電影文本進行分析，對隨著新朝鮮敘事策略的意圖以及「兩個朝鮮」的登場，「抗美援朝」戰爭的意義是如何擴大和發生轉變的進行考察。

　　第三章主要講文革時期的樣板戲作品，尤其是將《奇襲白虎團》與《海港》作爲重要的文本考察文革時期中國作爲世界革命的先鋒地位、以及與世界聯合的中國「無產階級國際主義世界觀」。樣板戲的背景涵蓋土地革命時期（1927～1937 年），以及解放戰爭時期（1945～1949 年）、和中華人民共和國建國以後（1949 年～）的時期〔註48〕，可以說像全景畫一樣展現了中國共產黨領導下的「中國革命的歷史畫卷」〔註 49〕。其中，背景爲土地革命時期到解放戰爭時期的作品被涵蓋在中國革命的「內部」，與此相反，以建國以後的當代革命中國爲時間和空間背景的《奇襲白虎團》與《海港》則延伸到「外部」，換句話說，它展現了中國領導的世界革命理想藍圖的「樣板」。這兩部作品的題材差異在於，雖然兩部作品均涵蓋了「當代中國如何理解與世界革命的關係」這一文革話語，但是它們分別以朝鮮和中國國內爲舞臺背景，在武裝鬥爭和非武裝鬥爭的層面體現了實現國際主義精神的主旨，對這一點有必要進行關注。本文立足於這樣的差異，第一節具體分析革命現代京劇《奇襲白虎團》。到文革時期，抗美援朝敘事雖然處於六十年代抗美援朝敘事的延長線上，但同時作爲文革時代症候又具有與過去時代不同的特徵。因此，本文以毛澤東的人民戰爭思想和國際主義思想在《奇襲白虎團》中被強化這一角度，再解讀《奇襲白虎團》中呈現出來的「向全世界輸出革命」這一世界革命與國際主義想像。這一點也可以說是本文自始至終的一貫主題──「通

〔註48〕　「八個樣板戲」中反映土地革命時期的有《紅色娘子軍》，抗日戰爭背景的有《紅燈記》、《沙家濱》、《白毛女》，反映解放戰爭的有《智取威虎山》，反映建國以後抗美援朝戰爭的有《奇襲白虎團》，《海港》的時代背景是 1963 年夏天。

〔註49〕　「革命樣板戲以黨的基本路線爲指導思想，深刻地反映了半個世紀以來，中國的無產階級和廣大人民群眾在中國共產黨領導下進行的艱苦卓越的武裝奪取政權的鬥爭生活，和無產階級專政下繼續革命的鬥爭生活，爲我們展現了一幅雄偉壯麗的中國革命的歷史畫卷。」初瀾:《中國革命的歷史畫卷──談革命樣板戲的成就和意義》，《紅旗》，1974 年第 1 期。

過社會主義革命時期抗美援朝敘事考察當代中國的自我認知與世界想像」。第二節將對反映 1960 年代中國碼頭工人生活的《海港》進行分析。這裡將通過這一作品，著重探究「上海」這一象徵性的時空間如何強化碼頭工人的革命自我認同、最終如何呈現與亞非拉國家之間構建的想像共同體，以及中國與亞非拉的紐帶是何種形式。最後，作爲尾聲，在被「第一世界獨佔」的今天，若想建立一個能夠應對這一局勢的新的命運共同體，我們可以從以下角度進行思考：即，當時中國同世界上被壓迫、被奴役的國家之間產生的生命共同感，以及在萬隆精神中獲得的啓示這兩個方面。

第一章 1950年代中前期：「新中國」
話語的建構

第一節 戰爭與動員

　　歷經 8 年的抗日戰爭和 4 年內戰，中國終於於 1949 年結束了一切的壓
迫，實現了民族解放和祖國統一。然而，勝利的喜悅是短暫的，不久，新中
國便面臨了社會，政治，經濟等方面的現實性問題：在社會經濟層面上，長
時間的戰爭導致了通貨膨脹、物價暴漲、失業率高、基層建設不足、自然災
害頻繁等一系列問題；在領土層面上，則要面對臺灣和西藏等地區的不完整
統一。中華人民共和國成立初期，這些不完整的因素妨礙了政權以及秩序的
穩定。而且威脅中共政權的不只是中國內部的問題。1945 年第二次世界大戰
結束以後，世界上形成了以美國為中心的資本主義陣營和以蘇聯為中心的社
會主義陣營對立的冷戰局面。然而共產黨在亞洲大國——中國獲得的勝利使
美國開始畏懼蘇聯社會主義勢力在亞洲的擴張。美國政府的畏懼感導致了其
對亞洲政策的變化，進一步激化了美國政府和中國共產黨之間的矛盾。中國
共產黨 1949 年蘇聯一邊倒政策的宣佈以及 1950 年初中蘇友好同盟的締結使
得中國與西方，尤其是與美國關係的斷裂。以美國為中心的西方國家對中國
實行貿易封鎖，在國際社會上美國對中國的不認可降低了中國的國際地位。
因此在冷戰期間中國無法獲得資本主義國家的援助。在國內外惡劣的環境
下，新中國為了實現「強中國」必須邁出現代化的步伐，即實行工業化。工
業的發展需要充足的資本、技術以及廣闊的國內外市場，但是當時的新中國

極其落後，國內外市場也非常有限。如何把如此分散又貧窮落後的王朝國家重新造就成既獨立又工業化的現代國家是當時中國共產黨需要解決的歷史使命。但是，當時提供給中國共產黨的選項並不多。50 年初確立的「親蘇反美」外交政策以及社會主義思想觀念使得中國只能和以蘇聯爲中心的社會主義國家進行交往。當時，蘇聯是中國政府能夠共同謀求生存與發展的唯一且最重要的榜樣。換句話說，在中國謀求社會主義現代化的道路上，蘇聯是唯一可以共享社會主義理念和價值觀的國家，也是第一個掀起社會主義革命的國家。同時，蘇聯是中國在革命以後的世界冷戰格局下唯一可以依靠的友邦國。爲此，把國民黨執政時期人們心中的「親美反共」觀念轉換爲新中國的「親蘇反美」觀念，被認爲是新中國經濟復蘇和穩定發展方向的必要步驟。「親蘇反美」的價值觀直接影響了中國人民對中共政治的認同。在需要建立共產主義政權的情況下，能否把共產主義同盟國「蘇聯」當作友邦，直接關係到國內共產主義思想統治地位的確立。因此，在建國初期，把人們心中「親美反蘇」的觀念轉換爲「親蘇反美」的觀念成爲了重要課題。從 1949 年《人民民主專政》宣佈中的「蘇聯一邊倒」政策和 1950 年締結的「中蘇同盟條約」能夠清晰地看到中國共產黨的方向性。沈志華的著述中提到，當時隨著毛澤東領導的中國革命順利進行，愈發認識到了加強中蘇關係的重要性，充分認識到了中國革命勝利後處理國內建設問題以及在國際鬥爭的舞臺上加強與蘇聯關係的重要性〔註1〕。對於中國參與朝鮮戰爭的原因，各界學者議論紛紛。但是從建國初期的以上情況可以發現，解決國家安保問題和加強中蘇關係的必要性影響了中國志願軍的參戰。建國初期，在國家經濟復蘇和發展急需蘇聯援助的情況下，中國很難拒絕斯大林的出兵要求。實際上，中國的參戰使斯大林對中國和對毛澤東的認識發生了很大的變化，加深了戰爭時期中蘇兩方的相互信任與理解。毛澤東也曾經提到過「多少使斯大林相信中國共產黨的一個重要原因」是「朝鮮戰爭的爆發——中國人民志願軍的入朝作戰。」〔註2〕由此看來，被動原因和主動原因共同導致中國入朝作戰。就認同這一觀點的學者看來，首先，在日中國學者朱建榮認爲中國參戰的首要原因是追求國際社會主義的共同利益，同時認爲它不僅僅是單純的自我防禦，而是一種

〔註1〕 沈志華：《毛澤東，斯大林與朝鮮戰爭》，廣州：廣東人民出版社，2003 年，第 79 頁。
〔註2〕 沈志華，同上，第 261 頁。

具有「攻擊性的防禦行爲」〔註3〕。中國學者沈志華提到中國出兵朝鮮是在極其困難的條件下被迫的選擇，並從政策決定論的層面分析了這個問題。他指出，毛澤東在這個問題上的主要考慮有一下三點：第一，在朝鮮存亡危機之際，斯大林和金日成要求中國出兵，被懷疑爲「鐵託」的毛澤東看到第七艦隊在臺灣海峽的派兵，發現中美關係無法恢復，害怕在社會主義陣營中處於孤立地位。第二，爲了防止中國境內戰爭的爆發導致中國局勢動盪，選擇朝鮮半島作爲中美對戰的戰場。第三，爲了防止戰爭蔓延到中國領土後蘇聯借中蘇同盟的藉口派兵進入東北地區〔註4〕。韓國學者朴頭福也主張中國的朝鮮戰爭介入是在中國所處情況下被動因素與主動因素相結合的結果，也是外在強迫和內在資源相互作用的結果。從被動因素來看，當時中國對蘇聯較高的依賴性使得中國不得不滿足蘇聯的出兵要求。從主動因素來看，中國必須防止美國侵入來保家衛國，並且願意通過戰爭解決政治難題〔註5〕。無論如何，對於建國初期貧窮落後的中國來說，決定參加他國戰爭，尤其是參加對抗美國的戰爭，是一件不容易的事情。再說，當時中共政權尚未穩定，民眾統一尚未完整的情況下，如果參與國民不同意且沒有充分理由的戰爭會面臨政權動搖的危機。因此，在中國國內進行全民宣傳教育運動以及全方位的戰爭動員已經成爲與作戰同等重要的任務。

事實上，從建國初期開始，新政權爲了得到人民群眾的認可並達到團結的效果，進行了「和平簽名運動」和「新愛國主義運動」等宣傳活動。包括「中蘇友好同盟互助條約」在內的一系列條約締結以後，爲了強調中蘇同盟關係，中國開始進行大規模宣傳來強調蘇聯國家體制與政權的與眾不同，並且讓人們聯想到其背後的國際主義的要求〔註6〕。但是，朝鮮戰爭的爆發和中國的出兵加劇了對戰爭的恐怖感，這些宣傳教育活動從抽象的概念昇華成爲貼近生活的現實。同時戰爭危機引起的愛國主義熱潮有助於鞏固中國政府的政權。包括毛澤東在內的中國共產黨領導們沒有錯過「朝鮮戰爭」這個歷史

〔註3〕　〔日〕朱建榮，Seo Gak-Soo 譯：《毛澤東的韓國戰爭》，首爾：歷史 NET，2005年，第 367 頁。

〔註4〕　沈志華：《中蘇同盟與朝鮮戰爭研究》，桂林：廣西師範大學出版社，1999 年，第 194 頁。

〔註5〕　〔韓〕Park Doo Bok：《後冷戰時期朝鮮戰爭研究》，坡洲：백산서당，韓國戰爭研究所編，2000 年，參考。

〔註6〕　何吉賢：《「新愛國主義」運動與新中國「國際觀」的形成》，《文化縱橫》，2014年第 04 期，第 96 頁。

契機，把它積極地利用到了國家統一、宣傳教育、社會主義初期改革等政治目標上。因此，中國人民志願軍在朝鮮與南韓軍隊進行了第一次戰鬥後的第二天（1950 年 10 月 26 日），中共中央發佈《關於全國進行時事宣傳的指示》，該《指示》的主要內容是：「美軍擴大侵朝並直接侵略臺灣，嚴重威脅我國安全，我國不能置之不理」，「我全國人民對美帝國主義應有一致的認識和立場，堅決消滅親美的反動思想和恐美的錯誤心理，普遍養成對美帝國主義的仇視、鄙視、蔑視的態度。」也就是說，這種時事宣傳的核心是「反美」以及培養人民大眾的反美情緒。就在同一天，「中國人民保衛世界和平反對美國侵略委員會」〔註 7〕在北京成立（以下簡稱「抗美援朝總會」）。「抗美援朝總會」緊密結合中共中央的宣傳政策與指導，在全國範圍內主導開展抗美援朝運動。不僅普及時事政治教育，也組織了各種抗美援朝活動，並三次組織朝鮮慰問團訪問前線。在新中國初期「抗美援朝運動」把其戰爭危機感作爲動力，涉及社會宣傳教育乃至社會主義改革，從物質和思想上對國家穩定做出了很大的貢獻。「抗美援朝總會」主席郭沫若也在《偉大的抗美援朝運動》報告中指出：通過抗美援朝愛國主義教育，「基本上掃除了美帝國主義百餘年來對中國進行的軍事、政治、經濟、文化侵略和懷柔、欺騙所遺留下來『親美』、『崇美』、的反動思想和『恐美』的錯誤心理，樹立了仇視美帝國主義、蔑視美帝國主義、鄙視美帝國主義心理；大大提高了民族自尊心和自信心；加強了同仇敵愾、打敗美國侵略者的決心。這是我國人民抗美援朝運動在思想戰線上的偉大的勝利，在這以思想基礎上產生了徹底擊敗美國侵略的物質力量。」〔註 8〕

抗美援朝運動和與之同步進行的社會主義初期改革可以從一下三個角度進行討論：即「反美」社會主義思想觀念的穩定，人們自我認同的加強以及經濟復蘇與增產。第一，如同《指示》所說的一樣，在抗美援朝的宣傳教育運動中重點進行了加強反美意識和態度的思想政治「三視」教育。從社會心理學的角度來說，抗美援朝運動中的「三視」教育，就是通過各種形式的宣

〔註 7〕 1950 年 7 月 10 日成立的「中國人民反對美國侵略臺灣、朝鮮運動委員會」與「中國保衛世界和平大會」合併，並於 1950 年 10 月 26 日重新成立「中國人民保衛世界和平反對美國侵略委員會」，由統一領導全國抗美援朝運動，1951 年 3 月，該機構正式改名爲「中國人民抗美援朝總會」

〔註 8〕 趙富林：〈「三視」教育與民族自信心〉，《抗美援朝研究》，人民出版社，1990 年，第 256 頁。

傳教育，在「打破恐美心理、掃除崇美心理、摧毀親美心理」的基礎上，普遍養成民眾的「仇美、蔑美、鄙美」態度，以意識形態方面的「輿論一律」為目標，形成民眾「一致的認識和立場」，並提高民族自尊心和自信心。在當時敵我力量如此懸殊的情況下，首先從心理上戰勝自我，清除親美、崇美和恐美等心理障礙，提高民族自尊心和自信心，以團結一致，同仇敵愾，是非常必要的。在抗美援朝運動的進行中，「三視」教育在具體內容上包括：美帝是中國人民的死敵，是我們最危險的敵人，必須仇視美國；美帝在本質上是最腐朽的帝國主義，是全世界反動墮落的大本營，必須鄙視美國；美帝是外強中乾的紙老虎，貌似強大，本質虛弱，是完全可以打敗的，必須蔑視美國〔註9〕。通過這種「三視」教育，中國人民逐漸消除了之前對美國的認識，「想像」起新的敵人——美國。之所以在「想像」一詞打上雙引號是因為朝鮮戰爭發生在中國境外，所以除了參戰的士兵以外，平民百姓無法接觸美軍。那麼怎麼去想像沒有真正體驗到的朝鮮戰爭和美軍呢？在這一點上，結合歷史與現實開展宣傳教育來揭露美帝的侵略本質是非常有效的：一方面，美國在侵略朝鮮的同時出動海軍第七艦隊侵佔臺灣和臺灣海峽；不顧中國政府的警告，對中國領土領空不斷挑釁，極力把戰火引向中國東北邊境等事實使民眾認識到了美國的「現實威脅性」，增強了民眾的民族危機感，從而認識到抗美援朝保家衛國的必要性。另一方面，從歷史看，美國從 1844 年強迫清政府簽訂《望廈條約》，開「治外法權」和「利益均霑」的侵略先例以來，直到解放戰爭期間援助蔣介石政府，一百多年間從未停止過對中國的侵略。為了有效地宣傳美國「侵華之心不死」的真實面目，在進行這一宣傳教育的過程中，還注意把民眾對日本侵略者的民族仇恨引向對美國的仇恨。即當美國的侵略行為被視為日本帝國主義實行過的侵略政策的「繼承」和「再版」時，當民眾認識到「美國的此種計劃（指侵佔朝鮮後，進一步侵佔中國東北）與以前日本對華侵略歷史如出一轍」時，就對民眾的民族心理產生了強烈震盪，人們自然而然地把對日本侵略者的仇恨轉向了對美國的仇恨〔註10〕。不僅如此，「志願軍歸國代表團」的國內巡迴報告也是極大地鼓舞了祖國人民戰勝美

〔註 9〕　侯松濤：《抗美援朝運動中的「三視」教育——宏觀視角下的回顧與反思》，《黨史研究與教學》，2007 年第 6 期，第 41～42 頁。
〔註10〕　侯松濤：《抗美援朝運動與民眾社會心態研究》，《中共黨史研究》，2002 年第 2 期，第 24～25 頁。

國侵略者的決心和信心，推動了抗美援朝運動的深入發展〔註 11〕。在嶄新的冷戰格局下，美國的形象是通過貫徹社會主義思想觀念的宣傳教育與報告來形成的。過去日本侵華的歷史給人們的「想像」賦予了生命力，使其變得眞實可信。其中，把日本侵華之民族傷痕和塑造美國形象聯繫在一起的行爲，說明冷戰格局中中國的人民化具備白元潭教授提到過的「亞洲冷戰體系的特徵」──「1945 年之前的殖民體系上覆蓋了所謂『殖民化的遺產和冷戰文化的重疊』」〔註 12〕。在朝鮮遍地吹響的中國志願軍勝利號角以及「三視」教育的成功使得「親蘇反美」這個新的外交政策和社會主義思想觀念穩定下來。中共政權救民族於危難之中，深得人民群眾的信任。並且，「三視」教育以民族主義和愛國主義爲切入點，有效促進了中華人民共和國初建時期對民眾心理的整合，在有力清除了百年來帝國主義對華侵略所造成的不良心理影響的基礎上，增強了民族自尊心和自信心。在整個抗美援朝時期，中國社會表現出的一個重大特徵就是「民族主義空前高漲，凝聚力、向心力特別強」。這一切不僅成爲民族和國家發展的根本前提，也成爲民眾形成健康社會心理必不可少的條件〔註 13〕。第二，抗美援朝運動與各種「社會主義改革運動」進行了結合，即進行了所謂「分辨人民和非人民」措施。抗美援朝運動不僅動員了戰爭所需的資源，還給社會主義結構的改善和人民信任度的提高做出了貢獻。建國初期，社會主義改革政策大致包括土地改革、鎮壓反革命運動（簡稱「鎮反運動」）、三反五反運動以及知識分子思想改造運動。西川長夫所著的書籍中有提到日本明治政府時期，對清朝和俄羅斯進行全面戰爭的過程確保了人民的統一和人民的信任，並且在這個過程中分出了「人民和非人民」。據他的著作可知，之後的日本帝國歷史經歷了「擴張人民和壓制非人民」的時期。在戰爭中被劃分爲非人民意味著社會身份的消除和身體的死亡〔註 14〕。那

〔註 11〕 趙富林：〈「三視」教育與民族自信心〉，《抗美援朝研究》，人民出版社，1990年，第 255 頁。

〔註 12〕 「二戰後亞洲各國對自身的認識與之前時期並沒有發生斷裂式的變化。這種意識一直在反殖民地與民族解放的過程中孕育發展。這一認識也表現在各國在冷戰格局的形成中一直都在積極對應的現象上。」〔韓〕聖公會天東亞洲研究所編：《冷戰亞洲的文化風景 1：1940～1950 年代》，現實文化研究出版，2008 年，第 63 頁。

〔註 13〕 侯松濤：《抗美援朝運動中的「三視」教育──宏觀視角下的回顧與反思》，《黨史研究與教學》，2007 年第 6 期，第 42 頁。

〔註 14〕 〔日〕西川長夫，Yoon Dae Sok 譯：《國民國家論的射程》，首爾：소명출판，

麼在朝鮮戰爭時期，和抗美援朝運動相結合而進行的社會主義改革的過程是不是和西川長夫提到的一樣，是在大眾當中剔除潛在的「非人民」，並讓被選爲「人民」的人通過自願－非自願的訓練轉換爲「人民」的過程呢？換句話說，朝鮮戰爭時期全國掀起的抗美援朝運動是人們不分前線和後方，以愛國主義爲核心自發做出的身體上的犧牲和經濟上的支持，是人民團結的集中體現。而社會主義改革運動可以被認爲是剔除「非人民」，即反革命分子或潛在反革命分子的措施。譬如，鎮反運動採取了暴力性的剔除方式，但是三反五反運動和知識分子思想改造運動給予了他們改造的機會，相對人性一些。在這些社會主義改革政策當中，有些在抗美援朝戰爭之前就開始了，有些在抗美援朝時期得到了加強，還有些是在抗美援朝時期發佈的。但是它們都有共同的特點——剔除遍佈在城市和農村的反革命分子和潛在反革命分子，爲國家初期穩定做出了貢獻。事實上，建國初期，幾乎沒有人預測到新中國會走實現社會主義和共產主義的道路。因爲新中國建立初期，中國共產黨把實現新民主主義作爲政治目標，而新民主主義和社會主義是有區別的。但是，1949 年政府將要成立時，毛澤東發表了《人民民主專政》的政治方針。「人民民主專政」意味著給予人民民主，並與非人民作戰，但是人民與非人民的區分是模棱兩可的。被稱爲「潛在的非人民」，即沒有參加革命的知識分子或者城市的民族資產階級以及前國民黨黨員對此模糊的劃線標準感到忐忑不安。這種模糊不清的人民與非人民的區分在充滿恐怖感與緊張感的朝鮮戰爭時期，與抗美援朝運動相輔相成如火如荼地進行〔註 15〕。通過這種方法中共政權在較短的時間內剔除了「非人民」，消除了國內不穩定因素，加強了建國初期的「人民民主專政」。並且通過社會主義改革解決了經濟復蘇，民生安定等亟待解決的問題，爲社會主義國家建設打下了良好的基礎。第三，在抗美援朝戰爭中，當志願軍的幾大戰役結束，戰爭即將轉入持久戰時，抗美援朝運動重新改變成了人民大眾的具體實踐活動。1951 年 2 月 2 日，中共中央發表的《關於進一步開展抗美援朝愛國運動的指事》規定以下三事爲中心：慰勞中國人民志願軍和朝鮮人民軍、反對美國重新武裝日本、發起訂立愛國公

2002 年，第 40 頁。

〔註 15〕陳卓研究了中國人民志願軍的參戰與動員類型。他文章中提出，有些人民因爲是舊社會的富農、地主家世，因此爲了避免戴反革命帽子而參戰。〔中〕陳卓：《朝鮮戰爭時期中國軍隊的參戰與動員類型及構成研究》，《韓國精神文化研究》，2016 年，第 56 頁。

約。這是政府第一次正式提出「愛國公約運動」，這意味著和時事宣傳相比，政府更加看重愛國公約運動。強調經濟效果的「愛國公約運動」，旨在通過愛國增產節約來加快經濟復蘇。比如，工人代表提出生產競爭運動，農民代表提出開展愛國豐產運動和糧穀捐獻運動，工商企業踴躍納稅和捐獻。通過人民的增產節約彌補了戰爭的巨大開支，為國家經濟復蘇建立了基礎。

可以看出，朝鮮戰爭不只是抵抗外來侵略的單純的武力戰爭。中國共產黨不但成功地組織了戰爭，而且為了穩定引入新革命思想觀念的新中國，按照戰爭動員體制組織人民。參戰的同時，中國共產黨在全國範圍內開展了抗美援朝運動，逐漸形成以「三視」教育為中心的反美思想觀念，並且通過中蘇友好運動顛覆了舊中國時期形成的「親美反蘇」認知，而使得「親蘇反美」這一新的意識形態深入人心。由此可知，朝鮮戰爭時期是新中國全面參與進入冷戰秩序中並直面東西方兩個冷戰對立面的新世界格局的時期。而在此時期進行的抗美援朝運動從時事宣傳教育到文藝作品、從官方敘事到大眾敘事、從國家政策到人民的思想意識層面，全方位地使人民形成了一致的政治文化思想認同。這就形成了一個重要的冷戰化機制。

第二節　戰爭初期的身份政治

五十年代抗美援朝主題的文藝作為抗美援朝運動中的重要一環，在探究於亞洲冷戰秩序中形成的中國人民的冷戰化和人民化狀況方面，是一條非常重要的文化路徑。作為一種為取得戰爭勝利而面向人民進行宣傳和動員的途徑，抗美援朝文學在中共中央發佈《關於全國進行時事宣傳的指示》之後，通過相關組織機構和文藝團體在全國範圍內展開。1950 年 10 月 25 日，中國人民志願軍在朝鮮與韓國軍隊正式開戰，第二天（10 月 26 日），中共中央發佈《關於全國進行時事宣傳的指示》。該《指示》中非常明確地指出了宣傳目的、方法以及宣傳時的注意事項，值得注意的是，在宣傳方法中對各地文藝界及出版界的宣傳動員版塊裏指出：各地文藝界和出版界應大量生產各種藝術作品和小冊子，以應宣傳的需要〔註 16〕。同一天，中國人民保衛世界和平反對美國侵略委員會（下文簡稱「抗美援朝總會」）在北京成立〔註 17〕。「抗

〔註16〕　《關於全國進行時事宣傳的指示》，參考《紀念抗美援朝 50 週年》中「文獻　與資料」（網站地址：www.china.com.cn）。
〔註17〕　1950 年 7 月 10 日成立的「中國人民反對美國侵略臺灣、朝鮮運動委員會」與

美援朝總會」與中共中央的宣傳政策和指導方針緊密結合，負責在全國範圍內開展抗美援朝運動，廣泛開展時事政治教育的同時，組織各種抗美援朝活動，先後三次組織慰問團前往朝鮮。時任全國文聯主席的作家郭沫若被任命爲總會主席，由此可以看出，在抗美援朝的宣傳及戰爭動員上，中共中央非常重視文藝界的作用。中國共產黨早在抗日戰爭時期起，就非常重視戰爭中對人民的宣傳和動員，將其放在與武裝鬥爭同等重要的位置，因此也非常重視文藝在宣傳上的效果及作用。從這一點來看，抗美援朝文學作爲社會主義新文藝的組成部分，同樣具有很強的政治性目的，即爲戰爭勝利而面向人民進行動員，而讓「抗美援朝，保家衛國」思想中包含的社會主義世界觀紮根全國則是終極目標。全國性的組織機構與文藝團體也積極響應，其中中共中央發佈 11 月 2 日《關於開展抗美援朝運動的指示》之後，「全國文藝工作者聯合會」11 月 4 日發佈《關於文藝界展開抗美援朝宣傳工作的號召》，與此同時，成立「全國文聯抗美援朝宣傳委員會」統一指導文藝宣傳活動。文藝界抗美援朝宣傳委員會選出丁玲、老舍、趙樹理、邵荃麟等十一人爲宣傳委員並於 11 月 12 日召開了第一次會議，決定組織開展系列活動，活動內容主要包括在全國各地進行抗美援朝文藝作品推介、宣傳冊製作、文藝界人士全國巡迴演講與相關文藝作品研究等，由此，文藝界人士與相關組織可廣泛深入地參與抗美援朝文藝宣傳〔註18〕。同時，從「下設工作組，並由全國文聯、文化部、北京市文聯三單位各調派專人協助工作。宣傳委員會現已在全國文聯開始辦公」等內容也可探知，在中共中央的指示下，文化部、全國文聯與抗美援朝總會有條不紊地共同開展宣傳工作。文藝界各組織先後發表宣言〔註19〕以做響應，由此抗美援朝文藝的創作與宣傳迅速擴大。

結合如上所述的抗美援朝時期組織性、統一性的創作機制來看，抗美援

　　「中國保衛世界和平大會」合併，並於 1950 年 10 月 26 日重新成立「中國人民保衛世界和平反對美國侵略委員會」，由統一領導全國抗美援朝運動，1951 年 3 月，該機構正式改名爲「中國人民抗美援朝總會」。

〔註18〕一、向全國各地介紹推薦抗美援朝的文藝作品，並編印宣傳小冊；二、宣傳委員會組織文學家藝術家向全國廣播，或到各學校、工廠做巡迴講演；三、組織各種座談會，研究文藝作品。《全國文聯六次常委會決定成立抗美援朝宣傳委員會》，《人民日報》，1950.11.14。

〔註19〕比如，1950 年 11 月 6 日，北京市文藝界發佈《在京文學工作者宣言》，同一天，胡風、郭沫若、老舍等人士發佈《北京市詩歌工作者抗美援朝宣言》並表示回應等。

朝文學作爲當代文學實踐的第一章，是延安時期解放區文藝實現全國化的一次契機，它範圍廣闊，在創作方式、傳播、批評等方面對當代文壇機制的形成與鞏固起到了重要作用。這個過程的出發點，在作家群體的地位變化的角度上與舊中國明顯不同。參加抗美援朝文學創作的作家出身及創作傾向各不相同（比如解放區與國統區、延安出身與非延安出身等），他們經過抗美援朝宣傳與文學創作實踐，在當代文壇上獲得新的地位，他們奔赴朝鮮體驗前線生活並進行的抗美援朝文學創作可以說是登上當代文壇的首秀。他們當中，既有經歷前線生活的部隊文藝工作者，也有連當代文藝創作規範都沒有理解的作家。尤其是從抗美援朝文學與解放區抗戰時期文藝一脈相承這一點來看，對非解放區出身的作家而言，奔赴朝鮮的決定也可以算作爲了在短時間內適應當代文壇的「苦肉計」。因此，雖然不能說抗美援朝創作決定了他們的命運，但其影響力確實不小。譬如，從解放前開始就長期從事部隊文藝工作的魏巍以戰地通訊的方式塑造了「新中國、新人、新主體」，奠定了階級認同敘事的基石，受到了廣泛認可，成爲當代文壇中主要的文藝工作者；楊朔的《三千里江山》通過描述日本帝國主義的侵略歷史強調中朝兩國關係之間「唇亡齒寒」的道理，成功實現了從「民族國家認同」向「階級認同」的轉換。與此相反，路翎的文學創作則未能將五四以來的「個人認同」吸收轉變爲「階級認同」，因此成爲了當時文藝批判的對象，1955 年 6 月，便被當作「胡風反黨集團」的骨幹分子受到抄家和逮捕。事實上，本文中所細分的三種類型的作品也都是在「抗美援朝，保家衛國」這一目標之下，表現人民志願軍的愛國之心、國際主義和英雄主義等相同主題。而且，在志願軍戰士大多是翻身農民、工人等舊社會「窮苦人」的這一點上也是大同小異。不過，也正是由於當時創作主體多樣化的特性，使得刻畫同一場戰爭的抗美援朝文學也呈現出「同質性的基礎上具有一定程度的差別」〔註 20〕的特點。作家的創作不可能像官方敘事那樣沒有贅餘，相應的也很難保持本質上的客觀，作

〔註20〕 「『統一戰線』式文學創作，無疑同時又增加了抗美援朝文學單維價值評判標
　　　　準下的多元共存現象，比如巴金的創作，老舍的創作，路翎的創作，魏巍的
　　　　創作，劉白羽的創作，楊朔的創作，都是在同質性的基礎上具有一定程度的
　　　　差別，無論從創作主體還是作品本身來講，這種現象都是存在的，這是抗美
　　　　援朝文學創作的一個特徵，這個判斷主要是基於社會形態和發展階段而言
　　　　的。」姚康康：《「組織寫作」與當代文學的「一體化」進程——以抗美援朝
　　　　文學爲例》，西北師範大學碩士學位論文，2012 年，第 7 頁。

爲寫作主體,作家在長期生活的環境中形成的習慣必然會有意無意地在其創作中留下痕跡,包括表達方式、世界觀乃至用詞等。正因如此,這些作家們雖然懷著宣傳參戰必要性與迫切性、動員人民大眾、提升戰地志願軍鬥志等相同的目標進行創作,但他們在舊中國裏培養形成的世界觀、創作風格等在短時間內是無法改變的,它會有意無意地滲透到作品中,因而也造就了相互各異的抗美援朝戰爭「風景」,這一點尤其會隨著不同的作家看待和理解「朝鮮戰爭」的不同,以及著力強調的角度與方面的不同而產生很大的差異。譬如,魏巍關注人民志願軍出身「窮苦人」的這一點,以他們初步形成的「階級的苦」這一階級意識爲基礎看待朝鮮戰爭與朝鮮;楊朔則從日本侵略時期這一「民族集體的傷痕」出發認識朝鮮戰爭。而路翎的敘事角度與他們截然不同,他的主要關注點並非當時被吸收進「集體主義」中的「階級」和「民族」概念,而是「個人與個體」,在這一點上他與當時的時代話語並不相符,從這個視角上理解的朝鮮戰爭和朝鮮呈現出截然不同的「風景」。同時,如上所述的作家們多樣的朝鮮戰爭敘事也可以理解爲作家群體對新「階級認同」的多種不同的闡釋。當代文壇體制之內作家們創作的產生、變化及受到批判的甄別過程,實則是建國初期複雜多樣的「階級認同」逐漸實現單一化、一體化過程的再現。眾多作家在建國初期新的國家政治認同下短時期內達成卻又並未達成「一體化」,本章將以閱歷不同的抗美援朝戰地作家的背景和他們朝鮮戰爭的敘事形態爲基礎,重點分析和探究構成新的國家意識形態——階級認同的多種認同成分,即從清朝末期到社會主義新中國時期,貫穿整個二十世紀中國的多種政治合法性——晚清以來的「民族國家認同」、五四以來的「個人認同」、社會主義新中國以後的「階級認同」。本文把抗美援朝文學中的文學敘事分爲三大類主題,即「階級認同」敘事的基石、日帝侵略時期「民族主義」熱情的冷戰式轉變、「人道主義」視角下的戰爭悲劇。與此相應,本文也將按照這一順序,在各版塊分別對魏巍《誰是最可愛的人》等戰地通訊作品、楊朔的長篇小說《三千里江山》以及路翎的一系列短篇、長篇小說進行分析。

一、魏巍散文中的階級認同

如果說在延安文學「文武兩條戰線」原則於當代文壇紮根的過程中,抗美援朝文學是其中的接合點之一,那麼已習慣於延安文學創作體系的作家則

處於中心地位。在當代文壇，可以稱得上「中心作家」的人當中，代表性的人物有魏巍。魏巍（1920～2008）於 1938 年進入延安，他在十八歲生日當天加入了中國共產黨。他曾在延安抗日軍政大學學習，畢業後正趕上八路軍總部組織前線記者團分赴各個初創的敵後抗日根據地。解放戰爭時期，他主要負責軍隊內部的教育工作，新中國建立之初，被調到總政治部宣傳部，爲部隊戰士編寫語文教材。在中國人民志願軍赴朝參戰一月之後，他受總政治部派遣，奔赴血火交織的朝鮮前線，到俘虜營調查瞭解美軍的政治情況〔註21〕。成功地完成任務之後留在了朝鮮前線，在約三個月的時間裏與志願軍戰士們一起生活，並開始把自己的所見所感寫成戰地通訊在國內發表。其中，他的代表作——報告文學《誰是最可愛的人》至今仍廣泛傳誦、深受歡迎，這篇文章作爲文藝作品破例在黨報《人民日報》上發表的經歷也廣爲人知：原計劃在作協刊物《文藝報》上刊登，但由於《文藝報》是半月刊，考慮到可能影響文章的時效性，便移至《人民日報》發表，於是該文在 1951 年 4 月 11 日以《人民日報》的頭版頭條發表，開了黨報頭版頭條發表文藝作品的特例〔註22〕。不僅如此，《人民日報》編輯部爲《誰是最可愛的人》一文的發表專門召開了一個座談會，社長鄧拓同志主持會議，他還在會上朗讀了文章的第一段，同時把魏巍介紹給大家，還請魏巍分享創作心得。朱總司令讀了這篇文章連聲稱讚：「寫得好！很好！」，毛主席讀後立即指示：「印發全軍！」，這篇文章以其強烈的愛國主義與國際主義精神大大地鼓舞了前方將士的鬥志，推動了後方人民對前線的支持。從此，人民就用「最可愛的人」來稱呼志願軍，寫給「最可愛的人」的慰問信從全國各地如雪花般地飛到朝鮮戰場，慰問品也一批批寄到前線〔註23〕。文藝界響應毛主席好評的文章也鋪天蓋地而來，比如，1951 年 5 月作爲文藝界的領導者，中宣部文藝處處長丁玲在《文藝報》發表《讀魏巍的朝鮮通訊——〈誰是最可愛的人〉與〈冬天和春天〉》一文，對魏巍進行了盛讚：「這兩篇文章好在哪裏，就是他寫了英雄人物的思想活動。……魏巍的這兩篇文章，卻展示了最新的人，……恰恰就是最能代表今天的中國人民的人……今天我們文學的價值，是看它是否反映了在毛主

〔註21〕 參考冉淮舟、劉繩著：《魏巍創作論》，陝西人民出版社，1985 年，第一章。
〔註22〕 常彬：《抗美援朝文學敘事中的政治與人性》，《文學評論》，2007 年第 2 期，第 60 頁。
〔註23〕 楊柄：《魏巍評傳》，當代中國出版社出版，2000 年，第 129～130 頁。

席領導下的我們國家的時代面影。是否完美地，出色地表現了我們國家中新生的人，最可愛的人為祖國所做的偉大事業。因此我以為魏巍這兩篇短文不只是通訊，而且是文學，是好的文學作品。」〔註 24〕如此，該作品在人民日報刊登、受到黨領導的肯定、緊隨而來的文藝界和各方的好評如潮、作家個人在文藝界及社會各界影響力的空前提高等一連串的過程都向我們展示了在當代中國，響應黨和國家文藝方針的作家如何嶄露頭角並成為主流作家。此外，作為幹部，魏巍在行政職務上地位變化同樣值得關注〔註 25〕。這體現了當時中國文學與文藝工作者政治化的特點，然而細觀其走過的文藝工作之路，不難發現建國初期該作品的成功與他實現的飛躍並非偶然，而是一種必然。因為魏巍有延安經歷，從抗日戰爭到解放戰爭這一漫長的時期內，他一直在前線從軍，從事部隊文化工作，並成長為「文藝戰士」。因此，雖然當時他才三十一歲，但已有十年的創作經驗，是一位經驗豐富的成熟作家。抗美援朝文藝旨在為抗美援朝戰爭服務，在群眾動員等方面帶有很強的政治目的性，可以說，抗美援朝是魏巍充分發揮他豐富部隊文化工作經驗的絕好機會。錢理群這樣評價宣傳隊（或稱文工團）：「幾乎是毛澤東領導的中國人民解放軍所獨有的，把毛澤東的『文藝為政治服務』（按毛澤東的觀點，戰爭正是最大的政治）的思想推向了極致，使其得到了完整的實現」，在對延安時期以來宣傳隊（文工團）的重要作用進行肯定〔註 26〕的同時，他也對這種「部隊文藝範式」如何能在新中國成立後佔據核心位置做了如下說明：「照此計算〔註 27〕，解放軍部隊文藝工作者即占全國新文藝工作者（不包括當時所說的

〔註 24〕丁玲：《讀魏巍的朝鮮通訊──〈誰是最可愛的人〉與〈冬天和春天〉》，《文藝報》，1951 年 5 月第四卷第三期。

〔註 25〕「一九五四年，魏巍當選為第一屆全國人大代表。他後來接連當選為第二屆、第三屆全國人大代表。在北京軍區政治部歷任宣傳部副部長和文化部部長等職。在社會職務方面，還當選為共青團中央委員，全國民主青聯副主席，全國文聯委員，中國作協理事等」，楊柄：《魏巍評傳》，當代中國出版社出版，2000 年，第 154 頁。

〔註 26〕參考錢理群：《1948，天地玄黃》，濟南：山東教育出版社，1998 年，第 226～227 頁。

〔註 27〕據周恩來在 1949 年 7 月 6 日召開的中華全國文藝工作者代表大會上的政治報告中所說，當時「在人民解放軍四大野戰軍加上直屬兵團，加上五大軍區，參加文藝工作的，包括宣傳隊、歌詠隊在內，有 2.5 萬人到 3 萬人的數目。解放區的地方文藝工作者的數目，估計也在 2 萬人以上。兩項合計有 6 萬人左右」，錢理群，同上，第 227 頁。

『舊藝人』）7 萬人中 40%以上；再加上很多部隊文藝工作者後來都成了各文藝部門的領導人，其影響力自然是不可低估的。更重要的是，建國後，毛澤東一直試圖把戰爭年代建立起來的政治、經濟、文化模式變成國家模式，把全國變成解放軍式的『大學校』，這樣，前述部隊文藝新範式一直深刻地影響著新中國文藝的發展，就幾乎是不可避免的。」〔註 28〕從這個層面上也可以解釋「魏巍現象」的產生，建國以前，文藝工作者數量多是其中的原因之一，如果說新中國成立以後毛主席打算把當時的「戰爭政治」模式擴大到全國範圍，那麼抗美援朝戰爭則爲其提供了良好的環境，其中魏巍等部隊文藝工作者的地位上升也是情理之中。

　　洪子誠教授以「『高潮』便是『終點』的『一本書作家』」這一特徵爲基準，把魏巍、杜鵬程、楊沫等五六十年代的「中心作家與「五四及以後的現代作家」進行劃分。其理由是從「文化素養」的角度來看，比起後者，前者大多學歷不高，在文學寫作上的準備也普遍不足，思想和藝術借鑒的範圍相對狹小〔註 29〕。其實，從延安時期到 1978 年長篇小說《東方》的出版，魏巍的創作一直保持著同一種風格，比如，他在抗日戰爭時期創作的報告文學《燕嘎子》、《娘子關前——英雄們是怎樣攻佔了雪花山》等作品都是講述勇猛的戰士在戰爭中不怕犧牲的故事。他們作爲人民的軍隊，受到人民的絕對支持，將人民從敵人手中救出。這與他抗美援朝時期創作的作品相比，有很多相似點，比如都包含了志願軍的英雄事蹟、戰士與之前一樣都是農民、劇情多是「軍民魚水情」的模式等。因此，魏巍在創作中，將抗美援朝戰爭刻畫爲「反封建反帝國的延伸」與「國內解放戰爭的海外版」，甚至有一種僅在抗日戰爭時期的創作中加上了「國際主義」主題之嫌〔註 30〕。他在抗美援朝文學中尤

〔註 28〕　錢理群：《1948，天地玄黃》，濟南：山東教育出版社，1998 年，第 227～228 頁。

〔註 29〕　參考洪子誠：《中國當代文學史》（修訂版），北京：北京大學出版社，1999 年，第 30 頁。

〔註 30〕　這種創作風格在他 1965 年於越南戰地進行的報告文學創作中繼續存在，1965 年夏天，遵周恩來總理之命，魏巍與巴金、菡子、杜宣等人一起奔赴越南戰地，在那裡，他創作了報告文學《人民戰爭花最紅》，宣揚人民軍的抗戰意識。在 1965 年 11 月創作的《飛機也怕民兵》中，他說：「1965 年 7 月，我們帶著中國人民的深厚情誼，來到戰鬥的越南。祖國的朋友們，老爺們！我知道你們是多麼關切地凝視著越南戰爭，正像當年你們用全副心靈凝視著火光與雪花交織的朝鮮戰場一樣。因爲這場戰爭，不僅是在我們祖國的大門口所進行的戰爭，也不僅是我們最親密的越南兄弟決定命運的戰爭，而且是關聯著東

其關注的是人民志願軍的英雄形象，他塑造的志願軍大部分是在舊社會中受到地主、國民黨和日本帝國主義多壓迫的「窮苦人」和「農民」。因此，在他的作品中，志願軍戰士的愛國主義、國際主義、革命英雄主義的產生正是以「分地」為首、在「新社會」（與「舊社會」形成對比）裏家人與自身生活的變化。作家自己也描述了這種農民戰士，並提到了對土地問題的重視。1952年 11 月，魏巍在朝鮮戰場上待了二十多天後創作的日記《在陣地前沿》中，對與翻身農民出身的兩個新戰士之間的對話進行了如下記錄：「他們都談到，朝鮮戰爭發生後，農村地主的氣焰高起來了，他們是在這種氣氛下參加部隊的。由此看來，他們對保衛勝利果實有一種天然的敏感，所以在描寫農民戰士時，不可以忽視土地問題。」在這種「新舊社會的對比」中產生的愛國之心和國際主義體現在他作品中的字裏行間，譬如，1952 年 10 月發表的主要講述前進的祖國面貌極大鼓舞了戰士們的《前進吧，祖國》中，當進行愛國教育的時候，一名士兵向在場的人展示其妹妹的照片並講述了舊社會時期自己和家人遭受的苦難：「她以前給地主家當丫頭，渾身上下打得青一道紫一道的，拖著一個小乾巴辮子，臉黃黃的不像人樣。她三天兩頭哭著跑回家來，我有什麼辦法呢？爹娘撇下了我倆，我連我的妹妹都養活不了！……我一跺腳出來這多年了，誰還想到我的妹妹還活著呢！……可是，祖國變啦，家鄉也變啦，信上說，靠近我們家鄉，工廠建設起來啦，她已經進廠當工人啦。我奶奶、叔叔都分了地，成立了互助組，說不定，再有幾年打拖拉機也在我們那裡嗚嚕嗚嚕地耕種啦。她還說，要我堅決在前面打，她在後邊努力建設，要跟我比賽哩。你們看看相片上她那樂呵呵的樣兒！」〔註 31〕這也可以說是象徵和表現貧苦農民出身的志願軍戰士的愛國主義和國際主義精神的典型性敘事策略。

　　然而，長期擔部隊文藝工作者為中國革命服務的魏巍，其作品與楊朔、巴金和路翎的不同之處在於，志願軍形象並沒有停留在「翻身農民」這一單純的出身成分上，而是以此為基礎，在初步形成的階級認同之下刻畫朝鮮戰

南亞人民的前途，關聯著世界革命事業的戰爭。」他對越南戰爭的這一認識與對抗美援朝戰爭的認識一致，這一時期創作的文學作品也與抗美援朝時期保持一致，反對美帝國主義、對美國軍人的醜化、雖貧苦但樂觀堅強的越南農民形象等是其主要特點。魏巍：《飛機也怕民兵》，轉載於《魏巍文集》（第七卷），廣州：廣東教育出版社，1999 年，第 263 頁。

〔註 31〕《魏巍文集》（第七卷），廣州：廣東教育出版社，1999 年，第 178～179 頁。

爭。這源於他長期從事戰爭動員文章創作，諳熟具有明確的社會目標意識和充滿樂觀情緒的社會主義文藝創作規範。對於魏巍作品中的志願軍戰士而言，在舊社會經歷的一切「階級的苦」是「抗美援朝，保家衛國」的出發點，但他們基本上比較接近革命英雄戰士的形象。首先，他們在日新月異的中國，並不單純停留在各自家庭的幸福尚，而是身懷守護祖國和朝鮮和平的遠大目標，他們追尋著黨，在黨的指引下成長起來，胸懷著「立功入黨」的志向。比如魏巍的散文《火線春節夜》中志願軍戰士們在漢江南岸迎來了春節，在太過寒酸的過節食物面前，他們一邊過年一邊想念此刻應是一片熱鬧景象的祖國，但在這時，一個士兵問道：「你們是留戀後方的和平生活吧！」，聽到這個問題的士兵很不高興，便回應說：「我要是留戀後方生活，我就不出來！我要是想讓咱們的祖國變成朝鮮這樣子，一個村，一堆灰，光光的馬路不能走，把臉貼到地皮上鑽洞，吃雪，我出來幹什麼？我出來，就是爲了我們的祖國天天象趕集那麼熱鬧，扭秧歌，打花鼓，種田，唱歌，學文化，在馬路上隨便走！」〔註 32〕還有一個戰士闡述了自己入黨的夙願並立志要在日後建功立業，他說：「這次出國，如果我要不成爲一個共產黨員，我就不見祖國的面！就是朝鮮解放了，你們都掛著獎章回去，我在這兒幫助朝鮮老百姓蓋房，也要爭取入黨，爭取立功的！」〔註 33〕其次，他的作品中，在死亡只是尋常事的戰場上，志願軍並沒有表現出絲毫的恐懼和害怕。得益於土地改革的實行而分得房子和土地的志願軍戰士，在馬上要進入戰鬥之時也沒有任何畏懼，相反，他還說「打仗還不樂」並開始哼唱歌曲〔註 34〕。這反映了他對革命時期、革命鬥爭和戰爭的認識，毛澤東曾經說「革命不是請客吃飯，不是做文章，不是繪畫繡花，不能那樣雅致，那樣從容不迫，文質彬彬，那樣溫良恭儉讓。革命是暴動，是一個階級推翻一個階級的暴力的行動」〔註 35〕在這一時期，革命是糾正不正常現象的正義行爲，旨在實現人民的解放，它不是悲劇，而是值得興奮的事情，而且它是一定會勝利的「正義」。即使付出了在戰爭中犧牲這樣血的代價，正因爲如此，作品中，英雄人物在戰鬥裏的犧牲不是殘酷悲傷的事情，而是充滿抽象性浪漫主義激情的事。魏巍作品中的

〔註32〕 《魏巍文集》（第七卷），廣州：廣東教育出版社，1999 年，第 118～119 頁。
〔註33〕 同上，第 120 頁。
〔註34〕 同上，第 166 頁。
〔註35〕 《毛澤東選集・第一卷》（第二版），北京：人民大學出版社，1991 年，第 17 頁。

志願軍最接近社會主義現實主義文學中的「正面主人公」形象，他們不是個
人和個體角度的人，而是被刻畫成爲了實現社會主義革命與建設理想的「集
體性個人」。因此，志願軍的憤怒、喜悅和愛情等所有感情均在集體和階級感
情的框架之內展開。沒有對死亡的恐懼，除過保衛祖國和踐行國際主義的遠
大使命以外，作品中沒有表現細微的個人情感。除了與家人們經歷的「階級
的苦」之苦難經歷之外，連親人溫情也接近於階級情誼。與路翎的作品相比，
這一點有明顯的不同。然而，與魏巍一樣既是「共產黨自己人」，又是延安出
身的楊朔，在作品中刻畫的「愛情和死亡」也明顯不同〔註36〕。再次，在初
步形成的階級認同的基礎之上，於中國革命勝利和解放的延長線上看待朝鮮
戰爭的魏巍在他1978年出版的長篇小說《東方》中最終形成了以朝鮮戰爭爲
媒介的社會主義新中國的藍圖。他作品中「東方」這一概念在他於朝鮮戰爭
停戰之後的1953年創作的《這裡是今天的東方》中首次出現，在這篇文章中，
「東方」即指中國，也意味著中國領導的和平陣營，表現了中國在東方再次

〔註36〕楊朔《三千里江山》這部作品講述了在東北邊境工作的中國工人與朝鮮鐵路
工人一起努力，及時修復了被美軍炸毀的鐵路，成功守衛大後方的故事。這
些鐵路工作者具有相同的出身背景，他們在舊社會都遭受了地主、國民黨和
日本帝國主義的多重迫害，進入新社會後終得以翻身。不過，在這部作品中，
他主要圍繞「愛與生命」這兩個問題再現了志願軍成長爲英雄的過程。因爲
楊朔認爲，平常人投身到愛國大業中時，最難放下、最個人性的東西就是「愛
與生命」，而在「愛與生命」這一問題上，最具代表性的是姚志蘭與吳天寶的
愛情與死別。結婚前夕，志蘭爲了抗美援朝，放下個人的幸福奔赴朝鮮，她
對對吳天寶說：「你把愛我的心情去愛祖國吧！」。但是，在朝鮮期間，志蘭
一直沒有收到她苦苦期盼的來自吳天寶的信，她非常難過，同時也再次感受
到自己對他的深深的感情，也因此很痛苦。在看到吳天寶受傷之後，她一方
面非常擔心，一方面又覺得這種自私的想法難以啓齒，因而非常痛苦：「有多
少夜晚，姚志蘭從夢裏驚醒，小屋叫炸彈震的亂彈？聽見遠處火車咯噔咯噔
緊跑，就要想起吳天寶。她替他擔驚，替他焦愁，翻來覆去睡不著。過一會，
她又要替自己害羞了。她還是自私啊，怎麼單掛牽小吳？旁的司機不是照樣
有親人，誰不是一樣危險，光顧自己還行！這樣一想，心就定了。一旦看見
自己愛人眞出了事，姚志蘭還是難受。但她忍著。」此外，作品中有志蘭在
朝鮮時非常想念祖國生活的場面，而在魏巍的文章中志願軍是沒有這種普通
情感的徹頭徹尾的英雄戰士，當然，也沒有志蘭那樣對愛情的苦惱和對死亡
的恐懼。如此，他小說中的人物並不是天生的英雄戰士，而是接近於爲祖國
拋下一切、卻也在生死難料的戰場上苦苦掙扎於個人感情的普通人的形象。
在一些對《三千里江山》進行的文藝批評中，主要英雄人物沒有特別突出的
這一特點也被認爲是缺點所在，但它卻使對抗美援朝持不同態度的讀者大眾
產生了更多的共鳴。

巍然聳立的民族自豪感。因此，在打擊美帝國主義侵略者引領朝鮮戰爭勝利的中國對「今天的東方」肩負著某種歷史責任，爲志願朝鮮而越過的鴨綠江橋則成爲了通到社會主義社會的大橋〔註37〕。在 1978 年出版的長篇小說《東方》中，魏巍圍繞抗美援朝戰爭的全過程，全面而詳細敘述了戰爭前線和後方的變化，創造了以朝鮮戰爭爲媒介的「社會主義新中國的革命史詩」。尤其是對後方的描述部分中主要刻畫了冀中平原的一個村莊——鳳凰堡，鳳凰堡雖面臨急劇的變化、村民之間的矛盾、依然存在的地主惡行等危機，但最終克服了所有困難實現了農業合作化。同時，小說中實現了農村社會主義改革的鳳凰堡既是主人公——志願軍的家鄉，也是抗日戰爭時期英雄部隊戰鬥過的地方，這一設定暗示了抗日戰爭時期和抗美援朝戰爭的銜接與呼應，這其中蘊含了魏巍對抗美援朝一直未曾改變的認識，即「反封建反帝國的延伸」及「國內解放戰爭的海外版」。就像丁玲在《我讀〈東方〉》中斷言：「讓歷史去證明吧，一百年以後，有人想要瞭解抗美援朝，他們還得去讀《東方》」一樣，在社會主義革命時期基本結束的 1978 年，該小說使讀者大眾從整體上認識到抗美援朝戰爭在建國初期具有的國內與國際意義，也使人們通過抗美援朝戰爭看到「社會主義新中國的藍圖」。1982 年，該作品獲得第一屆茅盾文學獎，該作品的價值和他作爲無產階級文藝工作者爲革命工作做出的貢獻都受到了肯定。同時，魏巍能夠以長篇敘事的形式展現出抗美援朝戰爭時期前後方的狀況，也源於他終生投身於革命工作的經歷。《東方》從他 1952 年第二次奔赴朝鮮之時開始構思醞釀，1959 年開始正式創作，中途經歷了數次中斷與繼續，直到 1978 年 9 月最終完成並發表。從抗美援朝戰爭爆發到 1978 年該書出版，魏巍前後三次奔赴朝鮮，1953 年在機車車輛廠工作體驗工人生活，1954～1955 年在冀中參加農業合作化運動，1965 年赴越南戰地訪問，同時擔任多個行政職務，由此可見，他一生的創作較忠實於作家要深入人民生活中的時代要求。

二、楊朔《三千里江山》中的國族認同

在抗美援朝文學敘事中，魏巍以經歷過「階級苦」的志願軍戰士們初步形成的階級認同爲基礎看待朝鮮戰爭和朝鮮，楊朔的《三千里江山》則從過去日本帝國主義侵略時期「民族集體的傷痕」出發，對中朝兩國之間「傳統

〔註37〕 《魏巍文集》（第七卷），廣州：廣東教育出版社，1999 年，第 212 頁。

的唇亡齒寒道理在冷戰時期的轉變」進行了卓越的文學性闡釋。從新中國之前楊朔的創作經歷來看〔註38〕，他與魏巍可以說是「共產黨自己人」，他們都為著中國革命與解放這一共同目標的實現前仆後繼。同時，兩個人都將文學作為服務革命事業的一種途徑，他們的作品都充滿了明確的社會目標意識和樂觀的基調。不過，兩人抗美援朝文學的特點並不相同。這可以說是由創作主體的成長背景、文化水平與經驗、以及工作方面的差異造成的。楊朔出生於比較富裕的家庭，幼年時起就開始接觸中國古典文學作品，在哈爾濱生活時期，也曾跟著他的夜校老師學習古詩文〔註39〕，此外也在英語學校學習，接觸了外國文學，而且也做過相關翻譯。這些經歷使楊朔在五四及隨後時期，具備了相當的中國古典文學和西方文學素養，為他成為一位文學家打下了基礎。他以較高的文化修養為基石，創作出版了很多詩、散文和小說作品。他也曾當過記者，期間也進行了多種文藝創作活動，這樣的經歷使他在創作中形成了獨特的風格，與魏巍、劉白羽等長期在部隊內部進行宣傳和文藝活動的五六十年代文壇中心作家形成了鮮明的對比。北京解放之後，楊朔轉入中華鐵路總工會工作，抗美援朝戰爭一開始，楊朔的老戰友鄧拓要他以《人民日報》特約記者名義，隨鐵道部赴朝職工第二大隊（中國鐵路工人組成的志願軍）入朝採訪。此後的大約一年時間裏，他作為鐵路工人與志願軍戰士們一起生活，在朝鮮的戰場上，楊朔創作通訊和報告文學發回國內。先在《人民文學》1952 年第 10 至 12 期上連載，後於 1953 年 3 月由人民文學出版社出版的單行本小說《三千里江山》可以稱得上他的代表作，這部作品講述了在東北邊境工作的中國工人與朝鮮鐵路工人一起努力，及時修復了被美軍炸毀

〔註38〕 楊朔（1913～1968）1929 年從哈爾濱英文學校畢業之後便投身抗日救亡文化抗戰事業，1937 年末，他奔赴延安，拜訪了毛澤東、朱德、任弼時等中共中央領導同志，訪問了陝北公學，體驗了新制度下邊區人民的生活。1939 年加入了周總理親自組織的作家戰地訪問團，深入華北抗日根據地慰問軍民、體驗戰地生活，一路風餐露宿，備嘗艱辛。到達根據地後，楊朔並未隨團返回，而是留下參加了八路軍，作為部隊的隨軍記者隨部隊轉戰於山西、河北一帶。1942 年回到延安，他以華北抗日根據地的生活經歷和八路軍的英勇善戰為主題創作發表報告文學作品，同時進入中央黨校三部，1945 年秋，他加入了中國共產黨。1942 年到 1945 年抗戰勝利之前，他創作發表了很多小說，1942 年在《創作月刊》上發表連載小說《瘡痍》。參考倪玲穎：《抗戰時期楊朔的出版活動和文學創作》，《文藝報》，2015.04.27。

〔註39〕 參考張帆：《「卻向秋風哭故園」的戰地作家楊朔》，《炎黃春秋》，1997 年第 11 期，第 62 頁。

的鐵路，成功守衛大後方的故事。故事的時間背景設定爲第一次戰役到第五次戰役之間，即 1950 年 10 月 25 日到 1951 年 6 月。對於《三千里江山》的創作動機與主題，楊朔做了如下說明：「一年多來，我幾乎一直隨著中國鐵路工人組成的志願軍一起行動，見到許多人。這些人平平常常、樸樸實實、不失勞動人民的本色。……是什麼力量使我們的工人丟下就要結婚的愛人，參加了志願軍？撇下死而未葬的父親，來到朝鮮？離開妻子、兒女以及和平的生活，投到最艱苦的戰爭裏去？……這是種愛。他們愛祖國，愛人民，愛正義，愛和平。爲了這種愛，他們犧牲了個人的幸福，個人的愛情……。世界上還有比這種愛更偉大的麼？我想寫的就是這種愛。」〔註40〕由此，《三千里江山》可以說是楊朔長達一年的抗美援朝前線體驗的結晶，它在國內一經發表，即刻引起了空前的響應，而且在海外翻譯出版。楊朔從朝鮮戰場回國之後，與魏巍一樣在文藝界和政治領域如魚得水、遊刃有餘〔註41〕。

這部作品最具代表性的文學史意義是，在抗美援朝文學中，它是第一部長篇小說。而且作家努力站在普通勞動人民的視角進行敘述。在陳湧當時的評論中也能找到類似的評價，他將該作品成功的原因歸結於藝術上的眞實性，楊朔把在抗美援朝文藝中不太受重視的「工人階級」設定爲主要人物，陳湧對這一點進行了高度評價〔註42〕。不過，針對作家們對抗美援朝戰爭的認識，本文中主要側重於探討日本帝國主義侵略時期中朝兩國之間「唇亡齒寒」的道理爲適應新的冷戰秩序而進行的轉變。這種敘事策略展現了建國初期從「民族國家認同」到「階級認同」的成功轉換。這是與有長期從軍經歷的魏巍筆下的抗美援朝戰爭及他對朝鮮的認識（反封建反帝國主義的延伸與解放戰爭的海外版）稍微不同的地方。

〔註40〕 楊朔：〈幾句表白〉，《三千里江山》，《人民大學出版社》，1978 年，第 1 頁。

〔註41〕 楊朔擔任了全國作家協會的理事，並先後任外國文學委員會副主任、主任，第三、第四屆政治協商會議委員、亞非團結委員會副秘書長、黨組成員、副主席，保衛世界和平委員會會員，在歐亞非拉美到處奔走，他到印度參加亞非作家會議，到蘇聯參加第一次亞非作家會議；到開羅參加亞非人民團結大會。任亞非人民團結理事會書記處中國書記，長駐開羅；任亞非作家常設局中國聯絡委員會秘書長，長駐斯里蘭卡。他先後訪問了羅馬尼亞、印度尼西亞、阿爾巴尼亞、日本、剛果（布）及東非等許多國家。張帆：《「卻向秋風哭故園」的戰地作家楊朔》，《炎黃春秋》，1997 年第 11 期，第 63 頁。

〔註42〕 「這些人物比較起那些暫時還只是爲了自己分得土地而鬥爭，爲了報殺父之仇而參軍的農民和小生產者來是大大的進了一步」，陳湧：《文學創作的新收穫——評楊朔的〈三千里江山〉》，《人民文學》，1953 年，第 56 頁。

在作品中，楊朔主要圍繞地理性和歷史性兩個層面對中朝兩國之間「輔車相依，唇亡齒寒」的關係進行了文學刻畫與闡釋。這部小說中，背景設定不斷移動變化：在可以稱爲這部作品序曲的《頭》部分，小說的舞臺是朝鮮，隨後的第一段講述了生活在東北的主人公長庚一家的故事，此處的背景變爲東北，最後長庚一家參加援朝大隊進入朝鮮，此處背景變爲朝鮮。首先，楊朔在《頭》中加入北朝鮮一家莊戶的故事，由此朝鮮開始全面登場，同時介紹了與過去朝鮮大不相同的朝鮮狀況。北朝鮮一個家庭裏，一個十歲多的小孩執著無窮花問爺爺；「爺爺，爺爺，這叫什麼花？」，小說裏的整個故事由此展開。爺爺對向孫子講述在封建王朝時期被選定爲朝鮮國花的「無窮花」的名字，並借助無窮花來講述二十世紀初在遭受日本侵略之後失去自由的朝鮮的狀況，刻畫了即使在日本的侵略之下依然保持頑強生命力的朝鮮形象。楊朔在講述繼日本帝國主義侵略之後當前又遭遇的美帝國主義侵略的同時，也體現了中國和朝鮮同處於此危機之中這一點：「老人說這話的當兒，美國兇手正從日本手裏接過屠刀，踏著日本僵屍走過的死路，想從南朝鮮往北殺，哇哇叫著：『三天達到中國去！』」〔註43〕另外，看著積極響應「爲朝鮮的自由而戰」在聚集在村政府的青年們，爺爺想起了過去日本帝國主義侵略時期，對在新的冷戰秩序下與過去大不相同的朝鮮的「三千里江山」進行了如下定位：「這三千里江山已不再是孤零零的半島，而是保衛人類和平的前哨。開遍整個江山的也不再是舊日王朝的無窮花，而是人類歷史上萬古長春的英雄花。」〔註44〕如此，將朝鮮定位爲「保衛人類和平的前哨」也體現了中朝兩國關係也與傳統的唇亡齒寒關係略有不同。在緊隨其後的第一段中，楊朔以中國和朝鮮的邊境地帶——東北地區作爲背景，東北可以說是原樣保留了中華民族在日本侵略時期之傷痕的象徵性空間，同時它也是聯結同時遭受過日本侵略的中朝兩國的紐帶，是一種重要的敘事策略。值得一提的是，主人公登場的地方是連接中朝兩國的花欄大鐵橋，這一點也象徵性地體現了中朝雖是兩個國家但卻緊密連接、團結一致：「開花兩朵，各表一枝。且說那三千里江山的盡北頭緊連著整個邊境，中間隔著條鴨綠江，……。江上有座花欄大鐵橋，橫跨兩岸，也跨在中朝人民的心坎上，把兩國人民的生活連成一條鏈兒。」〔註45〕與

〔註43〕楊朔：《三千里江山》，北京：人民文學出版社，1978 年，第 2 頁。
〔註44〕楊朔，同上，第 3 頁。
〔註45〕楊朔，同上，第 3～4 頁。

朝鮮唇亡齒寒的關係不僅由於上文提到的像「中國邊境的東北、橋」等的地理因素，也與日本侵略時期這一歷史因素緊密相關。作品通過講述鐵道援朝大隊姚長庚一家在日本侵略時期遭受的苦難，將國家間抽象的關係格局從個體與精神世界的角度展現出來：長庚是一名老鐵路工人，住在離花欄大鐵橋不遠的地方，他的女兒姚志蘭是鐵路電話員，長庚夫婦本來還有兩個兒子，但都在僞滿洲時期被日本人抓走，至今生死不明，長庚的老婆當時哭得一隻眼睛都瞎了。可是丈夫與結婚前夕的女兒都號召去當志願軍奔赴前線幫助朝鮮，長庚的老婆很傷心地說：「美國鬼子在朝鮮，隔著條大江……」〔註46〕其實，對於已經痛失兩個兒子的妻子來說，自然不希望再遭遇失去親人之痛，更何況這場戰爭是鄰國正在經歷的一場災難。對於妻子的這一反應，長庚做了如下回答：「隔著大洋大海還來了呢！一條江有多大，一邁腿救過來了」、「要都像你這樣，淨顧自己，你看他敢不敢！街裏的情形，你不是不知道。你口口聲聲說好齊整的日子，要都坐著不動，明天一睜眼，天就塌啦！」〔註47〕，以此來鞭策妻子。長庚的這些話與中共中央對抗美援朝戰爭的認識一致，但日本侵略時期長庚一家遭受的苦難的描述實則是以傷感的基調進行政治宣傳，長庚最終下定決心參加抗美援朝戰爭，這一參戰不僅停留在個人利害關係層面，更是上升到了愛國的高度。把曾經苦難的歷史與當前危機進行有機連接的效果也不能忽視：「我在這橋邊上住的有年頭了，當年我親眼看見日本鬼子從這橋上過來，禍害我們十幾年，於今才喘口順溜氣，我不能眼睜睜看著美國鬼子又從這橋上過來，再來禍害我們！那種日子，萬不能再重複了。」〔註48〕這種宣傳方式在當時多樣的抗美援朝文藝作品中也可以很容易地找到，對抗美援朝戰爭持漠然無謂心態的大嬸做出的這一反應也體現了當時中國人民的普遍心態。侯松濤在他的研究論文中將抗美援朝戰爭時期民眾的普遍心態分爲三大類：一是畏戰求安心態，二是漠然無謂心態，三是恐美、崇美和親美心態。這其中，從這場戰爭並不是在中國領土上進行所以對長期的戰火產生厭倦和追求安穩生活的心態，以及對美國的錯誤性心態認爲，在鄰國進行的這場戰爭對中國人民並不會輕易形成直接而強有力的威脅。更有許多人對中國政府進行抗美援朝覺得難以理解，認爲「朝鮮戰爭礙不著中國的

〔註46〕楊朔：《三千里江山》，北京：人民文學出版社，1978 年，第 15 頁。
〔註47〕楊朔，同上，第 16 頁。
〔註48〕楊朔，同上，第 26 頁。

事」、「只要不打到中國就沒有關係」。不少市民認爲「朝鮮的事和我們有何相干」，「美國打朝鮮，我們不去惹他，美國也不要來轟炸我們」〔註49〕。考慮到當時部分人對抗美援朝戰爭的消極支持態度，楊朔在他的抗美援朝敘事中把普通的勞動人民設定爲登場人物，通過日本帝國主義造成的民族苦痛強調參戰的必要性，這種敘事策略非常恰當。事實上，在抗美援朝運動中，也是通過宣揚人民對這場朝鮮戰爭中的假想敵美國的仇恨這種方法，結合現實和歷史進行時事宣傳，揭露「美帝」的侵略本質，而在反美情緒的具體展開則借助日本帝國主義時期的「記憶」進行〔註50〕。就像這樣，美帝國主義作爲假想敵的形象內部由日本帝國主義的形象進行填充而得以呈現。這種把日本和美國形象重疊的過程也體現了在當時的中國，比起陣營對立的思想，冷戰主要存在於反帝國主義這一民族主義觀念的基礎之上〔註51〕。

　　然而，在如上文所述的日本帝國主義侵略時期的民族傷痕這一民族主義情緒的基礎上進行號召之時，雖然可以通過「抗美」來宣揚保家衛國的愛國理念，但立足於國際精神的「援朝」有說服力不足的問題。因爲，日本帝國主義侵略時期，部分中國人對「高麗棒子」朝鮮的厭惡與對日本的仇恨並存，有些人甚至把朝鮮人稱爲「二鬼子」。抗美援朝危機不斷深化之時，在政治宣傳上將朝鮮的存亡與中國的安全緊密銜接，在多個方面展開宣傳，不過人民對此的反應卻比較複雜。甚至一些工人中流行著「抗美不援朝」的觀點，因爲「高麗棒子賣白麵還欺侮人」〔註52〕馬釗教授指出：「高麗棒子」問題並不是簡單的歷史上文化偏見的現代翻版，而是源於群眾對 20 世紀中國遭受外敵入侵、東亞政治格局巨大變化的切身創痛。甲午戰爭後，朝鮮爲日本

〔註49〕侯松濤：《抗美援朝運動與民眾社會心態研究》，《中共黨史研究》，2005 年第
　　　　2 期，第 20～21 頁。
〔註50〕在進行這一宣傳教育的過程中，注意到把民眾對日本侵略者的民族仇恨引向
　　　　對美國的仇恨。即當美國的侵略行爲被視爲日本帝國主義實行過的侵略政策
　　　　的「繼承」和「再版」時，當民眾認識到「美國的此種計劃（指侵佔朝鮮後，
　　　　進一步侵佔中國東北）與以前日本對華侵略歷史如出一轍」時，就對民眾的
　　　　民族心理產生了強烈震盪，人們自然而然地把對日本侵略者的仇恨轉向了對
　　　　美國的仇恨。參考侯松濤，同上，第 25 頁。
〔註51〕〔韓〕白元潭、任祐卿編：《冷戰亞洲的誕生：新中國與朝鮮戰爭》，首爾：
　　　　文化科學出版社，2013 年，第 186 頁。
〔註52〕北京市總工會：「北京市工人抗美援朝保家衛國中宣傳教育工作總結」（1951
　　　　年 3 月 16 日），轉載於馬釗《革命戰爭、性別書寫、國際主義想像：抗美援
　　　　朝文學作品中的朝鮮敘事》，第 183 頁。

所控制，1910 年，根據《日韓合併條約》，朝鮮淪爲日本殖民地，朝鮮人被徵召參與日本對華的軍事侵略和經濟掠奪。生活在日本佔領下的中國，朝鮮人因殖民地屬民身份而享有一定特權，其中一些人在中國，特別是在華北地區，從事毒品貿易（以俗稱「白麵」的海洛因爲主），以及開設吸毒和販毒的場所（俗稱「白麵房子」），從事典當、賭博、賣淫、綁架等活動。1945 年日本戰敗，日本帝國瓦解，朝鮮人在華的特權隨之消失。在抗美援朝運動開展之際，朝鮮半島已經分裂成爲社會主義的北朝鮮和美國保護下的南朝鮮兩個敵對政權，但是對於中國大眾而言，朝鮮的負面形象並未隨著新的地緣政治結構的建立而消失〔註 53〕。這並不僅僅是在日本侵略時期累積而來的民族情緒，而是一種混雜著對過去長期是中國藩屬國的朝鮮的歧視以及中國民族創痛的複雜情感〔註 54〕。同時，當時中國政府爲成功地進行抗美援朝動員以促進戰爭的順利推進，把改變人民大眾記憶中對朝鮮的「高麗棒子」印象放在了與推廣「三視教育」同等重要的位置。爲此，官方敘事中湧現了大量的描述朝鮮歷史、地理知識和宣揚中朝友誼的出版物，包括《中朝人民的友誼關係與文化交流》、《中朝關係一百年》、《朝鮮民主主義共和國》、《中朝人民的戰鬥友誼》等，不僅如此，《人民日報》等官方媒體也圍繞「援朝」的必要性進行了大規模的宣傳活動，代表性的報導有，《朝鮮人民心目中的「高麗棒子」》（《人民日報》，1950.11.27）、《「援朝」正是爲了反對「高麗棒子」》（《人民週報》，1950 年第八期）等等，這些報導的主要內容是把「高麗棒子」與李承晚匪軍相結合，把他們從社會主義朝鮮中分離出去，不僅如此，也把李承晚匪軍與蔣介石匪幫視爲一類，由此來闡釋在新的冷戰秩序裏的陣營思想。這可以說是從社會陣營北朝鮮中清除對「高麗棒子」的印象，同時也是通過大規模宣傳中朝之間的革命戰友之愛強調「援朝」必要性。代表性的示例有周一良主編的《中朝人民的友誼關係與文化交流》，在這本書裏，作者在描述近三十年間中朝兩國人民爲實現民族解放而堅決反抗帝國主義侵略的部分，作者指出，在日本強行與朝鮮合併之後很多朝鮮的革命志士奔赴中國開展抗

〔註 53〕 〔美〕馬釗：《政治、宣傳與文藝：冷戰時期中朝同盟關係的建構》，《文化研究》，2016 年第 01 期，第 106～107 頁。

〔註 54〕 如此，從以中華爲中心的天下秩序時期開始，到抗美援朝戰爭爆發的階級秩序時期的中朝間複雜多樣的相互關係使得抗美援朝時期的文學作品中，比起美國這一代表西方的他者，朝鮮這個特殊的他者被賦予了更多的信息和意義。這一點將在隨後的第三節進行詳細的分析。

戰活動,他們成立「東北抗日聯軍」,「許許多多的朝鮮同志在我們的抗日戰爭和解放戰爭中,把血流在中國國土上」,以此來強調兩國的戰友情誼。而且,在最後的結語部分,作者以這些歷史事實爲基礎,將當前中朝兩國的關係定性爲「以蘇聯爲首的和平民主陣營的兩個兄弟民族」,並力主兩國要堅決反抗美帝國主義侵略勢力,進一步強調了「抗美援朝,保家衛國」的必要性〔註55〕。同時,在屬於大眾敘事的文學體裁中,主要以兩種模式描述朝鮮,分別是中朝之間的革命戰友之愛敘事和去男性化/去成人化的朝鮮敘事模式,以此來強調和刻畫「援朝」。首先,正如上文所述,《中朝人民的友誼關係與文化交流》裏描述了從中國的抗日戰爭時期到解放戰爭時期,中國與朝鮮爲實現自由和民族解放而共同奮鬥的革命戰友情誼。那麼在《三千里江山》中曾經爲中國革命獻身的朝鮮鐵路工人的登場則站在國際主義的層面上進一步強調中朝唇亡齒寒的緊密聯繫。譬如,朝鮮鐵道聯隊團長安奎元「原是朝鮮義勇隊的一員,參加過中國的抗日戰爭,參加過中國的第三次國內革命戰爭,如今回到他的祖國朝鮮」〔註56〕,他曾經在延安生活,是接受了毛澤東與共產黨教育的戰士,聽到安奎元過去在中國參加戰鬥的經歷,志願軍隊長武震發現自己曾經與安奎元在同一天、同一個地方一起與敵人進行戰鬥,他既欣喜又感動,握著他的手激動地說「別分什麼你呀我的吧。我們這兩個民族是一條藤上結的瓜,苦都苦,甜都甜。過去一塊吃過苦,現在中國人民勝利了,朝鮮人民一定也要勝利的。」〔註57〕在抗美援朝時期,官方媒體對戰時朝鮮的狀況、自古以來中朝兩國的關係以及朝鮮的歷史等與朝鮮有關的內容進行了大量的報導和宣傳,而與之相反的是,主要文學作品中的朝鮮主要集中在對遭受美帝國主義迫害的朝鮮女性形象的刻畫上,這一點在魏巍、巴金等主要作家的作品中都有體現。也就是說,1950 年代文學中的朝鮮形象刻畫可以用一句話概括:其具有「去男性化/去成人化」的敘事特徵。進入2000 年代,建立了抗美援朝文學研究典範的常彬對朝鮮敘事的特徵做了如下歸納:對朝鮮軍民的描寫,更多地集中於老、中、青、幼四種年齡身份段的女性/女童形象(母親、嫂子、妻子/戀人、女兒)的日常生活敘事,並給予濃墨重彩地描繪:苦難堅韌慈祥的阿媽妮(大娘)、沉重負荷下微笑的阿志

〔註55〕周一良主編:《中朝人民的友誼關係與文化交流》,開明書店,1951 年。
〔註56〕楊朔:《三千里江山》,北京:人民文學出版社,1978 年,第 43 頁。
〔註57〕楊朔,同上,第 47 頁。

媽妮（大嫂）、裙據翩躍巧笑倩兮的年輕姑娘、向志願軍叔叔撒歡親昵的少童幼女。……對朝鮮男性的描寫，除了偶然出現的老大爺形象，青壯年男性幾乎消失隱匿於文本之外，即便有所涉及，也多以他們曾經參加中國革命戰爭的「老戰友」身份定位〔註 58〕。如此，五十年代抗美援朝文學作品中的「去男性化／去成人化的朝鮮敘事策略」將美帝國主義犯下的殘忍戰爭罪行充分地突顯，它不僅消除了以「高麗棒子」爲代表的對朝鮮的嫌惡心理，而且也把抽象不易理解的國際主義政治理念情感化，作爲共產主義語境下的家長主義（communist paternalism），其在構建中國冷戰秩序中的國際主義想像方面非常有效〔註 59〕。不過，這種朝鮮敘事的特徵卻是，雖然抗美援朝是在朝鮮進行的戰爭，但朝鮮在其中並未處於主導性位置，其結果是，比起「朝鮮戰爭」，這場戰爭也被認爲帶有較強的「中美戰爭」的性質。因此，在五十年代文學裏，朝鮮戰爭中與美軍交戰的主人公幾乎都只是中國志願軍。不過，楊朔的作品中，年輕朝鮮男性的登場這一點較爲明顯，登場人物中不僅包括曾是朝鮮義勇軍的安奎元，還包括會寫古代漢字的崔站長、在轟炸中失去家人卻堅守崗位的司機禹龍，再現了中朝工人戰士爲守衛朝鮮戰爭後方並肩作戰的情形。

　　如上文所述，對《三千里江山》，除了它作爲第一部抗美援朝長篇小說的文學史意義以外，還應關注作者對抗美援朝的認識以及對其進行的卓越性藝術闡釋，而這一點則是建立在作家卓越文學才幹的基礎之上，包括其對歷史地理背景的把握、對冷戰格局下中朝兩國唇亡齒寒關係的文學想像、對處在抗日戰爭與朝鮮戰爭連接點的東北地區的空間設定、以及非概念化的人物形象設計等。由此，可以說該作品對「抗美援朝，保家衛國」這一時事宣傳口號還賦予了精緻的結構和流暢的語言。與此同時，與其說這部作品受到在抗美援朝戰爭時期形成的初期冷戰陣營觀念的影響，它更是一個展現了過去日本帝國主義侵略時期形成的民族主義觀念之冷戰式轉變的文學範例。而且，通過這部作品中的朝鮮戰爭敘事也可以知道，中國冷戰認識建立在強烈的民

〔註 58〕 常彬：《面影模糊的「老戰友」──抗美援朝文學的「友軍」敘事》，華夏文化論壇·第八輯，2016 年，第 125 頁。

〔註 59〕 〔美〕馬釗：《革命戰爭、性別書寫、國際主義想像：抗美援朝文學作品中的朝鮮敘事》，轉載於 2015 年中國復旦大學中華文明國際研究中心主辦的訪問學者工作坊《海客談瀛洲：近代以來中國人的世界想像，1839～1978》論文集，第 206 頁。

族主義基礎之上。

三、路翎小說中的個人認同

　　路翎（1923～1994）在抗美援朝時期的文學創作被評價爲主流文學之外的「最初的異端」〔註60〕，他也是在當前關於當代文學史的各種著作中被重點提及和介紹的唯一一位抗美援朝作家。在他五十年代抗美援朝文學的創作中，看待「人民志願軍」、「朝鮮人」和「朝鮮戰爭」的視角既不是「階級性」也不是「民族主義」，而是「個人」和「人道主義」視角，也因此他未能被「集體話語」容納，成爲了被批判的對象〔註61〕。本文將通過路翎的相關作品來把握從五四以來的「個人認同」向「階級認同」轉換的過程中出現的強烈「陣痛」。新的「階級認同」主要以主流意識形態作爲抗美援朝文學的主題，而這與路翎的「超越國界的人道主義色彩」之間的分歧也是當時路翎作品被批判的聚焦點之一。在這其中，本文的主要關注點是與當時文壇其他抗美援朝文學作品色調不同的路翎作品中的志願軍形象以及他對朝鮮戰爭的認識。首先，關於志願軍形象，以「個人的命運和祖國命運一致不一致」爲主題，分析脫離了當時主流意識形態要求、作爲「戰爭這一悲劇中的個人」登場的志願軍的形象；第二，通過其在當時未發表的長篇小說《戰爭，爲了和平》來把握他對朝鮮戰爭「手足相殘」的這一獨特認識。

1.「個人命運和祖國命運一致不一致？」

　　這可以稱得上是當時對路翎的批判及路翎所做回應的核心內容。1954年，對路翎及其作品的批判正式開始，而對他批判主要集中在對小說《窪地上的「戰役」》的批判。當時文藝界批評路翎的作品爲有「個人自由主義、溫情主義、悲劇色彩」，更有甚者，曾是人民軍隊政治工作者的侯金鏡在他的批

〔註60〕在洪子誠的《中國當代文學史》裏，把路翎與蕭也牧一起視爲主流文學之外的「最初的異端」。參考洪子誠：《中國當代文學史》（修訂版），北京：北京大學出版社，1999 年，第 124～125 頁。

〔註61〕在陳曉明的《中國當代文學主潮》中，對路翎的作品在其標題爲「雙百」方針及其對文學的影響的第五章中進行了分析，這一點非常獨特，具體來講，編者在新文學的「寫作主體」層面上對路翎的創作進行分析，認爲知識分子雖然接受五四啓蒙的洗禮進行了思想改造，但其主體性的內在情感仍然在敘事的縫隙中流露出來。參考陳曉明：《中國當代文學主潮（第二版）》，北京：北京大學出版社，2013 年，第 153～154 頁。

評文《評路翎的三篇小說》中，把《窪地上的「戰役」》、《戰士的心》、《你的永遠忠實的同志》裏的細節與實際戰鬥工作進行一一比較，批評他的作品是對部隊的政治生活的歪曲描寫，比如，他指出，「《戰士的心》一開始為了刻畫兵士張福林缺乏鍛鍊和不沉著，使他弄響了敵人的照明雷，一個連已經暴露在敵人面前了，副連長就擅自決定提前五分鐘發起攻擊。在現代化作戰的情況下，這種違反紀律的決定是會使他的連全部犧牲在自己炮火下面，而這炮火是在發起攻擊的時候，用來摧毀敵人的前沿陣地的。」〔註 62〕當時文藝批判的焦點集中在實際工作中，接近於非文學性、藝術性批判的政治與思想批判，由此可以看出在抗美援朝宣傳中文藝的作用有多麼重要。

對相對受到肯定的《初雪》和散文作品，受到嚴厲批評的小說《戰士的心》、《窪地上的「戰役」》，以及有關批評文章進行比較時，我們可以把握當時中國文壇不成文的抗美援朝文藝創作標準與路翎創作實踐之間的分歧。尤其是在自我——「志願軍」的形象刻畫上，中共中央要求的志願軍是沒有缺點的英雄與戰士，是象徵「新中國－新社會－新主體」的集體成分之一，但在路翎的筆下，志願軍比起「英雄戰士」，更接近於「有血有肉」的普通人形象。事實上，幾乎對於路翎作品的所有批判，矛頭都指向了他「對志願軍內在精神世界」的描述上，而這也是他抗美援朝文學作品中個人認同色彩與新的階級認同之間的差異經歷的陣痛點。雖然他放棄了之前的創作特色（對生活在混亂年代的中國知識分子或下層人士內在世界裏糾葛、搏鬥、創傷的探析），努力轉向新中國的光明與新希望這一主題，且為親身體驗生活，他自願奔赴朝鮮戰場，但在政治要求與創作追求的夾縫之中，作為「人內在世界的探索者」，他沒有忘記自己既定的使命，只是在生死難料又極富悲劇性的戰爭中，更加全面真實地展現人物的內在世界。雖然他已經多次在針對他的批判中意識到自己與當代文壇主流不符的這一創作問題，但他用敏銳的洞察力真實地再現了人在身處生死瞬間之時「個人生命的獨特體驗」。當然，正如洪子誠教授指出的那樣，他的創作相比過去，明顯有「條理化，顯得冗長、缺少變化的心理敘述」的特點，有藝術上的「衰減」跡象〔註 63〕，但「對人物內在世界的探究」在當時是非常罕見、很有勇氣的一種嘗試。不

〔註 62〕 侯金鏡：《評路翎的三篇小說》，《文藝報》，1954 年 6 月第 12 號。
〔註 63〕 洪子誠：《中國當代文學史》（修訂版），北京：北京大學出版社，1999 年，第124～125 頁。

過，雖然路翎筆下的抗美援朝戰爭某種程度上有些偏離了當時主流文壇的框架〔註64〕，但絕不是完全的脫離，更不是與當時文藝創作主流的敵對，因為路翎作品中的志願軍戰士與其他作家的相關作品一樣，都是為了愛國主義和國際主義勇敢地與敵人搏鬥，像對待家人一樣愛護朝鮮人民，年長的朝鮮人民也像對待兒子一樣愛護志願軍戰士。結合當時路翎的創作、各方對他的批判以及 1955 年他發表的反駁文章《為什麼會有這樣的批評？——關於對〈窪地上的「戰役」〉等小說的批評》〔註65〕，可以知曉他只是在文學表現方法上與眾不同，他通過文學想達到的目標與當時的文壇主流是一致的。但是，這種意見差異在當時是無法被容忍的，路翎認為只是單純的文藝觀點的上的差異，只要認真解釋自己的創作意圖，就可以化解誤會，這一想法卻成了他一系列悲劇性遭遇的開始。路翎在反駁文章中反覆強調：「我想，幾年來對我的批評，基本上都是以政治結論和政治判決來代替創作上的討論的，對那些政治結論，我是不同意的」〔註66〕。當時文藝作品的合格標準是「政治義務第一位，藝術性第二位」，而「政治性符合與否」也對當時批評家們的評價標準產生了重要的影響，路翎表達了對用政治性標準來評判文學創作的失望，並認為他們判斷錯誤。路翎在這篇文章中也做了正面回應，他對受到批判較多的作品中關於志願軍的愛情、家庭、和平生活的描述做了如下說明：「這裡描寫的是這樣的戰士，他的命運和祖國的命運一致，他的對家鄉、親人的感情正就是對祖國的感情」。此外，侯金鏡也曾批判他說：「熱愛一條小河……並不一定就是愛國主義，只有把這一切和『團體的利益』發生緊密的聯繫的，不可分割的聯繫，它們才能發出愛國主義的光輝……但是路翎的作品卻不是這樣，他抽去了集體主義和階級覺悟的巨大力量，而代之以渺少的甚至庸俗的個人幸福的憧憬，並且把它當做人民軍隊的戰鬥力量的源泉，可以說路

〔註64〕中國在「十七年時期」裏對抗美援朝戰爭的闡釋中，這場戰爭並非意味著「非人性、殘酷和死亡」，相反，它是反抗侵略和壓迫，爭取解放與自由的正義之戰，它是誕生人民英雄的地方，也是證明領導人民英雄的毛澤東和共產黨偉大之處的地方。因此，當時的作品裏充滿了革命理想主義、樂觀主義和英雄主義。具體內容參考戴錦華：《歷史敘事與話語：十七年歷史題材影片二題》，《北京電影學院學報》，1991 年第 2 期。

〔註65〕1954 年，文壇對路翎作品的批判如潮水般湧來，對此，他 1955 年創作長達四萬字的《為什麼會有這樣的批評？》連載於《文藝報》一至四號。

〔註66〕路翎：《為什麼會有這樣的批評？》，轉載於《路翎作品新編》，北京：人民大學出版社，2011 年，第 454 頁。

翎的這幾部作品是宣傳個人主義的有害的作品」,對此,路翎在文章中做了如下反駁:「按照他們的在具體分析裏所應用的邏輯,正義的戰爭就不包括每一個成員的幸福和希望,因而就不能激發人們對生活的更深刻的感情。」〔註67〕也就是說,他認爲人民與祖國有「血肉關係」,愛國和個人的幸福一致,從這裡出發,人們邁向集體主義的遠大目標才能實現。也就是說,在路翎對「階級認同」與「集體主義」的理解中,其出發點是「個體」。在主流意識形態要求的志願軍形象與作者親身接觸和感受到的現實之間存在分歧的情況下,路翎在作品中是如何塑造志願軍的形象的呢?

第一,善/惡兩分法構架以外的「人」──人民志願軍。除了長篇小說《戰爭,爲了和平》以外,路翎的散文與短篇小說裏,沒有很複雜的英雄人物和反面人物,即脫離了把志願軍刻畫爲「善」、把敵軍刻畫爲「惡」的兩分法構架,在志願軍形象中,也沒有毫無缺點的英雄人物和固定的反面人物。志願軍也是人,他們在部隊裏也有矛盾,已經是部隊指揮官的志願軍在戰爭中也有苦悶,也非常擔心自己下的作戰決定會不會把戰士們帶向死亡。例如,《解放軍文藝》1954 年 2 月號上刊登的《你的永遠忠實的同志》一文中,講述了戰鬥歲月裏部隊內部個別不團結的戰士慢慢地感受到戰友情誼最終走向團結的故事,化學迫擊炮連三班班長朱德福從步兵二連調來當班長,過了約兩個月,仍然對這裡不甚滿意,想再次回到之前當步兵的地方;只有張長仁是一心一意的老炮手,但是他對新調來的趙喜山不滿意,因爲趙喜山瞧不上化學迫擊炮連三班的武器和戰士,不過,班長並沒有當面指責憨厚單純的趙喜山,而是從一開始就很偏向他。於是,三人之間的矛盾逐漸激化。有意思的一點是,在這部小說中,既是班長又是有十年戰鬥生活的老戰士朱德福在部隊裏鬧情緒,他是故事矛盾中的主要人物之一,也是與新手趙喜山一起進行「思想鬥爭」的對象,但更值得注意的是他們之間的矛盾消除並走向團結的過程。雖然召開了檢討會,但他們的矛盾並沒有完全解決,班長朱德福看了他們的信後講述了自己親人的故事,用這種方式消除了他們之間的矛盾。他從舊社會開始一直講到現在,慨歎爲了革命事業而不能好好照顧家人,並表達了對已經十五歲的兒子的愧疚。聽了他的故事,張長仁才意識到朱德福不僅對朝鮮兒童,對趙喜山也懷著慈愛之心,像對待自己的孩子一樣關懷他。

〔註67〕 路翎:《爲什麼會有這樣的批評?》,轉載於《路翎作品新編》,北京:人民大學出版社,2011 年,第 437～438 頁。

作者自己也說：「在戰爭裏面是這樣的。人們說軍人是大老粗，但正是軍人懂得這種愛情。」〔註68〕不過，這部小說被侯金鏡批評爲對士兵之間政治生活的曲解，因爲他認爲政治團結應該通過嚴格遵守組織紀律並進行認眞的批評和自我檢討才能實現〔註69〕，而不是通過家人的故事。講述了新戰士張福林在經歷第一次戰鬥之後逐漸成長爲老戰士經歷的《戰士的心》裏也體現了這一特徵。第一次參加戰鬥的突擊排戰士張福林並不成熟，由於他的失誤導致大家被敵軍發現，敵軍隨即全面開火，迫不得已的情況下，隊伍比原作戰計劃提前開始作戰。「負傷流血沒有實際經驗」的張福林在槍彈交織、鮮血橫流的慘烈之中覺得自己也一定受了傷，他聽到了附近指戰員叫他的聲音，也聽到了對他的責備。在敵人這意料之外的炮火攻擊中，不少志願軍戰士負傷，副班長更是在戰鬥中犧牲，失去了好戰友的班長吳孟才非常痛心，他對新戰士張福林非常不滿：「他的親密的，他所最依賴的人不在了。這痛苦成了一種力量，加上了他對張福林的憤怒，他的動作裏就出現了一種火焰似的激烈。」〔註70〕同時，在戰鬥中目睹了志願軍戰士英勇抗敵的張福林也漸漸進入了狀態，在戰鬥中同敵方美國軍隊進行了激烈搏鬥。但是，張福林看到的不是他參加戰鬥之前一直在腦海中想像的美國鬼子，而是「在照明彈的亮光下，一瞬間看見了這個瘦長的、十八九歲的美國兵的一隊充滿恐怖的眼睛」。剛開始，張福林猶豫地注視者那雙「恐怖的眼睛」半天，最終在班長嚴厲地喊聲中開了槍。路翎作品裏刻畫的志願軍從高層指揮官到新戰士，都脫離了絕對的善與惡的標準，在第一場戰爭中還沒能克服恐懼的新戰士、失去了好戰友無比傷心而充滿怨恨的班長、凝視比自己年齡還小的美軍士兵驚恐的眼神時戰士的心理等都展現了其他作家作品裏所沒有的「戰爭，人，死亡與恐怖」和「現場」感。

　　第二，死亡面前表現出的人之本性。戰爭中，隨時隨地都會有生命危險，在戰爭中活下來比死還難，說其是「與生的競爭」可能更爲合適。不過，十七年時期裏，在戰爭中的死亡是光榮，是一種英雄性的犧牲，也是一件聖潔的事，路翎的小說也不例外。不過，相比光榮犧牲，路翎作品中勇敢坦率地闡述只要是人就必須面對的「本性」，但這一點在作品中被處理得既像夢境又

〔註68〕路翎：《你的永遠忠實的同志》，轉載於《初雪》，寧夏人民出版社，1981年，第83頁。

〔註69〕侯金鏡：《評路翎的三篇小說》，《文藝報》，1954年6月第12號。

〔註70〕路翎：《戰士的心》，轉載於《初雪》，寧夏人民出版社，1981年，第4頁。

像眞實，又使人感覺好像在現實生活中根本不可能發生。《窪地上的「戰役」》中偵察排在一個朝鮮老大娘的家裏短暫停留，老大娘的女兒金聖姬雖然喜歡新戰士王應洪，但王應洪只一心想在戰爭中立下戰功，不過，漸漸地他也對金聖姬「開始出現了以前不曾有過的甜蜜的驚慌的感情」〔註 71〕，去執行第一個任務的王應洪在作戰中受了重傷，軍隊鐵一般的紀律使一名青年成長爲眞正的戰士，雖然對朝鮮少女產生的愛慕之心只能埋在心底，但當死亡逼近之際，軍隊紀律、戰爭帶來的憤慨、欲要光榮建功的決心都已經遠去，感受到的唯有苦痛和遺憾〔註 72〕。在極度的疲勞和苦痛中失去意識而陷入沉睡的他，做了一個短暫而甜美的夢。他夢到處在敵人包圍中的他見到了對他關懷備至、一直掛念他的母親，又見到了現實中自己也沒意識到的甜蜜又驚慌的感情對象──金聖姬，金聖姬爲胸前掛著國旗勳章的王應洪跳舞，她爲他跳舞的地方是他夢中心心念念的北京天安門，就是在那裡毛主席鼓勵了他，金聖姬也撲到母親跟前，於是他堅強而快樂，繼續向敵後出發〔註 73〕。作爲一名保衛祖國、守衛朝鮮的志願軍戰士，王應洪內心非常想與深愛的人在一起，因爲他本來就是一個「人」，在瀕臨死亡的經歷之後他才找到了本來的自我，就像這個夢裏出現的那樣。與此相反，在其他作家的抗美援朝作品中，又是如何描述「死亡面前的人」呢？魏巍或陸柱國作品中的「死亡」比路翎的更爲抽象，只是有「聖潔、英勇、光榮」的修飾。那麼巴金的作品又是怎樣呢？他在 1953 年發表的作品《堅強的戰士》中，講述了爲解救傷員不幸遭遇地雷襲擊的戰士張渭良克服各種困難，衝破敵人的陣地並最終返回的眞實英雄事蹟，從因傷在生死邊緣掙扎又幾次昏迷、做夢的這一角度上，可以與《窪地上的「戰役」》進行比較。不過，與路翎的作品不同，他在夢中看到的東西並不是家人溫暖的懷抱，而是在舊社會中遭受苦難和地主壓迫的父親，以及因家庭困難送給別人的親生女兒，還有在土地改革中得到的土地和房子以及母親的臉，這令他感到鼓舞，也就是說戰士張渭良的無意識與意識之間的間隔並沒有脫離主流意識形態的範疇──中國的新舊對比、對新社會的感激和讚揚、翻身的喜悅。綜上所述，路翎作品中志願軍的「死亡」與其他抗美援朝

〔註71〕 路翎：《窪地上的「戰役」》，轉載於《路翎作品新編》，北京：人民大學出版社，2011 年，第 236 頁。

〔註72〕 「初上戰場時的那些幼稚的激動已經在他的身上消失了，他忍受著他的傷口的痛楚……」，同上，第 262 頁。

〔註73〕 同上，第 260～261 頁。

文學作品明顯不同，他作品中志願軍的「死亡」並非是一件完美無瑕、光榮、浪漫又聖潔的事情，他在作品中通過無意識的精神世界描寫直接和間接地表現了只要是人就必須要面對的「本性」。

　　第三，戰爭背後的那個地方：和平的生活、故鄉、家庭。路翎的抗美援朝作品中，總是有「戰爭以後的和平生活」這一潛在目標，從這一視角來看，現在的戰爭是「非日常性」、「不久就會結束」的。當然，這一點並沒有直接表現出來，而是在回想起故鄉的生活、親人或在長期的戰鬥中逐漸遠離正常生活的戰士們的苦悶中間接地體現了出來。這一點與其他作家有些不同，其他作家大都將戰場視爲抵抗侵略與壓迫的正義的、可以使士兵蛻變爲英雄的地方，戰爭及鬥爭的本身即是目的。其實，抵抗美帝國主義侵略的這場戰爭最終目的是爲了保衛祖國與朝鮮的和平，更廣的意義上說，是爲了世界的和平，但有趣的是，志願軍戰士個人的生活在作品中沒有涉及。不過，路翎的作品裏，對志願軍戰士來說，雖然是在保衛祖國和朝鮮，但其實是在保護自己的家人，隻身前來，對遠方的家鄉及家人的思念與日俱增，甚至憂慮「我是不是再也過不上和平的生活了？」比如，《窪地上的「戰役」》中，金聖姬因爲王應洪不知道自己的心意而很受傷，作者對金聖姬夢想擁有一個普通的幸福家庭這一點是這樣描述的：「爲什麼這樣呢？她有什麼不對的麼？……她覺得這好像沒有什麼不可能的。戰爭總歸要過去的。」〔註74〕像這樣堅信戰爭終會結束，和平的生活終將來臨的思想在路翎於朝鮮戰地創作的散文中也有體現。《從歌聲和鮮花想起的》中一位是人民軍女戰士的朝鮮婦女在戰爭中面對同志們關心她受傷的腿要不要緊的問題時，回答道：「將來過和平建設生活，腿上有傷怎麼穿裙子呢？……你看，現在像這樣想眞好笑！」〔註75〕朝鮮的人民軍女戰士腿受傷而擔心戰爭結束後怎麼穿裙子的場景，則直接體現了作者對戰爭的這種認識。再回到《窪地上的「戰役」》上來，班長王順很替金聖姬與王應洪感到遺憾，細觀班長的內在世界便可以知道，他表面上向王應洪強調軍隊紀律，內心卻爲雖然陷入深愛卻只想在戰場立功的王應洪感到遺憾。在作戰中，王應洪與班長王順受傷潛伏在敵軍陣地之時，王順突然想起了與這慘烈的戰場形成極大反差的金聖姬那對和平生活的渴望，自然地聯

〔註74〕路翎：《窪地上的「戰役」》，轉載於《路翎作品新編》，北京：人民大學出版社，2011年，第235頁。

〔註75〕路翎：《從歌聲和鮮花想起的》，轉載於《初雪》，寧夏人民出版社，1981年，第168頁。

想起了與已經分別六年的妻子的關係:「他那個老婆吧,離別六年了,來信總是以爲他還是六年前的那個愛嬉鬧的青年,總是囑咐他進飲食要當心,早晚不要受涼……。在和平的日子裏,眞實連傷風咳嗽也要擔心,可是現在他是一個身經百戰的老偵察員,不僅不再是愛嬉鬧的青年,而且還規規矩矩地在無論什麼泥溝裏一潛伏就是幾個鐘點;早晚不要受涼!還眞是從哪裏說起呀。」〔註 76〕王順超越了對家鄉和家人的思念,對毫不知曉自己現實狀況的妻子有了幾分埋怨,不過他埋怨的對象又是誰呢?雖然在小說裏沒有明確說明,也或許是戰爭本身。王順對普通生活的渴望在他看來已漸行漸遠,這份渴望在他對這個今後要與自己一起戰鬥的青年王應洪的同情中繼續延續。

2.《戰爭,為了和平》中的「朝鮮戰爭」認識——朝鮮手足相殘的悲劇

《戰爭,爲了和平》是路翎抗美援朝作品中唯一的一部長篇小說,於 1985 年 12 月在中國文聯出版公司首次出版,這部作品的時代背景從第二次世界大戰結束以後的 1950 末到朝鮮戰爭停戰協定簽訂的 1953 年 7 月 27 日前後,空間背景主要包括朝鮮戰場的前線和正在進行農村社會主義改造運動的後方。該作品的字數多達 50 萬字,按照時間推算,應該是路翎在 1955 年被逮捕之前創作完成。筆者最想強調的部分是他對朝鮮及朝鮮戰爭的認識。這部小說總共由十章組成,除了描述中國後方農村景象的第五章以外,其餘章節中都有朝鮮人出現。不知道是否是作家有意爲之,以第五章爲界,前半部分中,朝鮮人民軍成員斐英哲作爲主要人物登場參與中朝兩國的協同作戰,後半部分到停戰之間,描述了中朝之間的軍民魚水情。如果說五十年代文學中朝鮮形象的主要特點是「中朝之間的軍民魚水情」,那麼六十年代的朝鮮形象則更加多樣:電影中脫離了「去男性化/去成人化」的特點,朝鮮男性與人民軍戰士登場,參加中朝的並肩作戰等等。如此看來,路翎的這部小說可以說是「十七年」時期抗美援朝文藝作品中朝鮮形象的集大成者。不僅如此,更令人稱奇的是,路翎將故事的舞臺設定爲「三八線」附近的朝鮮村莊:前半部中主要是漢江以南的韓國村莊,後半部中則描述了三八線附近的朝鮮村莊。三八線是當時劃分朝鮮半島南部和北部的分界線,這裡先分析一下這條分界線的意義,楊朔的長篇小說《三千里江山》中講述了在「朝鮮與

〔註 76〕路翎:《窪地上的「戰役」》,轉載於《路翎作品新編》,北京:人民大學出版社,2011 年,第 259 頁。

中國的邊境」——東北邊境地區工作的中國鐵路工人組成的志願軍的故事。由於中國與朝鮮接壤,且素來有唇亡齒寒的緊密關係,當時在朝鮮境內進行的戰爭給國內帶來了的危機感與日俱增。不過,將朝鮮南北兩端隔開的三八線,這一南北兩端的邊境線體現了朝鮮戰爭手足相殘的本質,它是同一民族內部理念矛盾日漸激化的地方,也是敵我的對立日漸嚴重的地方。一言以蔽之,這是對中國抗美援朝敘事的政治性目標的達成沒有任何作用,甚至是比較危險的一種設定。小說中,對前半部的韓國村莊描述是「早就被李承晚的宣傳給麻痹」〔註 77〕,對後半部在三八線附近的朝鮮村莊的描述是「因為靠近三八線,過去緊挨著李承晚的政權,所以時常有特務和壞分子的騷擾」〔註 78〕。誠然,韓國以南及三八線附近的朝鮮人民因為無法忍受李承晚偽軍的暴政對人民軍和志願軍持熱烈歡迎的態度這一描述,在一定程度上能減少這種設定的風險,但路翎並沒有選擇那條容易的道路。事實上,從 1951 年 6 月開始到 1953 年 7 月 27 日停戰協定簽署的約二十六個月時間的戰鬥中,敵我雙方以三八線為中心,圍繞既有的軍事陣地,進行了長期的攻守拉鋸戰,為了爭奪在地圖上幾乎可以忽略不計的一塊陣地,就會有很多的人民和軍人犧牲,而且在這種攻防拉鋸戰中,經常會有某個地方,在短短幾天之間就經歷了幾輪「大變天」——先由被朝鮮軍隊控制轉向被韓國軍隊控制,再從被韓國軍隊控制變成被朝鮮軍隊控制,單純地為了保住性命和維持家庭生計而協助朝鮮軍隊或韓國軍隊的人民,被不同的控制者以「附逆者」的罪名殘忍地殺害,或被認定為「潛在的非人民」而遭到清理。還有很多朝鮮男子不論自己的理念和意向是什麼就被以補充兵力的名義抓到朝鮮或韓國服勞役或上戰場。在三八線邊境地區一帶,這種悲劇更多更嚴重。1952 年 12 月進入朝鮮的路翎,切身感受到了朝鮮戰場的這種情況,所以他選擇了三八線作為故事發生的舞臺,以描述朝鮮戰爭與朝鮮人民的實際情況。也正是因為這個原因,在他的作品中,不僅有朝鮮人民登場,也有韓國人民登場,韓國軍隊也多次出現。與此形成對照的是,即使在六十年代的電影中,韓國也只是以「李承晚偽軍」的軍人形象登場。上文中提到的路翎與眾不同的朝鮮認識與空間背景設定,通過再現一個普通的朝鮮家庭因理念差異而南北分離最終支

〔註77〕路翎:《窪地上的「戰役」》,轉載於《路翎作品新編》,北京:人民大學出版社,2011 年,第 283 頁。
〔註78〕同上,第 285 頁。

離破碎的悲劇，間接地反映了朝鮮戰爭手足相殘的本質，後半部分中靠近三八線的一個村莊裏，李順國的兩個兒子都奔赴戰場，「大兒子去年就參加了人民軍，但二兒子卻參加了反動組織，跟著李承晚走了」〔註 79〕。某一天，聽到李順國家裏的二兒子李沿城回來的消息後，村裏婦女委員金貞永與從小就和李順國妻子關係親密的崔老大娘拿其他事做藉口來到了他們家。知曉她們二人是因爲二兒子的緣故來找自己的李老大娘，內心在理念和身爲母親的親情之間徘徊，她一方面準備了兒子要吃的飯，一方面又在猶豫要不要拿給他，同時內心也祈求千萬不要被金貞永和崔老大娘發現。崔老大娘也和李老大娘一樣，已經是三個孩子的母親，她十分理解「這些做母親的如何在艱難中把孩子們帶大」〔註 80〕，因此很是感同身受。最終，這一切被發現後，李老大娘決定要去志願軍和兒子所在的地方，她放聲大哭，最後昏厥。好不容易清醒過來的李老大娘在與兒子約好的晚餐時間逐漸臨近之時，內心不斷地進行著掙扎。此時，路翎集中描寫了李老大娘的複雜心理，她在猶豫抓走兒子殺了他會怎麼樣，如果自己說服他去請求原諒行不行，最後她批評二兒子爲「特務！強盜土匪」。她對這樣的自己很驚訝，連連搖頭，突然又想起了加入人民軍的大兒子，她彷彿看到了美軍包圍了大兒子且正拿槍對著他，李老大娘害怕還沒有發現美軍的大兒子會遭槍擊，焦急地喊著他的名字，在極度的驚恐中她連連打顫。最後，到了約定的時間後，李老大娘誠懇地向志願軍提出請求，表示自己將會努力說服二兒子，能體會她這種心情的志願軍戰士埋伏在周圍的草叢中等候。不過，李沿城發現了爲幫助李老大娘而尾隨前來的崔老大娘，局勢瞬間惡化，李老大娘沒能說服自己的兒子，兒子向崔老大娘開槍準備殺死她，在這千鈞一髮的瞬間，李老大娘用身體擋住子彈而倒地身亡。當然，路翎是在意識形態的範疇內刻畫二兒子和其家人的形象：李順國年紀大了，病得糊裏糊塗；老大娘性格膽小謹慎，中了兒子的槍而死亡，老大娘批評兒子是「特務！強盜土匪」；在介紹大兒子和小兒子幼年時期的部分中，將大兒子設定爲正面人物，而將二兒子刻畫爲從小就懶惰狡猾的反面人物，後來他又進了美軍的間諜機構，貪戀錢財，最後甚至殺死了母親，是一個非常冷酷無情的人。不過，作品中敘事的焦點不是韓國軍隊也不是朝鮮

〔註 79〕 路翎：《窪地上的「戰役」》，轉載於《路翎作品新編》，北京：人民大學出版
社，2011 年，第 287 頁。
〔註 80〕 同上，第 74 頁。

軍隊，而是兩個兒子進入了不同陣營的「母親」，以此來表現這場戰爭給理念
產生分歧的家庭帶來的悲劇，進而間接地表現這場戰爭隔斷了南北兩端並且
使南北兩端刀鋒相對，是一場手足相殘的悲劇。同時，前半部分中作為朝鮮
人民軍的一員奮勇抗敵的斐英哲原本是一位生活在「漢江以南」的普通青
年。路翎對這個普通青年如何成為一名人民軍戰士進行了說明：解放之後，
他與同志們一起抓獲了日本的諜報員——地主金允，然而美軍進入首爾之
後，已被關數月的金允就被釋放回到了村子，之後，一些同志受到了他的報
復而死，斐英哲不得已逃走，半年後再次被抓，但在同志們的幫助下已經決
心投身革命的他在從監獄中逃出來後，沿著海邊越過三八線進入朝鮮。戰爭
開始後，他參加了人民軍，當一名偵察員〔註 81〕。由於這場戰爭，他再次踏
上了故鄉的土地，但面對這片土地，他心情十分複雜。看著如今深陷的彈
坑、過去父母和姐姐耕作過的田地，他陷入了對過去的回憶，那和平祥和的
過去歲月浮現在眼前，父母去世後照顧家庭的姐姐、憨厚老實的姐夫、喜歡
過自己的少女等等。作品把朝鮮人民軍戰士的家鄉設定在韓國而不是朝鮮，
把韓國置於冷戰意識形態框架之外的這一設定標新立異，而且通過對他過去
的回憶，揭示了光復之後由於外部勢力的干涉引起的這場戰爭，朝鮮半島被
一分為二的血淚歷史。作者的這種洞察力，令人佩服。兩個兒子進入了不同
陣營的母親和曾是一名普通韓國青年的人民軍戰士的家庭故事，向我們展示
了這場戰爭對朝鮮人民來說是「敵我」的戰爭且敵我雙方曾經是一起生活的
家人和鄰居。那麼，作者對於朝鮮戰爭果真也是這麼認識的嗎？作為一名韓
國讀者及研究者，筆者對路翎的率直和敏銳的洞察力由衷地敬佩。路翎的這
種看法，從文革結束之後一直到今天的抗美援朝戰爭敘事中都是非常罕見
的。魏巍的《東方》雖然是文革以後出版的，但魏巍作為部隊文藝工作者，
其革命時期的創作風格與抗美援朝時期的創作風格並沒有很大的不同。雖然
在刻畫前方的志願軍與後方的農村人民形象上，夾雜了其對「革命反諷」的
質疑〔註 82〕，但他對朝鮮戰爭的看法並沒有脫離革命意識形態，朝鮮形象依

〔註 81〕路翎：《窪地上的「戰役」》，轉載於《路翎作品新編》，北京：人民大學出版
　　　　社，2011 年，第 74 頁。

〔註 82〕這一點通過小說中的反面人物形象可以看出，但需要注意的是，他刻畫的並
　　　　不是絕對的惡人，而是積極獻身革命的卻走上反革命道路的「背叛者」，同時，
　　　　在負面人物屈從於一個個促使背叛的誘惑之時，革命具有的神聖價值遭到了
　　　　懷疑。《東方》給我們留下的問題有兩個：第一個問題是「革命的約定（目標）

然是映襯中國過去與未來的「課本」，絲毫沒有改變。《戰爭，爲了和平》出版的八十年代裏，電影和電視劇中的志願軍也只是在身份和性別上更加多樣化〔註 83〕，並沒有在人道主義角度對朝鮮及朝鮮戰爭進行描述的作品。綜上所述，路翎的《戰爭，爲了和平》中體現他對朝鮮戰爭是「朝鮮民族悲劇」這一認識，是超越時代與國界，對處於戰爭悲劇之下的個人命運的關照，這部小說頁可以說是閃耀他人道主義創作色彩的一部作品。

第三節　新主體與國際主義

　　社會主義革命時期，抗美援朝文藝敘事根據「抗美援朝，保家衛國」這一社會主義世界觀對朝鮮戰爭的內在價值進行了刻畫與塑造，其主要目的在於向人民大眾傳達並深化這一價值觀。同時，文學中的志願軍這一「自我形象」作爲社會主義新人的模範，也成爲在巨變中的中國環境之下踐行新時代任務的主體。人民大眾作爲讀者，通過文藝作品把自身與志願軍戰士視爲一體，以及對遭受美帝國主義侵略的朝鮮及朝鮮人民的感同身受和支持，認識到與過去截然不同的自己，也見證了在新的世界格局下新中國及作爲新主體的自身得到認可的過程。因此，以朝鮮戰爭爲重要轉折點而形成的當代中國的冷戰世界觀，如果說是通過抗美援朝文藝作品，以審美的視角及過程得以向人民大眾進行傳播和宣揚的話，那麼文藝作品中的「自我與他者形象」可以說是支撐著這種冷戰式「自我主體」與「世界想像」的力量之源泉。但是，本文旨在考察的對象並非單指靜態層面的自我與他者形象的類型化或特徵分析。而是通過對抗美援朝敘事進行歷時性考察，對自 1950 年代戰爭時期一直到整個毛澤東時期，抗美援朝敘事不斷突出革命中國的自我敘事，最終發展成革命敘事的過程中所呈現出來的「連續性和差異」進行重點考察。也就是

不是改善我們原有的生活嗎？」。第二，實現了革命理想的現實具有空虛感。當然，對所有的這類革命問題和存在問題的人物，作家都放在了革命話語所允許的範圍內進行描述，可是這部作品出自終生懷有堅定革命信念的無產階級文藝工作者魏巍之手，從這一點來看，對革命產生懷疑的這些問題則更加沉重和深刻。魏巍：《魏巍文集》，廣州：廣東教育出版社，第 3、4、5 卷，1999 年。

〔註 83〕　譬如，刻畫了知識分子出身的志願軍形象的《心炫》（1981）、《戰地之星》（1983）等作品。這些作品裏出現的朝鮮仍然是女性化形象，或是被縮減和刪除。

說,雖然所指向的政治文化目的一致,但在敘事中形象所認同的對象、一體化水平等方面卻存在差異,這裡就對敘事的形成、轉變、象徵化背後的特定時期歷史語境中的文化邏輯進行綜合性考察。這一節則主要聚焦第一階段,即1950年抗美援朝敘事的形成期,在「再解讀」方法論的基礎上,參考將「形象」看作是一種「主體構成機制」的思路,對抗美援朝敘事中自我、他者形象特徵和意義進行分析。

首先,在自我形象的分析中,筆者將主要側重於探究抗美援朝敘事中志願軍戰士的「階級身份」及其變化。這一章中,將對第一個時期,即1950年代抗美援朝文學中的「窮苦人」,尤其是「翻身農民」出身的志願軍形象進行分析,從而探究「社會主義新人」的意義與局限性。之後對國際主義世界觀的形成進行的分析中,將重點探討「朝鮮」這一特殊的「他者」。筆者在前面也曾強調過,在抗美援朝敘事中的他者形象中,相比起「美軍」,「朝鮮」在扮演完成中國自我認同的他者角色這一點上起到了重要的作用。事實上,在每個時期,志願軍形象包含並要傳達的中國政府的信息發生變化之時,朝鮮形象總能適應並做出轉變。如果說抗美援朝敘事的全盛期五十年代是第一次轉變時期,那麼作為「回顧時期」的六十年代則發生了第二次轉變。在本章,筆者從對「朝鮮」這一特殊他者的認識與思考出發,分兩個主題來對朝鮮形象進行分析和把握:首先,以與形象相關的「主體構成機制」為基礎,對抗美援朝敘事中的「他者」形象進行分析,可以說,在東方的自我形象方面,西方是一個普遍性的他者,對抗美援朝文藝中代表西方形象的「美軍」在扮演他者形象中的局限性進行分析和探究,可以進一步發現另一個他者——「朝鮮」形象的重要性;第二,從過去中朝關係的冷戰式轉變與「記憶的編制」角度,對五十年代抗美援朝敘事中的朝鮮形象特徵進行分析歸納,以此來佐證朝鮮扮演了完成中國新的自我認同的他者角色。

一、受苦的人的軍隊

1.為什麼是「翻身農民」?

以美國為首的國際聯合軍的加入,使朝鮮戰爭擴大為國際性戰爭,為此,中國政府連續召開了兩次中央軍事委員會討論國家的安全保衛與東北邊防軍的組建等問題,並於7月13日發佈《關於保衛東北邊防的決定》,正式組建東北邊防軍。隨後,韓國軍隊與聯合國軍決定「北進」之後,毛澤東指示將

東北邊防軍改名爲中國人民志願軍，彭德懷任志願軍總司令。這些軍人是人民解放軍的一部分，但爲了向國際社會強調參戰的成員並非國家主導下派遣的軍人，而是人民自發自願參加並組建的武裝隊伍這一點，特改名爲「中國人民志願軍」。因此，文學作品裏出現的「志願軍」形象中幾乎沒有正式的全職軍人，大都是工人和農民出身，其中，「工人」僅在支持後方的工人們組織的志願軍部隊中登場，前線的大多數戰士的身份都是「農民」。由此來看，「翻身農民志願軍戰士」與其說反映了人民志願軍的構成成分，更是社會主義新中國要求的「新主體的榜樣」與「新集體認同」的想像。那麼，這其中爲什麼是「農民」呢？

　　莫里斯・邁斯納對抗日戰爭以來中國共產黨與農民之間的密切聯繫做了如下分析：在把農民反對日本侵略者的基本反帝情緒改造成現代民族意識的過程中，共產黨起了主要的作用；同時，在反對日本帝國主義的民族主義綱領的基礎之上動員農民，共產黨的這一方針對於延安時期在軍事和政治上取得的成功具有重要意義；此外，毛澤東通過十年的延安經歷，堅信「眞正具有創造性和革命性的力量不在城市而在農村，是占人口大多數的農民，也即重視「大眾」的意志與力量。如此，新中國正有賴千百萬農民的積極支持，規模龐大的人民社會革命才得以成功〔註 84〕。同時，這也意味著長期遭受壓迫的農民成爲了眞正的「主體」。1949 年 7 月 5 日，周揚在第一屆中華全國文學藝術工作者代表大會上關於解放區文藝運動的報告《新的人民的文藝》提出，「毛主席的《在延安文藝座談會上的講話》規定了新中國的文藝的方向」〔註85〕，正如他所說一樣，新中國文藝的起源也起始於 1942 年毛澤東的《講話》。1942 年 5 月，在延安召開的文藝座談會期間，毛澤東於第一天發佈闡明瞭座談會召開目的並指示了整風運動方向的《引言》，座談會的最後一天，毛澤東總結討論結果並發佈了揭示文藝界當前任務的《結言》。在《結言》中，毛澤東指出，「爲群眾的問題」和「如何爲群眾的問題」是當前面臨的中心問

〔註84〕　〔美〕莫里斯・邁斯納著，杜蒲譯：《毛澤東的中國及其後：中華人民共和國史》，香港：中文大學出版社，2005 年，第 38、48 頁。

〔註85〕　「毛主席的《在延安文藝座談會上的講話》規定了新中國的文藝的方向，解放區文藝工作者自覺地堅決地實踐了這個方向，並以自己的全部經驗證明了這個方向的完全正確，深信除此之外再沒有第二個方向，如果有，那就是錯誤的方向」。謝冕、洪子誠主編：《中國當代文學史料選（1948～1975）》，北京大學中文系中國當代文學教研室，1995 年，第 20 頁。

題；同時，他強調群眾是最廣大的人民，是占全國人口百分之九十以上的人民大眾——「工農兵」。由此來看，工農兵在 1942 年就已經作爲革命的主角成爲新文藝的主體與革命文藝的服務對象。不過，應當注意到，新中國成立以後以工農兵爲主角的作品包含著其他重要的意義：解放之前的 1942 年是反帝國與反革命鬥爭並行的高潮時期，因此這一時期的文藝作品具有爲取得戰鬥勝利而進行戰爭動員的性質與目的，而在 1950 年，對抗美援朝進行戰爭動員的目的固然重要，但當時新中國剛成立不久，在構建新政府政治合法性方面，「文化領導權」也自然地成爲一個非常重要的問題。韓毓海教授在《「漫長的革命」——毛澤東與文化領導權問題》中表示，政權的「合法性」與「認同」與文化問題直接相關，是更加根本性的政治問題：「合法性」（Legitimacy）和「認同」（Identities）本身首先指涉的是文化問題，涉及審美、價值和性別諸方面，但是，它也涉及國家乃至國際準則的政治基礎，在這個意義上，它顯然是更爲根本性的政治問題〔註 86〕。由此，他強調，毛澤東對當時文藝界和知識分子進行的一系列批判運動並不是簡單粗暴的「反智主義」和「反文化」的政治專制，而應該被視爲一種爲了取得實現無產階級革命的關鍵——「文化領導權」的戰略戰術。那麼，通過文化的合法性和認同，具體是怎麼形成的呢？正是通過輿論媒體與文化藝術，一方面不斷地敘述和宣傳創建政權的執政黨崇高的歷史，〔註 87〕另一方面通過輿論媒體與文化藝術宣揚一起創造並開拓新歷史的革命主體，使他們通過更高層次的階級覺醒學習歷史使命。過去從來沒有成爲了文化藝術主體的人民大眾在主體性新文藝的創作與實踐過程中自發地踐行革命理想，同時對下一代的革命理想也持續不斷地提供著動力。這一點可以說充分體現了葛蘭西提出的「霸權」（hegemony）與毛澤東提出的「軟權力」的重要性〔註 88〕。由此來看，在五十年代抗美援朝敘事中既是「新主體的榜樣」也是「新的集體認同」想像的「翻身農民戰士——

〔註 86〕韓毓海：《「漫長的革命」——毛澤東與文化領導權問題（上）》，《文藝理論與批評》，2008 年第一期，第 10 頁。

〔註 87〕「對於任何一個新生政權而言，樹立威權最爲有效的方式之一，便是利用媒體輿論和文學藝術爲該執政黨撰述一個合法、合理而又崇高的歷史：就是在撰述這個合法、合理而又崇高的歷史的過程中，新中國電影扮演了一個至關重要並且頗爲成功的角色。」李道新：《中國電影文化史（1905～2004）》，北京：北京大學出版社，2005 年，第 254 頁。

〔註 88〕韓毓海：《「漫長的革命」——毛澤東與文化領導權問題（上）》，《文藝理論與批評》，2008 年第一期。

—人民志願軍」形象是把握新中國政府想要表現的政治合法性是什麼，以及建國初期中國的時代精神是什麼等問題的文化途徑。

2.「新」——製造主體與國家認同的核心與其局限性

在建國以後第一次面臨外部勢力入侵的危機面前，全國高喊「抗美援朝，保家衛國」，這種情況下，成爲新中國新主體的「農民」作爲體現愛國主義與國際主義精神的人民英雄，成爲這一時期歷史舞臺上的主人公。同時，通過全民性的國內抗美援朝運動，志願軍作爲「社會主義新人」逐漸被頌揚爲人民大眾應該學習的模範，陳國清和萬必能對抗美援朝運動中志願軍的英雄事蹟產生的影響做了如下評價：「抗美援朝時期湧現出了大批的英雄模範人物，特別是志願軍的英雄事蹟，對激發全國人民的團結和促使每個人努力工作，也起到了極大的鞭策和教育作用。」〔註 89〕抗美援朝文藝中把志願軍作爲主人公，他們的英雄事蹟則成爲主要內容，從這一點來看，人民大眾通過抗美援朝文藝可以「想像」剛剛解放、充滿著社會主義建設時期美好前景的新中國，意識到自身是新的主體的並接受革命世界觀。如此，志願軍形象是中國面向人民大眾進行戰爭動員的重要文化手段，也是使人民大眾接受新的政治認同的重要文化途徑，因此志願軍形象塑造的每一個特徵都被賦予了非常重要的意義。同時，這一時期抗美援朝文學中的農民志願軍形象身上投射的對新中國與新主體的政治認同主要集中在「新舊的對比」之上。志願軍的愛國之心、國際主義精神和英雄犧牲精神也主要表現在「新舊的對比」上，更具體地說，是源自「新」這一政治合法性。

細觀當時主要文學作品中的志願軍戰士的戰鬥意志，也即愛國主義與國際主義精神，其基本按照「對新中國的滿足感⇒戰爭爆發造成的國內反革命‧復辟的危機感⇒鬥爭‧保衛的必要性」這一順序展開：首先，大多數是翻身農民的志願軍戰士對在當今「新」中國有了土地和房子，以及在舊社會由於家境困難而被賣給地主的弟弟如今也能上學和在工廠工作等與舊社會截然不同的新生活非常滿足。但此時遭受美帝國主義侵略處於水深火熱之中的朝鮮使人們產生了「舊」會死灰復燃的危機意識，這種危機意識由於過去日本對中國的侵略歷史而進一步增強。日本在過去侵略了朝鮮之後便開始侵略中國，美帝國主義與日本帝國主義會以同樣的方式在不盡之後便會侵略了朝

〔註89〕劉宏煊主編：《抗美援朝研究》，北京：人民出版社，1990 年，第 451～452頁。

鮮之後再侵略中國，這一歷史教訓也成為了農民戰士們在朝鮮這片異國土地之上為了朝鮮人民進行殊死戰鬥的原因。這種以日本帝國主義侵略時期留下的民族傷痕為基礎對抗美援朝必要性進行文學性闡釋的代表性示例當屬楊朔的《三千里江山》。老舍的小說《無名高地有了名》中也能找到類似的例子，面對戰友們提出的「奮勇戰鬥的力量源泉是什麼？」這一問題，老戰士章福襄回答道：「黨給我的」，隨機回憶起了自己的過去：「在家裏的時候，我吃過兩年的野草和樹皮。現在，家裏分了地，有吃有喝；去年我匯回四十萬塊錢去，老父親來信說，已添置了新被子。我不允許美國鬼子侵略了朝鮮，再進攻中國；他知道野草是什麼味道」。〔註 90〕這體現了志願軍戰士典型的「訴苦－讚揚新中國－保衛祖國必要性」這一模式。不過，文學作品中強調「援朝」必要性的敘事策略並不僅僅如此，作為戰爭受害者的朝鮮人民，尤其是女性和兒童的形象映像著舊中國時期自身與家人們遭受的來自地主、國民黨與日本帝國主義的迫害與痛苦，以此來喚起人民的同情心，這也是一種敘事策略。舉例來看，魏巍把志願軍戰士的「訴苦」與對如今滿目瘡痍的朝鮮土地和朝鮮大娘的同情結合起來，如他的散文《漢江南岸的日日夜夜》中，志願軍戰士看著在美軍轟炸中著火的房子裏背著孩子找東西的老大娘感慨道：「我們的父母還不跟她一樣嗎？」，然後回憶了過去自己的生活和未來面臨的危機。〔註 91〕還有，巴金的《起雷英雄的故事》中，英雄戰士姚班長看著朝鮮的慘狀想起了自己過去的苦難，並表示要為「同樣的窮苦人」朝鮮人民報仇〔註 92〕。這可以理解為在實現「援朝」所需的新政治理念——「國際主義精神」的初始階段，文學作品中回憶自身在舊時期經歷的苦痛並要為朝鮮人民報仇的「中朝親如一家」，更廣的意義上講，是「世界窮苦人都是一家」這一模式。因此，朝鮮是映照中國之「舊」的一面鏡子，是與今日中國形成對比的異國，也是昭示未來的課本，它支撐著志願軍戰士「抗美援朝，保家衛國」的參戰必要性，在志願軍戰士自我形象的角度上，朝鮮則是在志願軍通過戰鬥形成對「社會主義新人，人民英雄」這一新自我主體的認可方面非常

〔註 90〕老舍：《無名高地有了名》，轉載於《老舍全集·第六卷》，北京：人民文學出版社，1999 年，第 576 頁。

〔註 91〕魏巍：《漢江南岸的日日夜夜》，轉載於《魏巍文集》（第 7 卷），廣州：廣東教育出版社，1999 年。

〔註 92〕巴金：《起雷英雄的故事》，轉載於《巴金全集》（第 14 卷），北京：人民文學出版社，1986 年，第 151 頁。

重要的「他者」。

　　然而，文學作品中農民出身的志願軍雖然並非反面人物，但也並不僅僅是正面刻畫。作品中的農民戰士雖然「文化水平低」，但在黨的領導與參加戰鬥的過程中逐漸學習了文化知識，並逐漸「成長」爲英雄。譬如，老舍的《無名高地有了名》中，對個別志願軍有「部隊的集體生活已經使他忘了某些農民常有的貪得與自私」〔註 93〕同時，在介紹部隊英雄戰士們生活面貌的巴金的《魏連長和他的連隊》中，志願軍戰士在課堂上寫文章進行報告的形象與戰場上截然不同：聲音變小、在文化方面缺乏自信心等等〔註 94〕。同時，對農民戰士們負面的描寫中，除了文化水平低之外，還包括他們「發家致富」的思想，路翎《戰爭，爲了和平》中，新來的農民戰士董富雖然身懷報國之心參戰，但在隨著戰事的延長也產生了恐懼，因放不下對家鄉田地和妻子的牽掛而常常苦悶，舊社會裏他替地主當了好些年的牛馬了，土改後第一次獲得田地的他有一個夢想，這個夢想是「有著那些年歲大的農民的那種夢想：建立起一份自己的家業來，照老式的辦法過一輩子。」〔註 95〕不過，隨著他與戰友們一起履行戰鬥任務，逐漸克服了這種思想問題並逐漸成長爲一名成熟的戰士。如此，作爲新中國要求的「人民大眾」，農民出身的志願軍一方面獲得肯定與認可，另一方面也被刻畫爲需要黨的教育與改造的對象。以此來看，在翻身農民——自我形象的角度上，作爲「社會主義新人」的志願軍戰士又有哪些局限性呢？在當時陳湧對楊朔的《三千里江山》進行批評的一篇文章中，他對抗美援朝文學中的志願軍主體設定具有的局限性進行如下分析的同時也對楊朔的作品進行了肯定：「這些人物比較起那些暫時還只是爲了自己分得土地而鬥爭，爲了報殺父之仇而參軍的農民和小生產者來時大大的進了一步」〔註 96〕，這一點恰如其分地指出了刻畫翻身農民出身的志願軍敘事的局限性。在文學作品裏，於新舊的對比之中發現的農民志願軍的愛國精神與國際主義精神源於個人的得失與仇恨，這可以說是一種非常初步的階級覺醒，因

〔註 93〕 老舍：《無名高地有了名》，轉載於《老舍全集・第六卷》，北京：人民文學出版社，1999 年，第 576 頁。

〔註 94〕 巴金：《魏連長和他的連隊》，轉載於《巴金全集》（第 14 卷），北京：人民文學出版社，1986 年，第 231 頁。

〔註 95〕 路翎：《戰爭，爲了和平》，北京：中國文聯出版公司，1985 年，第 349 頁。

〔註 96〕 陳湧：《文學創作的新收穫——評楊朔的〈三千里江山〉》，《人民文學》，1953 年，第 56 頁。

此,產生的結果是比起國際主義精神,作爲愛國主義主體的形象更加突出。這一局限性,與在六十年代的電影中逐漸發生變化的志願軍戰士形象相比,有明顯的差異。作爲成熟的戰士與革命繼承者,六十年代電影裏的志願軍形象是並不需要思想改造和文化學習的成熟的「無產階級戰士」形象,他們展現的愛國主義與國際主義精神超越了五十年代新中國與使自身被認同爲「人民」的「新」的水平,構建了六十年代所需要的新的自我認識與世界想像。

二、朝鮮──國際主義視野中的「他者」

1.普遍性他者「西方」與抗美援朝敘事中「美軍」形象的局限性

在五十年代抗美援朝戰爭時期,抗美援朝敘事的首要目標在於,成功地向人民大眾進行戰爭動員,以此強調參戰的必要性與迫切性,也即有說服性地解釋「爲什麼要冒著生命危險奔赴外國保衛其他民族?」這一問題。因此,正如前文所述,朝鮮(人民)與朝鮮戰爭對於中國,是基於中朝長期歷史中形成的唇亡齒寒的關係而喚起民族危機感的存在,是在志願軍「新舊對比」的敘事模式中映像「舊中國」的鏡子,也是「揭示未來的課本」。結果,五十年代文學中的朝鮮形象並不是反映朝鮮狀況的實際形象,而是爲了突顯如上文所述的中國政府戰爭動員的目的以及志願軍戰士的英雄主義、愛國主義與國際主義精神的「次敘事」,可以理解爲巴柔教授說的「社會集體想像」的結果。當代法國形象學研究者巴柔指出「異國形象應被作爲一個廣泛且複雜的總體──想像物的一部分來研究」,他還指出社會集體想像物的「形象」是「對一種文化現實的再現,通過這種再現,創作了它(或贊同、宣傳它)的個人或群體揭示出和說明了他們生活於其中的那個意識形態和文化的空間」〔註97〕。如果用巴柔的這一觀點來分析抗美援朝文學作品,那麼作爲異國(他者)的美軍和朝鮮形象則是建立在體現了中共政府及作家意識形態的自我認識的基礎之上。由此來看,中國新的自我定位與如何面對又對立又互補的異國形象有著直接的關係。自我主體的構成並不僅僅是這樣單方面的,其他形象,即與他者形象產生關係並逐步展開的「主體構成機制」──酒井

〔註97〕巴柔:《從文化形象到集體想像物》轉自於孟華主編:《比較文學形象學》,北京:北京大學出版社,2001年版,第121頁;孟華,「一個作家筆下的形象,主要不是對異國社會(缺席的客體)的表現,而是對本國社會(在場的主體生活於其中)的表現。」,相同,第9頁。

直樹的「雙形象化圖式（The schema of configuration）」也是其中的重要機制之一。所謂「雙形象化圖式」，是指雖然意欲產生身份認同的想像力唯有通過「形象」才能得以呈現，但對形象的設計和想法並不是僅僅通過一個形象簡單地展開，而是在與其他形象進行對比的過程中立體地展開，這一圖式尤其給「中國的自我認識與世界想像」產生了重要影響，其原因主要在於酒井直樹運用這一圖式來闡釋「日本思想史」的構想之時，運用了既是「缺乏」意識的表現亦是模仿對象的「西方思想」。在〈「日本思想」問題〉上，他用話語結構來分析「日本思想史」，在這一構想中他得出的結論是：日本思想史是與西方思想史相互對立的，它是在「思想，西方若有，日本也務必要有」這一要求與西方對稱及平等的思想驅使下形成的。〔註98〕這種情況之下，「西方」不再單純是簡單的實體或地理上的某種存在，而是一種偏重性存在本身所具有的普遍性，而這種偏重性則形成像「日本」一樣的特殊性，也就是說，此時的「西方」是一種完全理念化且帶有霸權主義色彩的東西。最終，通過假想的「西方」來設定本國的身份認同與同一性，以借助對西方的模仿和反駁來構建本國的歷史，幾乎所有的這種嘗試都只能說是「非西方」知識分子應該肩負的歷史使命〔註99〕。因此，無論對西方是「迎合」還是「反對」，既然「西方」處於作爲偏重性的普遍位置，爲了構建自身的文學及歷史性身份認同，只能也不得不參照「西方」〔註100〕。

上文所述的這一圖式，在抗美援朝文藝作品中也同樣適用。抗美援朝文藝作品中的形象可以大致分爲作爲自我形象的「中國人民志願軍」以及作爲他者形象的「朝鮮、南韓軍、美軍」。不過，抗美援朝戰爭作爲國際戰爭和理念戰爭，他者形象各自均具有特殊的意義。譬如，朝鮮形象代表了國際主

〔註98〕 〔日〕酒井直樹，藤井たけし譯，〈2.「日本思想」問題〉，《翻譯與主體》，首爾：YeeSan，2005 年，第 113 頁。

〔註99〕 〔日〕酒井直樹，同上，第 116 頁。

〔註100〕 李楊教授也指出：「主體的認同總是需要一個他者，而亞洲想像的『他者』無疑是我們熟悉的『西方想像』」，《亞洲想像的背後——從竹內好的悖論談起》（2007 年），在中國北京大學—韓國外國語大學首屆中文論壇的發言中。反過來，「西方的亞洲想像中他者——亞洲怎麼形象？」周寧從跨文化形象學的角度分析不同時期西方對中國的形象。他指出，「西方對中國的形象中能發現西方文化中的規訓化、體制化，構成殖民主義、帝國主義、全球主義意識形態的必要成分，並參與構築西方現代性及其文化霸權」，周寧：《跨文化形象學的觀念與方法——以西方的中國形象研究爲例》，《東南學術》，2011 年第 5 期，第 5 頁。

義精神，美軍形象體現了以反帝國主義為目標的革命鬥爭和民族主義，南韓軍隊包含美帝國主義的走狗和民族叛逆者等含義。作為主體，「中國－志願軍」的身份認同則在這種與多個他者的產生的關係中構建，同時，由於這些他者的形象也象徵了在世界冷戰格局裏的兩大陣營，因此進一步地擴大提升為「世界想像」。如果把酒井直樹的模式運用到對抗美援朝文學作品的分析中，將「中國與志願軍」放在主體的位置，那麼「西方－美軍」作為對立方則與之形成了相應的普遍搭配模式。然而有趣的是，毛澤東時期的抗美援朝文藝作品中，以美軍為代表的「西方」的整體框架並不是完整的，簡單又醜化的美軍形象甚至看起來頗為粗糙空洞。1953年3月，以單行本出版的抗美援朝時期文學中第一部長篇小說——楊朔的《三千里江山》中就能有與此相關的典型示例，這部小說講述的故事大致如下：在東北邊境地帶工作的中國鐵路工人們組織志願軍與北朝鮮人民一起搶修在美軍轟炸中被破壞的鐵道，他們及時修復被破壞鐵路從而成功地守衛了戰爭的大後方。在故事的展開過程中，對鐵路志願軍部隊隊長武震及其部隊遇到的美軍俘虜的形象，作者進行了如下的刻畫：「俘虜便東倒西歪坐到公路旁邊。當中有個美國軍官，長著鷹嘴鼻子，滿臉黃鬍子像亂草，當著許多人就蹲下去大便。一蹲下，嘴裏還說：『Ｏ・Ｋ！』拉完尿，又捉蝨子。把大衣一翻，絲麻上爬的蝨子成了球，一朵一朵像麥穗，拿手一撲落，唰唰往下直掉。」〔註101〕五十年代抗美援朝小說中出現的美軍形象基本上和上面例文一樣，大都是骯髒不講衛生、絲毫不知廉恥又特別畏懼死亡的膽小鬼形象。如此，抗美援朝文藝作品中自我與他者的關係能否運用酒井直樹的圖式嗎？吉見俊哉在《冷戰體系與「美國」的「消費」——大眾文化中的「戰後」地政學》一文中對太平洋戰爭之前日本大眾文化中的美國形象做了如下的分析，這一形象的特徵對於理解當時抗美援朝時期文藝作品中的美軍形象會有所裨益。「在日本，『美國』是欲望和憎惡的對象（就如美國對日本所做的種種－筆者附注），但儘管如此，美國卻被沒有成為被分析、觀察和理解的對象。相反，日本用了『畜牲美營』的幻影式標語以把美國實際排除在視野之外，甚至刻意迴避對『他者』美國的直視。美國與日本之間，不僅存在著軍事上和經濟上的不平衡，而且也存在著這種文化視角上的不平衡。」〔註102〕吉見俊哉的這種觀點，使

〔註101〕楊朔：《三千里江山》，北京：人民大學出版社，1978年，第64頁。
〔註102〕〔日〕吉見俊哉：《冷戰體系與「美國」的「消費」——大眾文化中的「戰後」

人聯想起 1950 年初朝鮮戰爭時的局勢狀況,比起美國,當時中國的經濟、軍事和文化等領域都處於非常惡劣的境況之中,甚至當時可能還無法正常地把美國當作「他者」進行全面的審視,但這種情況下對美國就只是被動和消極地迴避嗎?然而,就算是這樣,也很有必要對當時剛進入社會主義時期的中國如何看待以美國爲代表的資本主義的現代性這一點進行瞭解。汪暉提出的「反現代性的現代性」理論對理解當時新中國所處的具體局勢會有所幫助,他提出:「從價值觀和歷史觀的層面說,毛澤東的社會主義思想是一種反資本主義現代性的現代性理論」〔註 103〕,他認爲「反現代性的現代性」並不單純是毛澤東思想的特徵,而應該被看作滿清以來中國現代思想的主要特徵之一。同時,對這種「反現代性的現代性」,他主張:「這種悖論式的方式有其文化根源,需要在中國現代化運動的雙重歷史語境(尋求現代化與對西方現代化的種種歷史後果的反思)中解釋」〔註 104〕。建國初期,中國否定了以美國爲代表的「資本主義現代化」,但同時,當時中國所處的環境各方面都非常惡劣,實現「富強中國」的理想和目標、實現新中國「現代化」的「理想」、建設中國特有的現代化都非常困難。這種情況下,在與當時全世界實力最強的美軍正面交戰的朝鮮戰爭的戰場上,中國能把美國作爲「他者」進行注視和觀察的方法唯有強調志願軍的「精神武裝」並貶抑美軍的形象。正因爲如此,毛澤東時期抗美援朝文藝作品中的美軍基本上是一種醜化的、墮落於資本的形象,與之相反的是,總能取得勝利的志願軍戰士主要體現精神力量,即被刻畫爲由毛澤東「主意主義」〔註 105〕信念武裝的「社會主義新人」

地緣政治學》,《文化科學》,2005.06,第 139 頁。

〔註 103〕 汪暉:《當代中國的思想狀況與現代性問題》,《天涯——研究與批評》,1997.05,第 136 頁。

〔註 104〕 此外,他還認爲,中國在改革開放以後只是放棄了毛澤東理想主義式的現代化方式,現代化這一目標仍然得以傳承,與改革之前的社會主義相比,當代社會主義雖然是現代化意識形態上的馬克思主義,但其中卻並不具有反現代性的傾向,對這一點他也進行了批評。汪暉,同上,第 137 頁。

〔註 105〕 毛澤東的主意主義,是毛澤東提出的一種信念,主要內容是:擁有正確的意志、精神和革命意識的人能克服任何困難阻礙,跟隨自己的思想和理想創造新的歷史。也就是說,與堅信歷史發展的「客觀力量」的馬克思主義觀點有所不同,毛澤東認爲決定歷史方向的必備因素是人的意識性行動,同時,革命最重要的因素在於人是怎麼想的,以及參加革命活動的人的意志。參考〔美〕莫里斯·邁斯納著,杜蒲譯:《毛澤東的中國及其後:中華人民共和國史》,香港:中文大學出版社,2005 年。

形象。但儘管如此，在確立及滿足自我的身份認同想像上，僅通過與志願軍形成了簡單「二元對立」式關係的「他者」——美軍形象仍顯不足。因爲在對抗美援朝文藝作品的分析中，從酒井直樹的「雙形象化圖式」中可以得到一點很明顯的啓示，那就是除了「志願軍－美軍」形象以外，還有「志願軍－朝鮮」形象。從某種程度上來看，毛澤東時期抗美援朝文藝作品中「朝鮮」的形象刻畫比起美軍形象可以說更加成功，比較五十年代和六十年代抗美援朝文藝作品中作爲他者的美軍和朝鮮形象就會發現，無論是所佔比重還是形象刻畫效果，朝鮮形象都比美軍形象更加鮮明突出。這一點應該怎樣理解呢？這其實是一種「雙重結構」：中國將自我認知置於普遍框架－美國的對立框架內，而對於朝鮮，則把「中國」放於普遍的框架內，把「朝鮮」放在替代性對立方。如果要把酒井直樹的「雙形象化圖式」運用到中國與朝鮮的關係之間，那麼使這一點成爲可能的基礎則是從歷史上延續下來的中國在東亞，尤其是「對朝鮮具有的絕對地位」。因此，在運用這一圖式之前，有必要首先對久遠的歷史長河裏中國與朝鮮之間複雜多樣的關係狀況進行梳理和把握。

2.新的社會主義朝鮮想像：傳統中朝關係中大眾記憶的第一次轉變

五十年代是朝鮮戰爭敘事的形成期，它也可以說是新中國成立之前形成的有關朝鮮的記憶發生第一次轉變的時期。與中美關係不同，中朝兩國的關係在數千年歷史長河中發展延續至今，因此中國人民對朝鮮的記憶與態度並不能簡單地用「好」或「惡」來概括，有關朝鮮的記憶和對朝鮮的態度中有多種複雜的因素相互交織。中國與朝鮮的關係，可以說大致經歷了四個階段，分別如下：首先是以中國爲中心的「天下文明秩序」時期，中國與朝鮮保持了宗主國－宗屬國的關係，當然，這與現代民族國家格局中的殖民－被殖民的關係有所不同，在很長的一段歷史時期內，朝鮮處於以中國爲中心的天下秩序中，在政治和文化等方面受到中國很大的影響。中日甲午戰爭的敗北，使中國丟掉了亞洲霸權，亞洲霸權開始被日本掌握；而「韓日合併」則使中國在與朝鮮的從屬關係中的主導權也被迫拱手讓給日本，這些都對清朝末期的知識分子產生了非常大的影響。譬如，對於韓日合併，梁啓超在他1904年發表的《朝鮮亡國史略》的序文中進行了如下表述：「今者朝鮮已矣，自今以往，世界上不復有朝鮮之歷史，惟有日本藩屬一部分之歷史。……今以三千年之古國，一旦溘然長往與彼有親屬之關係者，於其飾終之故實可以無記乎。

嗚呼！以此思哀，哀可知耳。」〔註 106〕梁啓超對朝鮮淪爲日本帝國主義殖民
地非常同情，但同時也對中國在中朝從屬關係的主導權被拱手讓給日本頗感
遺憾。經過這一過渡時期，在中華帝國沒落之後到抗日時期，中朝關係處於
「民族國家」意識占主流的「反天下秩序」的第二階段。第三個階段，社會
主義中國誕生以後，重視作爲「超民族國家」意識的平等及階級意識的「階
級秩序」時期；最後則是改革開放之後的今天，可以看作是「向著民族國家
秩序的回歸」。然而，中國人民對於朝鮮的感情並不像上文所述的國家間的關
係一樣有很明顯的時間或歷史轉折點進行劃分，甚至在兩國同樣遭受侵略，
都倡導階級意識與平等的毛澤東時期同樣如此，這可以從新中國是在舊中國
的領土、人民構成、傳統和文化習俗等基礎之上建立的這一點找到原因，在
新中國誕生之後的五十年代階級秩序時期中，過去歷史中形成的對朝鮮的絕
對權威與民族國家時期的中朝關係共同存在並相互作用，構成了這一時期新
中國人民對於朝鮮的態度與感情。朝鮮戰爭爆發之後，官方媒體立足於階級
秩序中與「兄弟國家」朝鮮的新型中朝關係，大規模宣傳「社會主義朝鮮」
和「援朝」的必要性，但事實上，作爲國家層面的抽象的政治宣傳，這種官
方敘事並不能有效地說服對抗美援朝持不同態度的人民大眾〔註 107〕。尤其是
在與新中國時期最近的日本帝國主義侵略時期，中國人對朝鮮的憎惡不亞於
對日本的仇恨，當時中國人將朝鮮人稱爲「二鬼子」和「高麗棒子」，在政府
宣傳作爲鄰邦的社會主義朝鮮以及援朝必要性方面，中國人民對朝鮮的這種
負面認識無疑成爲了阻力。正如上文所述，「高麗棒子」問題可以說最集中地
涵蓋了過去中朝關係中中國人民對朝鮮蓄積已久的記憶與態度。就像馬釗教
授提出的那樣，「高麗棒子」問題並不是簡單的歷史上文化偏見的現代翻版，
而是源於群眾對 20 世紀中國遭受外敵入侵、東亞政治格局巨大變化的切身創
痛〔註 108〕。因此，「高麗棒子」之類的中國人民對朝鮮的厭惡心理並不僅僅是
在日本侵略時期累積而來的民族情緒，而是一種混雜著對過去長期是中國藩

〔註 106〕 梁啓超：《朝鮮亡國史略》，《新民叢報》，1904 年 9 月第 53～54 號。
〔註 107〕 侯松濤在他的研究論文中將抗美援朝戰爭時期民眾的普遍心態分爲三大類：
　　　　一是畏戰求安心態，二是漠然無謂心態，三是恐美、崇美和親美心態。侯松
　　　　濤：《抗美援朝運動與民眾社會心態研究》，《中共黨史研究》，2005 年第 2
　　　　期，第 20～21 頁。
〔註 108〕 〔美〕馬釗：《政治、宣傳與文藝：冷戰時期中朝同盟關係的建構》，《文化研
　　　　究》，2016 年第 01 期，第 106～107 頁。

屬國的朝鮮的歧視以及中國民族創痛的複雜情感。

這種狀況下，消除關於朝鮮的「高麗棒子」記憶，塑造新的「社會主義」朝鮮的官方敘事與大眾敘事截然不同的處理方式則頗爲有趣。首先，官方敘事中直接論及高麗棒子問題，根據陣營思維，選擇了將其從「社會主義」朝鮮中分離出去的方式。代表性的例子有，官方媒體《人民日報》刊登的 1950年第八期《「援朝」正是爲了反對「高麗棒子」》，在這篇文章中。讀者王昆與編輯圍繞「高麗棒子」問題展開問答，讀者王昆問爲什麼要幫助在日本侵略時期夥同日本作惡的朝鮮高麗棒子，編輯對這個問題的回答部分中第一句如下：「你所說的日本侵略華時期的『高麗棒子』，就其階級成分來說，在現在，就是以李承晚爲首的那一群朝鮮反動派。這等於中國之有蔣介石匪幫一樣。」〔註109〕編者結合李承晚匪軍，把「高麗棒子」從「社會主義朝鮮中」分離，將李承晚匪軍與蔣介石匪幫視爲一夥，以此來向人民大眾宣傳新的冷戰秩序裏的陣營思維，這也可以說是強調由於理念差異而一分爲二的「兩個朝鮮」的方式。與這種官方敘事不同，在可以稱作官方敘事與人民大眾之間媒介的「大眾敘事」並未採取上述比較激進的陣營思維，而是對人民關於朝鮮的既有記憶有選擇性地進行提取與隱藏，編成符合階級秩序的新的故事，以此使國家宣傳融入到人們的日常生活中，並引領民眾的內心共鳴與一致性，也即著力於情感化的政治宣傳方式〔註110〕。於是，在大眾敘事中，對於「高麗棒子」，並沒有採取通過李承晚匪幫進行分離的方式，（通過高麗棒子得以分離的）李承晚匪幫與南韓人民，即「南韓」這一存在本身被「雪藏」，而重新編

〔註109〕　《「援朝」正是爲了反對「高麗棒子」》，《人民日報》，1950年第八期。
〔註110〕　馬釗在《政治、宣傳與文藝：冷戰時期中朝同盟關係的建構》中提到，在抗美援朝群眾動員的過程中因爲政治口號式的官方敘事沒有被群眾立即接受，「官方敘事如何轉換爲大眾敘事」成爲了非常關鍵的問題，他在文章中明確指出了官方敘事與大眾敘事的區別：「中國的實踐提出了另一個問題，即如何將國家視角的『官方敘事』（official narrative）轉換爲『大眾敘事』（popular narrative）。前者建立在黨的方針與政策、國家利益與國際戰略的基礎上，後者是『地方性的』（local）、『日常性的』（quotidian）、『以自我爲中心的』（self-centered），甚至是『自私的』（selfish），來源於日常生活經驗。『官方敘事』與『大眾敘事』處在緊張對峙的狀態下。即以大眾敘事文藝作品將這些抽象的政治概念生活化、影像化、人情化，成爲具體生動的人物、情節、場景，供普通群眾觀賞、閱讀、體驗與想像」。〔美〕馬釗：《政治、宣傳與文藝：冷戰時期中朝同盟關係的建構》，《文化研究》，2016年第01期，第108頁。

成新的關於（社會主義）朝鮮的記憶。

　　這樣形成的五十年代抗美援朝敘事中的朝鮮形象模式大致可以分爲兩種，分別是中朝之間的革命戰友之愛敘事和去男性化・去成人化的朝鮮敘事模式。不過，這其中的後者，也即需要中國人民志願軍保護的「被保護者」形象佔據主流。因爲在戰爭進行期間，爲動員全國人民的意志，鼓舞志願軍戰士的鬥志，站在以階級認同爲基礎的革命戰友情誼以及「過去朝鮮協助了中國革命，現在我們也應該幫助他們」這種道義的角度上來看，比起禮尚往來的「報恩」道義層面，通過全方位地刻畫作爲戰爭受害者的朝鮮女性和兒童，揭露和最大限度地強調美帝國主義犯下的戰爭罪行及其殘忍本性，強調我們絕不能再回到（深處帝國主義與反革命勢力的逼迫之下的）過去的黑暗中，以此來突顯「保衛祖國」的必要性，這種方式更加行之有效。不僅如此，這種朝鮮形象也可以理解爲過去天下帝國時期中國作爲大國對亞洲具有絕對權威的民族自豪感在新冷戰秩序所做的適當轉變之結果，在這個角度上朝鮮形象有重要的意義〔註111〕。因此，雖然朝鮮被刻畫爲「英雄的民族」、「保衛人類和平的前哨」等，但在朝鮮戰爭中，尤其是在表現和襯托「志願軍」形象方面，比起平等階級秩序裏的同志關係，朝鮮更多的是被刻畫爲「應該保護的對象」。因此，以朝鮮人民志願軍爲首的朝鮮男性的標記自然地被去除，1951 年製作的紀錄片《抗美援朝》便是代表性的示例之一，這部新中國第一部反映抗美援朝的大型紀錄片由北京電影製片廠攝製完成，整部紀錄片時長六十分鐘，講述了從朝鮮誕生到由美軍挑釁爆發朝鮮戰爭，再到朝鮮人民軍反擊、中國決定參戰、志願軍入朝、戰爭的捷報與祖國人民熱烈的支持等內容，這部紀錄片是代表性的抗美援朝宣傳記錄文件，當時在全國四十多個城市的電影院同時上映，其規模之龐大可見一斑。這部紀錄片由朝鮮的地理位置、歷史變革、與中國的關係等相關的介紹內容開始。從介紹中朝兩國之間唇亡齒寒的地理位置、革命戰友情誼、社會主義朝鮮的誕生、處於同一和平

〔註111〕　錢理群對中國參加朝鮮戰爭及其順利所帶來的精神層面的成果做了如下評述：「當一九五三年以美國爲首的聯合國軍被迫坐下來與中、朝兩個落後的東方國家談判，在朝鮮戰場上事實上打了一個平手時，幾乎所有的中國人與知識分子都有一種『中國從此站立起來，在國際大格局中獲得獨立、平等地位』的民族自豪感，這是完全可以理解的。而且在我看來，這樣的民族自主、自強、自尊與自豪，是東方落後國家走向現代化道路的重要的精神資源，是不能藉口『全球化』而輕易抹煞的。」錢理群：《我們這一代人的世界想像》，《書城》，2006 年第 6 期，第 15 頁。

陣營的平等位置等內容來看,與官方敘事保持一致。不過,中國宣佈參戰以及中國人民志願軍第一次出現的場景非常引人注目,紀錄片通過插圖介紹志願軍戰士,標題為「保衛者」的插圖之中,幾乎占滿整幅圖的一個表情悲壯的志願軍戰士兩手分別抱著一個胳膊受傷的男孩和女孩,這幅插圖可以說集中體現了大眾敘事中志願軍與朝鮮人民之間關係的特徵,在當時的文學作品中也有很多這種去男性化・去成人化的朝鮮敘事模式,鎮守後方前線的部分工人志願軍戰士有關的故事情節中,偶而會有朝鮮男性出現,但在戰爭前線與美軍士兵直接進行對抗的戰鬥部隊的戰士們大都是中國人民志願軍。而且,在僅剩下「被保護者」的朝鮮這一地理空間之內,中國志願軍在帝國主義侵略的受害者朝鮮人民身上投射著自己在舊中國遭受的階級的苦,民族集體的傷痕〔註112〕,以此把「援朝」的必要性從「保家衛國」的層面進一步擴展到初步的「國際主義」世界觀層面。由此,在文學作品中,從志願軍戰士的國際主義精神出發而進行的援朝戰鬥,並不是某種抽象難以理解的理念,而是一種具體實際的行動,它被刻畫為在戰亂之中為失去了兒子、丈夫・父親的朝鮮婦女和兒童扮演他們的兒子、丈夫與父親角色來保護他們的「共產主義語境下的家長主義」(communist paternalism)〔註113〕,同時,把在新的革命環境中應該具備的「國際主義精神」,通過長久以來已融入中國傳統的「家庭內部上下秩序或儒家秩序」自然而然地傳遞給人民大眾。

　　如上所述,五十年代抗美援朝時期,在被刻畫為「被保護者」的朝鮮有關的敘事中,通過對「過去人民大眾記憶的編制」首先隱去了「高麗棒子」之類的記憶,由此提高戰爭動員的效率;第二,天下帝國時期中國作為大國在亞洲具有絕對優勢的民族自尊感適應新的冷戰秩序進行了適當轉變,完成了新中國作為社會主義東方的守護者這一想像;第三,包含初步性國際主義理念的三要素成功地塑造了新的朝鮮形象,這一點可以看做是將舊中國的朝鮮記憶迎合社會主義理念進行編制的第一次轉變。朝鮮形象刻畫發生第二次轉變的六十年代,是需要能克服以「和平演變」為代表的革命危機,並構建

〔註112〕本書的第一章第二節中通過這種「階級的苦,民族集體的傷痕」觀點對抗美援朝作家們的朝鮮戰爭認識進行了集中分析,具體內容參照前文。

〔註113〕〔美〕馬釗:《革命戰爭、性別書寫、國際主義想像:抗美援朝文學作品中的朝鮮敘事》,轉載於 2015 年中國復旦大學中華文明國際研究中心主辦的訪問學者工作坊《海客談瀛洲:近代以來中國人的世界想像,1839～1978》論文集,第 206 頁。

中國領導下的世界革命藍圖的時代。這種背景之下，朝鮮與朝鮮戰爭作爲再現了新的革命空間「亞非拉」地區民族解放熱潮的對象，在完成這一時期所需的社會主義中國藍圖的構建方面，扮演著重要的他者角色，由此經歷了又一次的轉變。這一點將在第二章中進行集中分析和探究。

第二章 1950 年代末期～1960 年代中期：記憶的召喚

第一節 社會主義危機的症候與抗美援朝電影

一、「和平演變」革命危機與抗美援朝記憶的召喚

在毛澤東時代中國肩負著「革命和建設」的使命，並因其必然發生的矛盾而左右搖擺。每當它的重心傾向革命或者建設的時候，就會在政治和社會方面引起很大的波動，進而勾勒出了獨特的社會主義風景。轉向革命或建設的目的主要是克服社會主義的革命危機，其中國內外環境要素錯綜複雜地作用在一起。現代中國政治研究家毛里和子把一直到 1970 年末的中國政治特徵定義爲「內政和外交的聯繫」，並認爲影響當時內部政治的決定性因素是圍繞中國的國際環境以及相對應的中國領導者的認識和行動 [註1]。他把以美國和蘇聯爲中心的國際環境對毛澤東時代中國政治的影響描述如下：「外部影響因素來自於以蘇聯爲中心的社會主義陣營和美國（或日本）對亞洲及中國的政策。由於朝鮮戰爭而引起的亞洲東西對立以及冷戰的結構對中國政治的壓力是非常大的。首先，牽連朝鮮戰爭使中國不得不孤立於國際政治，依賴蘇聯

〔註 1〕 毛里和子指出，「中國的內政與外交相關聯」的原因即是中國領導人的認知與行動。而這裡的「認知與行動」指的就是毛澤東個人將中國視爲世界的變革力量，動員了外交手段和內政，並試圖改變世界的秩序。〔日〕毛里和子，Lee Yong-Bin 譯：《現代中國政治》（第三版），坡洲：한울 아카데미，2013 年。

並無條件接受蘇聯式社會主義，這在很大程度上限制了中國以後的政治決策。影響毛澤東提早走上社會主義道路（1953 年過渡期提出的總路線）的直接因素就是朝鮮戰爭的休戰以及國際上以美國爲首的西方國家進行的封鎖戰略。」〔註2〕西方的封鎖戰略和 1956 年以來逐漸激化的中蘇矛盾給建國以來堅持「蘇聯一邊倒」的中國政府帶來了經濟上的打擊，並給國家的意識形態帶來了危機感。1956 年蘇聯共產黨第二十次代表大會過後的 1957 年底的莫斯科世界共產黨會議中明顯能看出中蘇之間的分歧，其核心分歧就是爭奪國際共產主義運動的主導權。兩國關係愈演愈烈，1960 年蘇聯強行撤走在華蘇聯專家，全面取消了科技援助項目和經濟援助，中蘇關係極度惡化。蘇聯的這種高度封鎖更加惡化了中國國內的情況，並且影響中國政府走向極左路線〔註3〕。建國以來毛澤東並不是沒有憂患意識，但是至少在 1956 年之前在文學藝術方面堅持了「雙百方針」，政治方面堅持了共產黨和其他黨派的「長期共存，相互監督」，然而 1957 年突然爆發的反右派鬥爭和大躍進運動使中國社會徹底走上極左路線。由此可以推出「從建設到革命」的急轉彎受到了美國的和平演變戰略〔註4〕，蘇聯赫魯曉夫的反斯大林演講以及波蘭－匈牙利事

〔註2〕 〔日〕毛里和子，Lee Yong-Bin 譯：《現代中國政治》（第三版），坡洲：한울아카데미，2013 年，第 18 頁。

〔註3〕 從 50 年代末的內部糾葛到 60 年代末的徹底決裂，審視中蘇關係與中國內部極左傾向的深化過程，便可推出兩者之間有著密切的聯繫。沈志華、李丹慧將斯大林死後中蘇兩黨、兩國的關係從友好到分裂的基本過程分爲如下四個階段：1954～1957 年（親密友好）、1958～1959 年（內部糾葛）、1960～1964 年（分歧的公開化）、1965～1969 年（徹底的決裂）。上述歷史過程參考了如下敘述與資料：沈志華：《無奈的選擇：冷戰與中蘇同盟的命運（1945～1959）》，北京：社會科學文獻出，2013 年；李丹慧：《無悔的分手：冷戰與中蘇同盟的命運（1960～1973）》，社會科學文獻出版社，即將出版。轉自於沈志華、李丹慧：《試論無產階級國際主義的困境——從中蘇同盟破裂看社會主義國家關係的結構失衡》，轉載於 2017 年韓國成均館大學東 ASIA 學術院·韓國冷戰學會國際學術大會資料集，第 6 頁。

〔註4〕 早在 1957 年美國艾森豪威爾政府就提出「和平取勝戰略」，鼓吹要通過「和平演變」，以促進「蘇聯世界內部的變化」。1958 年，美國國務卿杜勒斯在公開談話裏，又宣稱「共產主義的統治正在產生一個工業上和科學上現代化的強大的國家。如果自由世界對國際共產主義進行有效的抵抗，中蘇統治者多關心自己人民的福利，少關心爲了擴張主義的目的而剝削人民的日子就會更快地到來。在那一天到來的時候，我們的關係就會幸運地爲一向存在於俄國和中國人民同美國人民之間的自然的誠摯而友好的精神所支配。杜勒斯預言「隨著中國走上現代化道路，必然發生『和平演變』」，顯然給毛澤東很大的

件等國際大事件的影響。

　　問題是導致上述社會主義革命危機的原因不僅是以美蘇爲中心的「國際環境」。「和平演變」意味著利用戰爭以外所有非暴力手段從社會主義體制變化爲資本主義體制的過程，其實它明確地指出了社會主義中國「革命和現代化」之間的各種矛盾。「階級鬥爭和經濟建設」孰重孰輕成了中國的發展路線以及黨內鬥爭的焦點，毛澤東（以及毛澤東主義者）和黨內大多數的共產主義者們總是在新中國的經濟發展方向、速度、方法和內容等方面對立：「當黨內大多數人還沉溺於蘇聯的發展模式，把第二個五年計劃看成是第一個五年計劃的簡單延伸時，毛澤東提出了以全面拋棄蘇聯模式爲前提的各項政策。與官僚合理化、城市工業化和中央集權化控制的思路相反，新毛主義理論是延安『群眾路線』模式普遍化的產物」〔註5〕。莫里斯・邁斯納認爲「大躍進運動」是對蘇聯第一個五年計劃給經濟增長和城市工業化帶來的消極意義結下的毛澤東主義結論：「中國第一個五年計劃導致了官僚主義發展、新形式的社會不平等和特權階層、現代化的城市與落後的農村之間差距日益廣大，以及意識形態逐漸衰退。第一個五年計劃的社會、政治和意識形態後果，似乎使中國日益遠離而不是接近社會主義和共產主義的未來。毛主義認爲，社會主義的目的只能通過社會主義的手段才能實現。毛主義解決城市工業化弊端的辦法是使農村工業化。」〔註6〕但是「大躍進運動」結果的失敗以及之後三年的自然災害和飢饉使中國面臨了建國以來嚴重的危機，弱化了毛澤東在政治經濟的地位。爲了克服這種危機，「七千人大會」以後劉少奇和鄧小平指揮的中共中央減少了政治運動的力度並致力於提高生產力。通過適時的調整政策，中國逐漸走出了大躍進失敗和飢饉的陰影，迅速恢復了經濟和社會的穩定。雖然劉少奇「八字方針（調整、鞏固、充實、提高）」下實行的各種政策帶來了明顯的經濟增長和新的發展，卻在社會和思想上帶來了副作用。蔡翔把 1960 年代中國的這種現象看作「社會主義危機的症候」，並指出國內情況加劇了國際環境導致的革命危機感。他對 1960 年代的中國國情進行了以下說明：「不僅正在從『三年自然災害』的影響中逐漸走出，也正是第二個發展國

　　　　刺激。錢理群：《毛澤東時代和後毛澤東時代（1949～2009）——另一種歷史書寫（上）》，臺北：聯經，2012 年，第 411 頁。

〔註 5〕　〔美〕莫里斯・邁斯納著，杜蒲譯：《毛澤東的中國及其後：中華人民共和國史》，香港：中文大學出版社，2005 年，第 150 頁。

〔註 6〕　〔美〕莫里斯・邁斯納著，杜蒲譯，同上，第 179 頁。

民經濟的『五年計劃』時期，在這一歷史時段，中國的經濟開始復蘇，發展勢頭迅猛，物質豐裕」。〔註 7〕並且把通過調整政策恢復經濟時發生的國內社會問題形容如下：「社會主義生產出了它自己的『官僚主義者階級』，這一點毋庸置疑，並且成爲『文革』爆發的部分原因之一。但是，除此以外，社會主義還在生產著自己的『中產階級』，或者『中產階層』。這一階層通常由企業的管理者、專家、技術人員等等構成，而城市則成爲這一階層存在的主要的空間形態，也因此產生如毛澤東所謂的『三大差別』（即工人和農民之間、城市和鄉村之間、腦力勞動者和體力勞動者之間的差別）」。〔註 8〕伴隨中國的經濟發展出現的一系列問題看似符合美國國務卿杜勒斯所提出的中國現代化路線中必然「和平演變」之看法。並且，赫魯曉夫「反斯大林主義」、「和平共存路線」等新的社會主義方向被看作是社會主義世界內部發生的最明顯的「和平演變」結果，社會主義第一國蘇聯的上述變化增加了「中國會不會成爲下個『和平演變的國家』？」之危機感。總結而言，60 年代中國面臨的革命危機感，即『社會主義體制存亡的危機』不僅受到了中蘇關係惡化和西方封鎖政策的影響，還受到了國內社會主義體制實行過程中發生的黨的官僚化以及調整期間經濟復蘇帶來的階級分化、社會不平等、人民累積的不滿等因素的影響，是整個思想觀念上的危機。

　　發現此危機的毛澤東在 1962 年 9 月的黨的八屆十中全會上，重提「階級鬥爭」和「從建設到革命」的方向轉換〔註 9〕。但是此次轉變與過去 50 年代進行的建設和革命之間「之字形」轉變模式是不一樣的。錢理群對六十年代中期的階級鬥爭和五十年代反右鬥爭的不同點描述如下：「一是搞『全面的階級鬥爭』，即國際、國內兩條戰線同時作戰；另一是『反對修正主義』，不僅反國外赫魯曉夫修正主義，同時反『中國修正主義』」〔註 10〕我們通過此發現

〔註 7〕 蔡翔：《1960 年代的文學、社會主義和生活政治》，《文藝爭鳴・當代視野》，2009 年 8 月，第 55 頁。

〔註 8〕 蔡翔，同上，第 60 頁。

〔註 9〕 毛澤東明確指出：在社會主義歷史階段中，「存在著無產階級和資產階級之間的階級鬥爭，存在著社會主義和資本主義這兩條道路的鬥爭」，毛澤東：《對中共八屆十中全會公報稿的批語和修改》，《建國以來毛澤東文稿》（第十冊），中央文獻出版社，1996 年出版，第 196～197 頁。轉載於蔡翔，同上，第 53 頁。

〔註 10〕 錢理群：《毛澤東時代和後毛澤東時代（1949～2009）──另一種歷史書寫（上）》，臺北：聯經，2012 年，第 379 頁。

從 50 年代到 60 年代圍繞階級鬥爭的國內外環境有了大變化。首先最明顯的是階級鬥爭的對象不再是特定的反動階級，而是一場「全面的」鬥爭，並且其重點是「修正主義」的事實反證了毛澤東對杜勒斯所預言的社會主義國家的「和平演變」感到了危機感。「反修正主義」戰場不僅包含國際，還包含了國內，毛澤東認爲「修正主義」存在於中國社會，甚至存在於黨的內部。這與上文所提及的「調整時期」經濟復蘇帶來的各種不平等有關。中國社會明顯地在革命，平等，集團主義路上漸行漸遠。除了國內，國外環境也是中國必須拼殺的戰場，其中最大的危機應該是中蘇關係的破裂。蘇聯不僅是最具代表性的社會主義國家，而且是新中國建國以來現代化的模板，不能否定其對整個中國經濟、文化、社會等帶來的巨大影響。因此中蘇關係的破裂對中國來說不只是經濟損失的問題，也是國家認同及意識形態的危機。如同建國初期用「反美容共親蘇」思想觀念來代替「親美反共反蘇」是一個抉擇新中國命運的重要問題，60 年代「反美反蘇，反修防修」又是一次重大的危機。雖然如此，從另一個角度來看的話這是能夠擺脫蘇聯並開拓中國特色社會主義的機會。毛澤東必須提出與蘇聯不同且嶄新的革命目標。這不僅該克服現存危機的問題，還應指明未來的發展方向，是國內革命和布局中國主導的世界革命的重要轉折點。因此，社會主義中國的自我認知和世界觀需要再一次變化。

　　20 世紀 1950 年代後期，「抗美援朝記憶的召喚」和「抗美援朝戰爭電影熱潮」現象可以考慮爲當時中國爲自己的目標而做出的努力之一，即從政治和文化的層面上解決國內外環境導致的革命危機感並提出世界革命的目標。錢理群注意到了毛澤東時期由於國際社會的封鎖而中國人民感到的孤立感以及因此高揚的民族主義情緒，特別地對 1950 年建國初期蘇聯繼美國帶來的「高壓的封鎖」給中國人民帶來的衝擊和背叛感回憶如下：「而這次封鎖，來自於被大家視爲老大哥的蘇聯。我曾經談過，我那一代人都認爲『蘇聯的今天就是中國的明天』；當蘇聯這個學習榜樣突然對中國背信棄義，就使得六十年代新一輪的民族主義情緒沾染上悲壯色彩。」〔註 11〕並且此時「毛澤東及時高舉兩個旗幟，一是『自力更生，維護民族獨立和尊嚴』的旗幟，一是『反對修正主義，捍衛馬克思主義的純潔性，使中國成爲世界革命中心』的旗

〔註11〕 錢理群：《毛澤東時代和後毛澤東時代（1949～2009）——另一種歷史書寫（上）》，臺北：聯經，2012 年，第 335 頁。

幟。」〔註 12〕第一面旗幟與民族性有關，第二個面旗幟號召社會主義思想觀念。再次證明每次危機能夠團結所有人民的力量源於「民族主義」，並且新中國階級性覺悟和冷戰意識的背景也是民族主義。由於抗美援朝戰爭主題能夠滿足中國政府指向的各種方向，於是再一次被召喚和廣泛宣傳。即在重重不利條件之下僅憑百折不撓的精神戰勝世界最強美國的「志願軍精神」與當時國內外惡劣的情況下高揚的民族主義熱情相結合有效地促進了人民的團結。援助「遭美帝侵略而痛苦的朝鮮」的歷史事實提升了無產階級國際主義的精神。但是，還需要注意的是這個時期構成抗美援朝敘事的話語與 1950 年代戰爭時期有所不同。即使「抗美援朝戰爭」主題本身帶有的「愛國主義與國際主義精神」沒有發生根本的變化。但是根據國內外情況的變化，新的自我認識以及世界觀「展望」被改寫和重寫。筆者注意到這個時期再次被召喚的抗美援朝敘事經歷了（和 1950 年代不同的）又一次新的轉變，並有了「革命歷史敘事」的定位，於是想要從「革命戰爭片」的角度考察抗美援朝時期的電影。因爲抗美援朝電影包含的「強大中國，革命中國」的社會集體想像通過主體和他者的「形象」具體體現，所以本文想要基於兩個方面——「革命接班人」自我指向和作爲世界革命動力的「亞非拉」的民族解放鬥爭進行綜合考察：自我志願軍形象和他者朝鮮的形象發生了什麼樣的變化以及這種新的形象計劃中包含了當時中國什麼樣的危機感和對策。這個時期的抗美援朝文藝通常通過「電影」媒體來被消費。充滿「沒有硝煙的文化戰爭」的冷戰時期，像電影這樣的影像語言是給人民宣傳和教育思想觀念的非常重要的大眾媒體。特別地，「革命戰爭片」是革命歷史的間接體驗，也是革命教育的工具，在宣傳和教育社會主義意識形態和革命思想上扮演了非常重要的角色。列寧也曾經從政治宣傳和文化角度十分重視電影的利用。因此，在進入正式討論之前，想要簡單地梳理電影在新中國起到的文化政治功能以及「十七年」時期的整個抗美援朝影片。之後通過時代語境與當時抗美援朝電影作品，正式探討並重新架構中國政府想要重新塑造的嶄新的自我認知與世界想像。

二、新中國電影與「十七年」時期抗美援朝影片

解放以後發生翻天覆地變化的新中國電影特徵可以簡單地定義如下：在

〔註12〕錢理群：《毛澤東時代和後毛澤東時代（1949～2009）——另一種歷史書寫（上）》，臺北：聯經，2012 年，第 336 頁。

體制上從私營為主體轉化成為了完全的國營；在性質上，從娛樂、教化、啓蒙等多種功能的混合轉向了以政治功能為主體；在傳播上，從以城市市民為主要對象的流行文化轉變為面向以「無產階級」和「勞動人民」為主體的政治文化〔註 13〕。過去舊中國的電影只能給城市部分階級提供體驗資本主義西方文明的功能和娛樂功能，然而現在新中國的電影在中國政府主導的國營體制下，「工農兵」成為了新的文化主題，擔起了塑造新文化領導權的政治使命。但是，革命中國的新主體是代表 80%以上人民的農民。把大多數是文盲的農民培養成新文化的主體是一件非常不容易的事情。在這種情況下以「普及為主」的原則製作的「十七年」時期電影成為同時給人民大眾提供娛樂和教化工作的群眾性藝術。中央人民政府文化部在《一九五〇年全國文化藝術工作報告與一九五一年計劃要點》中也明確指出，「電影事業在整個文化藝術工作中，是第一個重點，這是因為電影是最具有力量的藝術形式。一個研究者從「農民受眾的特點」出發，定義電影媒介的優點為如下三點：第一，比較少的設備制約；第二，電影放映容易形成群眾的規模效應；第三，電影表達形式逼真，使文化水平比較低的觀眾容易明白〔註 14〕。再說電影裏的主人公（和自己相似的）「農民」身份的英雄形象如同「自我鏡象」一方面滿足了「農民觀眾的自我欲望投射」——一種「從作品中看到自我形象的光榮感」，另一方面，則通過特殊的情節敘事和農民形象塑造，將政治語言編織進了老百姓的日常語言中，重新整合了農民觀眾的價值觀和世界觀讓普通農民都能夠用新的政治概念解釋自己的日常生活與工作〔註 15〕。50 年代後期開始不斷生產的抗美援朝電影也執行了相同的政治功能。尤其作為「革命戰爭片」

〔註13〕　尹鴻：《從新中國電影到中國新電影的歷史轉型》，《清華大學學報（哲學社會科學版）》，2003 年第 5 期第 18 卷，第 39 頁。

〔註14〕　「首先，電影傳播所受硬件設施的限制較少。相比於廣播和電視的傳播所必需的傳播網絡，電影放映機的『短小精悍』往往更適合農村地區的放映。其次，電影放映容易形成群眾的規模效應。在廣大的農村，電影放映很容易吸引大批的群眾的集中，非常有利於電影放映前後的宣傳工作的開展。再次，電影表達形式逼真。一般來說，電影是通過攝影機的功能，把客觀世界的形象如實地記錄在膠片上，然後再通過放映機還原在銀幕上。銀幕上的形象幾乎和生活中觀察的形象別無二致，如同置身於現實中一樣，讓人有身臨其境之感。對文化水平普遍不高的農民群眾來說，逼真的電影畫面無疑是非常通俗易懂的，也是最容易讓觀眾產生形象和心理認同的。」王敏：《主體規訓與媒介選擇：十七年時期電影與農民關係辯證》，《河南廣播電視大學學報》，2007 年第 2 期，第 8 頁。

〔註15〕　王敏，同上，第 8 頁。

題材，抗美援朝電影是符合社會主義革命時期電影的主要特徵——崇高的歷史撰述、宏偉的家國夢想、成長的英雄譜系以及理想的頌讚激情的最佳主題〔註16〕，也是革命歷史的間接體驗。作爲革命教育的工具，對宣傳和教育社會主義意識形態和革命思想起到了關鍵性的作用。

「十七年」時期抗美援朝影片可以根據製作的時期大致分類爲以下三個時期：作爲第一個時期的戰爭初期（1950～1952 年）多製作描述抗美援朝戰爭爆發原因和介紹社會主義朝鮮、中朝關係以及援朝的必要性等，以信息傳達爲主的紀錄片宣傳物。第二，戰爭結束以後的 1956 年在長春電影製片廠製作的《上甘嶺》是以抗美援朝爲主題的第一個故事片，是抗美援朝經典影片之一。《上甘嶺》電影以美軍在朝鮮中部三八線附近發動大規模的攻勢開始，志願軍八連隊在連長張忠發的領導下勇猛作戰。敵方 20 多次的進攻以後，八連隊奉命執行主峰陣地的堅守任務，在沒有糧食和水的陣地上孤守 24 天。戰士們僅憑對祖國的熱愛和犧牲精神，頑強地堅持戰鬥，最後得到後方的支持而殲滅敵人，獲得了勝利。這部電影通過志願軍在重重困難之中戰勝世界第一強美軍彰顯了英雄主義和愛國主義，深得人民的喜愛。第三個時期（1958～1965）是從中國志願軍從朝鮮全面撤退的 1958 年開始到文革之前。爲了宣揚通過抗美援朝更加穩定的中朝關係，這個主題不僅在文學，也在電影上迎來了又一次創作高峰期。常彬教授以充分的資料作爲根據把抗美援朝作品湧現的高峰期定爲 1950 年 10 月至 1954 年，以黨報、綜合性報刊、文學期刊、出版社的抗美援朝文學作品的出品數量作爲根據，指出從 50 年代後期依賴抗美援朝文化創作數量的顯著減少〔註17〕。雖然在文學方面抗美援朝主題變得越來越少，在電影方面，抗美援朝主題從 50 年代後期到文革之前不斷地被宣揚，並在文革期間重逢頂峰時期，甚至進入「八大樣板戲」的行列。第一個開端是 1958 年被翻譯並上映的朝鮮電影《戰友》。這部電影講述了中朝之間的戰友愛以及國際主義精神，深受中國人民的喜愛，作爲回應，1959 年在

〔註16〕 李道新在他的著作中，將 1949 年至 1979 年間中國內地電影的特徵定義爲在「以國爲家的政治話語」支配下的四大主題——崇高的歷史撰述、宏偉的家國夢想、成長的英雄譜系以及理想的頌讚激情。而這四大主題本身可以理解爲，毛澤東時期中國政府通過電影所要實現的歷史及政治使命。李道新：《中國電影文化史（1905～2004）》，北京：北京大學出版社，2005 年，第 254～287 頁。

〔註17〕 參考常彬：《抗美援朝文學敘事中的政治與人性》，《文學評論》，2007 年第 2 期，第 59～60 頁。

八一電影製片廠製作並上映《友誼》。直到文革之前又製作了約 7 部電影，迎來了「十七年」時期抗美援朝電影的鼎盛時期。1960 年代抗美援朝電影與之前代表作《上甘嶺》之間最大的區別在於電影當中「朝鮮的出場」。首先，電影《上甘嶺》雖然是以在朝鮮上甘嶺爆發的戰爭爲背景展開的故事，但是除了電影剛開始的時候朝鮮人民軍上校給志願軍師長打電話的場面之外幾乎不能找到朝鮮的影子。因此，志願軍在哪裏爲了誰而戰鬥的事實是不爲人知的，看似只有中美之間的對立，即「中美戰爭」，從此相對於「國際主義」更有說服力地宣傳「愛國主義」主題。這種「朝鮮的缺席」與 1950 年代抗美援朝文學中的朝鮮形象化特徵——「去男性化，去成人化」一脈相承。不同之處是 1960 年代抗美援朝電影中不僅出現社會主義朝鮮的種種形象（比如，人民軍，朝鮮阿巴基，女戰士，偉大的母親等），還出現 50 年代電影中罕見的「李承晚僞軍」形象，由此能夠看到「兩個朝鮮」。本文因爲如上的朝鮮他者形象變化，想要具體分析作爲革命歷史敘事的「朝鮮戰爭」（和前面的時期相比）如何再被解釋，並且通過這種形象變化探討中國政府革命目標的轉移與更新。與此同時，以朝鮮戰場爲背景的抗美援朝電影[註 18] 由兩個電影製片廠——長春、八一電影製片廠製作（如下表所示），接下來簡單探討一下兩個電影製片廠的起源和特徵。

　　首先，長春電影製片廠在中國電影史上被稱爲「新中國電影事業的搖籃」。1937 年 8 月，僞滿洲國設立了「株式會社滿洲映畫協會」（「滿映」），長春開始出現製作電影的機構，這便是長春電影製片廠的前身[註 19]。長春電影製片廠被稱爲「新中國電影事業的搖籃」的原因在於它是由黨派出的地下工作者組織的「東北電影工作者聯盟」首次正式接管的國有電影生產基地。並且第一次較爲明確地提出了的中國共產黨對電影工作的基本政策，1948 年中共中央宣傳部發佈了《關於電影工作給東北局宣傳部的指示》，這一指示作爲電影工作的基本政策，在解放後一直沿襲下來，成爲了具有統治地位的政策思想，並在根本上決定著其他電影政策的制定和實施[註 20]。由長春電影

〔註 18〕《前方來信》（天馬電影制片廠，1958 年）和《慧眼丹心》（珠江電影制片廠，1960 年）描述的是以國內爲舞台的抗美援朝後方的生活。因此本文沒有涉及兩部電影。

〔註 19〕楊俊卿：《長春電影製片廠的前身——僞滿洲國映畫協會株式會社》，《吉林檔案》，1994 年第 5 期，第 43 頁。

〔註 20〕參考胡菊彬、姚曉濛：《新中國電影政策及其表述（上）》，《當代電影》，1989 年第 01 期，第 9 頁。

製片廠拍攝的抗美援朝電影有《上甘嶺》（1956）、《烽火列車》（1960）、《鐵道衛士》（1960）、《英雄兒女》（1964）。其次，八一電影製片廠是中國唯一的軍隊電影製片廠，隸屬於解放軍總政治部，1952 年 8 月 1 日正式建廠，1956年更名爲八一電影製片廠。八一廠是全國唯一含軍事教育片、軍事新聞記錄片和國防科研片等多片種的綜合性電影製片廠。在建廠之初，就確立了這樣的主要任務：攝製反映中國人民歷次革命戰爭和社會主義建設時期人民軍隊的鬥爭生活的各類影片，塑造優秀軍人銀幕形象，爲部隊進行社會主義、集體主義、愛國主義和革命英雄主義教育，促進軍隊革命化、現代化、正規化建設服務。在中共領導關於「革命的現實主義和革命的理想主義結合起來，就是社會主義現實主義」的重要指示下，八一電影製片廠於 1955 年開始了革命歷史片的創作。截至 1966 年文革前，八一廠共完成革命歷史題材影片 42部，這些影片有著鮮明的風格特徵：濃鬱的政治意識、昂揚樂觀的精神、通俗的語言和簡樸的敘事結構[註21]。其中，抗美援朝主題的影片有《長空比翼》（1958）、《友誼》（1959）、《三八線上》（1960）、《奇襲》（1960）、《英雄坦克手》（1962）、《打擊侵略者》（1965）。

【表1】1950～1965 年有關抗美援朝的影片（僅記載目前可確認的影響資料）

時段	題　　目	上映年度	體裁	製　片　廠	
1	《抗美援朝》	1951	紀錄片	北京電影製片廠	第一部
2	《上甘嶺》	1956	故事片	長春電影製片廠	
3	《戰友》	1958	故事片	朝鮮拍的電影	
	《友誼》	1959	故事片	八一電影製片廠	
	《長空比翼》	1958	故事片	八一電影製片廠	
	《三八線上》	1960	故事片	八一電影製片廠	
	《烽火列車》	1960	故事片	長春電影製片廠	
	《鐵道衛士》	1960	故事片	長春電影製片廠	
	《奇襲》	1960	故事片	八一電影製片廠	
	《英雄坦克手》	1962	故事片	八一電影製片廠	
	《英雄兒女》	1964	故事片	長春電影製片廠	
	《打擊侵略者》	1965	故事片	八一電影製片廠	

[註21] 高慧：《八一電影製片廠戰爭片研究》，湖南大學碩士學位論文，2008 年，第19～20、22 頁。

第二節　新主體階級認同的強化

　　從上文對五十年代抗美援朝文學的分析中可以看出，在通過審美視角向人民大眾傳達並深化「抗美援朝，保家衛國」中包含的新中國的社會主義價值觀方面，抗美援朝文藝敘事發揮著重要的作用。這一時期文學作品中的「自我形象」志願軍既是踐行社會主義價值與展望的主體，又是社會主義新人的投影，因此具有非常重要的政治教化與宣傳意義。筆者在前文聚焦於志願軍的「階級成分（出身）」，對新中國的政治合法性及其局限性進行了分析。如果說五十年代志願軍的主要階級成分是翻身農民，那麼六十年代電影中的志願軍則完全脫離了農民身份，從 1958 年到 1963 年，志願軍形象發生了第一次變化，轉變爲無產階級戰士，在文革前夕的 1964～1965 年，志願軍形象發生了第二次變化，轉變爲革命接班人。志願軍形象是體現並踐行中國政府所堅持的社會主義中國之理想的主體，因而其形象發生的變化也意味著作爲國家敘事的抗美援朝敘事所要傳達的政府信息也相應地發生了變化。如果說五十年代文學生產與消費的最主要目的是對人民大眾進行全方位的身心動員以成功地克服當前的戰爭危機，那麼在戰爭記憶回顧時期的六十年代，通過電影再次得以呈現的抗美援朝敘事則在意識形態層面相比前一時期更具象徵性的目的，這一點非常值得關注。同時，諸如此類的特點不僅體現在自我——志願軍形象身上，也體現在作爲他者的朝鮮形象上。本節將探究五十年代後期新出現的抗美援朝電影中志願軍形象發生的變化以及這些變化所包含的意義，尤其將對文革前夕抗美援朝電影中志願軍形象發生的又一次變化，以「革命接班人」話語爲基礎進行分析。

一、從「翻身農民」轉變爲「無產階級戰士」

　　五十年代幾乎所有的抗美援朝文學作品中，在表現翻身農民出身的志願軍戰士們的英雄主義、愛國主義和國際主義精神方面，始終沒有脫離「新舊對比」。無論曾是普通農民的他們參加抗美援朝的原因，還是激發和鼓舞志願軍鬥志的因素，都源自解放後自身與家人生活的變化，也即「對新社會的滿足」和「對舊社會復辟的危機」。這是志願軍「我」要守護「我的祖國」的最具說服力的理由。支撐「援朝」口號的「國際主義」精神也在同樣的邏輯上得到認可，窮苦的朝鮮人遭受著美帝國主義和「美帝走狗李承晚匪幫」的雙重折磨，這使他們聯想起了自己在舊社會時痛苦的生活，同樣是窮苦人的他

們，對朝鮮人民的遭遇感同身受，而他們欲爲朝鮮報仇的念頭通過國際主義的精神得以體現。從這一意義上來看，「新」指的是「抗美援朝，保家衛國」這一參加抗美援朝戰爭的核心價值，更是對中國共產黨領導的中國政府的認同，同時也是對自身（農民）成爲「新」之主力的主體認同的出發點。不過，在五十年代後期的電影中再現的抗美援朝戰爭裏，這種「新」的意義作爲成熟階級的覺醒，相比起前一時期上升了一個高度。他們不再是局限於翻身農民守衛自己與家人新生活這一狹義上的愛國，也不再是文化水平低下、甚至懷有發家致富思想的需要改造的對象（這一點可以算是對志願軍唯一的負面描寫）。電影中的志願軍是守衛無產階級專政下的祖國乃至革命大家庭、找不到任何缺點的成熟的軍人戰士形象。當然，在電影中，志願軍戰士對朝鮮人民由於戰爭而失去親人、遭受巨大痛苦的悲慘生活抱以同情，且由此鬥志高昂的這一點並沒有改變，「朝鮮母親」的符號頗具代表性。不過，並沒有像在文學作品中那樣，看著他們就想起了自己或自己的母親。也就是說，朝鮮不再僅僅是反照中國與自身之「舊」的鏡子。從這一點來看，經歷了抗美援朝並基本成爲社會主義國家的中國不再從「新舊對比」中尋找政治合法性。從與他者朝鮮形象的比較中也能看出，中國已經擺脫了解放初期「舊」的烙印，而躍升至成熟的社會主義革命領導的位置。

1958 年上映的《長空比翼》中講述了志願軍空軍飛行員張虎克服了初期的自滿情緒，在領導和同志們的幫助下，創下了擊退號稱世界空中霸王的美國飛行員的壯舉。這部電影中，飛行員張虎雖然是困難的農民出身，但電影中沒有明確突顯其「農民」身份，而且他不再是文化水平低下的農民戰士，而是一名飛行員。隨後製作上映的抗美援朝電影中，幾乎很難再找到「農民出身」的志願軍的痕跡。1959 年上映的《友誼》中，在班長爲執行任務而離開之時，朝鮮婦女金順玉表達了對志願軍戰士和中國解救她們並守衛朝鮮的感激之情，對此，他的回應如下：「大嫂，這是毛主席教導我們的。我們非常感謝朝鮮人民，對我們的關懷和支持。在冰天雪地、寒風刺骨的時候，你們寧願自己受凍，也要把房子和暖炕讓出來給我們住。……有的朝鮮擔架員，爲了一個志願軍傷員的安全，可以獻出自己寶貴的生命！大嫂，朝鮮人民是英雄的人民，朝鮮人民反抗美帝國主義侵略的戰爭，不僅保衛了自己的祖國，而且也積極地支持了我們祖國的社會主義建設，保衛了世界和平。我們相信朝鮮人民在勞動黨和金日成元帥的領導下，一定能夠取得反侵略戰爭的勝

利，一定能夠實現自己祖國的統一」。通過這些臺詞可以看出，班長是在毛主席的教導下正確地認識到社會主義革命之中自身使命的戰士，他正確地認識到朝鮮對祖國和世界革命具有的意義。此外，電影《三八線上》（1960）中，志願軍小不點面對企圖用金錢和物質從他這裡獲取軍事情報的美軍，義正言辭地痛斥資本主義體系的拜金主義。美軍 MP 與志願軍小不點的對話場景如下：美軍 MP 用「我想跟你交個朋友」來搭訕，並從兜裏掏出港幣和錢袋來誘惑小不點。對此，志願軍小不點冷笑著回答道：「在我這裡花錢買不到朋友」。儘管如此，美軍 MP 仍然不放棄，他再次問道：「我們美國是最富有的國家，我們什麼都有。你說，你到底要什麼？」對此火冒三丈的志願軍小不點回答道：「我要你們滾出朝鮮去！辦不到吧？收起你的骯髒的東西吧！」同時把這名美軍 MP 從三八線後面遞給自己的錢袋子用腳踹了出去。諸如此類企圖用錢和物質「交朋友」以達成自己所願的行為被描述為美國膚淺的資本主義。而痛斥那是「骯髒的東西」、大義凜然地對著美國高呼「滾出朝鮮」的志願軍形象，與之前單純地醜化美軍形象的方式有了很大的差異。作為「無產階級戰士」的志願軍形象發生的變化，除了「精神層面」的階級覺醒以外，也體現在「戰鬥方面」，他們在戰略和技術上都非常老練。

　　《奇襲》（1960）講述了突擊隊方勇排長和隊員們巧妙地運用出其不意的戰術策略，酣暢淋漓地大勝在數量和武器方面都比自身更有優勢的敵軍。這部電影中，方勇排長在與敵人對峙的千鈞一髮之際，喬裝打扮成功地騙過敵人的眼睛，進而發動突襲，在戰爭中成功推進。雖然這只是單純地把敵人美軍和南韓軍隊刻畫為懶惰無能形象的方式，但帶給了觀眾緊張感和痛快感。譬如，志願軍們為執行任務而翻山越嶺的途中，意外地遇到了南韓軍的運輸隊，志願軍們喬裝為美軍，沒有浪費一發子彈，還批評了他們懈怠懶惰的態度，並把他們趕走。為完成大橋爆破任務進行的事先偵查中，志願軍戰士們喬裝成南韓軍傷員，直抵敵軍陣營中心，打得敵人措手不及。此外，《英雄坦克手》（1962）中描述了坦克部隊為幫助等待支持的我軍，放棄了因敵軍轟炸而被毀壞的公路，轉而從險峻的山路駕著坦克前進，最終取得戰爭勝利的故事。打通了山路、躲過敵人空襲並最終到達目的地的志願軍戰士們，偽裝起來埋伏在敵陣地前沿，戰勝了飢餓乾渴，伺機打擊敵人。在這個過程中，也描述了駕駛員盛力標在左腿負傷的情況下忍痛繼續駕駛，以及炮長楊德厚為履行與在解放戰爭中犧牲的朝鮮戰友達成的約定（解放朝鮮），把自己的

兒子送上朝鮮戰爭的戰場，兒子犧牲之後自己也親身投入戰爭的故事。這其中的志願軍戰士，既是在山路上駕駛坦克也沒有任何問題的老練的技術人員，也是親身經歷了解放戰爭和朝鮮戰爭等幾乎所有中國革命戰爭的「老革命家」。

上文對在出現了文革苗頭的五十年代末到六十年代初期上映的抗美援朝題材的電影之中的志願軍形象進行了分析。「十七年」時期的文藝由黨和國家主導，在文學的題材、風格、主題、人物和語言等方面都要求高度統一，從其特徵來看，這一時期重新再現的抗美援朝記憶可以說按照國家的政治需求和大方向進行了改寫。從 1958 年到 1960 年代初期，中國人民由於大躍進運動的開展和失敗，以及緊隨其後發生的三年自然災害，遭受了一連串苦難。這自然也成為人民對共產黨領導的政府不信任的種子。雪上加霜的是，1956年蘇共二十大召開以來，一直使兩國關係不穩定的中蘇矛盾日漸加劇，到1960 年中蘇矛盾開始表面化。繼遭受以美國為首的西方資本主義國家的封鎖之後，又與以蘇聯為領導的社會主義陣營的國家處於敵對狀態，這種狀況之下，國際孤立進一步深化。為改變國內外皆不安定的局面，毛澤東再次高舉「革命與建設」的旗幟，將響應國家號召的中國人民志願軍以「無產階級戰士」的形象進行再現和重塑。

志願軍戰士從過去的「翻身農民」到「無產階級戰士」的這一身份變化，是想在中國的自我形象身上添加何種信息呢？如果說抗美援朝是在建國初期困難的處境中取得對美帝國主義作戰勝利的一場戰爭，那麼作為勝利的主力軍的志願軍戰士們則象徵了「新中國初期的苦難」本身。如果說在幾乎所有方面都落後於美軍的志願軍戰士們有一點比美軍強大的話，那就是以百折不撓、集體主義和革命英雄精神為代表的堅韌的精神力量。從這一點上看，新的志願軍形象不僅體現了毛澤東的「主意主義」精神，作為把保衛祖國和實現世界革命視為自身歷史責任的無產階級革命戰士，他們是弘揚無產階級國際主義革命精神更好的載體。從這個方面來說，這些志願軍戰士與不願再過舊社會奴隸一樣的生活，以及要為還在遭受舊社會苦痛的朝鮮人民報仇而鬥志高漲的「翻身農民」出身的志願軍從出發點開始就明顯不同。

與此同時，與五十年代文學不同，在電影中帶動主要情節發展的志願軍戰士，並非年輕稚嫩的新戰士，而是已經成為黨員或青年團員的老戰士或指揮員。這些新的志願軍形象，都被賦予了在無產階級革命戰士的隊伍中領導

大家前進的共產黨員身份，也映像著爲了實現世界革命的「國際主義精神的
化身」這一革命中國的前途。相比之前通過新舊社會的對比表達對「新」的
讚揚，這可以說上升了一個臺階，它揭示了對無產階級專政的社會主義國家
的更成熟的認同標準。抗美援朝敘事中志願軍形象的變化，在傳遞了力圖克
服國內外危機的政治信號的同時，也包含了革命中國的前途與展望，即成爲
無產階級專政的世界革命領導者的革命前途。如此看來，抗美援朝電影中出
現的新的志願軍形象符合毛澤東再次推崇的兩大價值：一是「自力更生，維
護民族獨立和尊嚴」的旗幟，一是「反對修正主義，捍衛馬克思主義的純潔
性，使中國成爲世界革命中心」的旗幟。〔註 22〕它支撐著中國的自我與世界
想像。

二、文革前夕，「革命接班人」話語與電影《英雄兒女》

　　從 1958 年電影《長空比翼》上映到 1960 年，共有六部抗美援朝題材的
電影上映，不過在 1961 年到 1963 年之間僅有一部相關電影上映，這與六十
年代活躍旺盛的整體形勢形成鮮明的對照。在 1964 年，被評爲抗美援朝題材
的經典電影之一的《英雄兒女》上映，受到了廣泛的歡迎。不過，在經歷
了短暫的空白期之後拍攝上映的電影《英雄兒女》（1964）和《打擊侵略者》
（1965）中，志願軍形象又產生了一次與之前截然不同的變化，這一變化值
得關注。本文中把這一時期的志願軍形象刻畫分爲兩個階段，也正是因爲志
願軍形象刻畫方面發生的這一鮮明變化，同時它也暗示著在不過短短的幾年
時間裏中國面臨的國內國際環境發生了某種變化。在相近的時段內，「抗美援
朝戰爭」這一相同的主題之下，是何種因素導致志願軍形象發生了變化？針
對這一點，本文將以「革命接班人」話語爲中心進行分析。

1.「革命接班人」話語

　　西方的「和平演變」策略與蘇聯的「修正主義」使中國國內「無產階級
專政的滅亡」的危機感進一步加劇。這種情況下，毛澤東認識到培養繼承革
命的第三代、第四代「革命接班人」是決定黨和國家命運的極其重要的問題。
對此，毛澤東於 1964 年 6 月 16 日發佈了《培養無產階級的革命接的班人》
談話，提出了接班人的五種條件，同時在「九評」中就「培養無產階級的革

〔註22〕錢理群：《毛澤東時代和後毛澤東時代（1949～2009）──另一種歷史書寫
　　　　（上）》，臺北：聯經，2012 年，第 336 頁。

命接班人」的必要性做了如下闡述：「培養無產階級革命事業接班人的問題，從根本上來說，就是老一代無產階級革命家所開創的馬克思列寧主義的革命事業是不是後繼有人的問題，就是將來我們黨和國家的領導能不能繼續掌握在無產階級革命家手中的問題，就是我們的子孫後代能不能沿著馬克思列寧主義的正確道路繼續前進的問題，也就是我們能不能勝利地防止赫魯曉夫修正主義在中國重演的問題。總之，這是關係我們黨和國家命運的生死存亡的極其重大的問題。這是無產階級革命事業的百年大計，千年大計，萬年大計。」〔註 23〕在毛澤東的談話發表之後，社會各方面關於「培養無產階級的革命接班人」的文章如潮水般湧現。〔註 24〕這些文章中論及了對在自己所屬的領域如何自我成長爲革命接班人，以及如何培養革命下一代等問題的思考和方法。綜合共通的幾項內容，大致包括：第一，爲成爲革命接班人，首先就應該聽黨的指導，用毛澤東思想武裝自己；第二，關於如何培養革命下一代的問題，革命下一代具有的基本特徵可以大致歸納如下：「他倆都是在新社會的和平環境裏成長的，多半沒有經過大規模的暴風驟雨式的階極鬥爭，缺乏階級鬥爭經歷和經驗，不少人對階級敵人——面目模糊不清，容易滋長和平麻痺思想，喪失階級贊惕。」〔註 25〕因此，爲把青年們培養成合格的接班人，需要強化思想教育，他們應該深入工農兵群眾，在三大革命（階級鬥爭、生產鬥爭、科學技術）中鍛鍊和改造自己。用一句話概括地說，爲了被認可爲合格的「新的革命主體——無產階級革命接班人」，需要用毛澤東思想武裝自己，在日常生活中繼續進行鬥爭，鬥爭的具體對象是現實中遇到的各種不平

〔註 23〕人民日報編輯部・紅旗雜誌編輯部：《關於赫魯曉夫的假共產主義及其在世界歷史上的教訓》（1964.07.14）。

〔註 24〕譬如，雪蓬寫的《電影與革命接班人》（《電影藝術》，1963 年第 04 期）、陳明寫的《論革命接班人》（《江淮論壇》，1964 年第 04 期）、中國京劇院四團演員楊秋玲寫的《做一個紅色的革命接班人》（《戲劇報》，1964 年第 09 期）、地質技術員張英泉寫的《我決心當好無產階級革命接班人》（《中國地質》，1965 年第 5 期）、工人們、民兵寫的《老工人、農村民兵談培養革命接班人》（《歷史教學》，1965 年第 6 期）、毓賢寫的《何延齡熱心培養革命接班人》（《黃河建設》，1964 年第 12 期）、曉竹寫的《爲培養革命接班人貢獻出更多的力量》（《電影藝術》，1964 年）、軍隊指揮員江孝連寫的《爲當好革命接班人而學》（《學術研究》，1965 年第 3 期）、有關知識青年陳國基的故事《走革命道路做無產階級接班人——記歸國華僑、城市下場知識青年陳國基》（《中國農墾》，1965 年第 04 期）、文學方面培養工農兵業餘作家的專論《大力培養無產階級革命文學接班人》（《山東文學》，1965 年第 11 期）等。

〔註 25〕陳明：《論革命接班人》，《江淮論壇》，1964 年第 04 期，第 18 頁。

等和矛盾。這種並非通過客觀條件的改善，而是通過改造和鍛鍊主觀思想的培養方法，其本身就具有一定的局限。隨著實行的深入只會朝著更加激進的方向發展，因此，可以說「無產階級革命接班人培養問題」與文化大革命的發動有著非常直接的關聯。同時，培養革命接班人的目標是爲了通過精神和思想上的改造使青少年成長爲社會主義新人，從這個層面上來看，在主體的認知與世界觀的形成上發揮著重要作用的「文藝」是培養革命接班人的重要戰場。而這一時期抗美援朝記憶的再現與抗美援朝電影的熱潮現象，其實也是爲了克服當時國家面臨的國內外危機，團結一致向新目標前進，而在政治文化方面所做的努力中的一環。

那麼，從「培養革命接班人」主題的文藝層面來看，六十年代「抗美援朝電影」又具有哪些優點和長處呢？首先可以通過作家陸文夫在 1960 年發表的《準備》來分析一下這一時期「培養革命接班人」主題的創作模式。這部小說展現了剛剛踏上勞動之路的高中生馬淑芬一步步成長爲模範「勞動階級」的過程。成爲工廠工人開始工作的馬淑芬覺得勞動沒有意思，很快就產生了厭倦，看到這一點的「我」謝師傅非常鬱悶。最終，「我」找到以準備高考爲理由無故缺勤的馬淑芬的家裏，向她反覆講述勞動的重要性與樂趣，但這並沒能改變馬淑芬的想法。直到在一次偶然外出修理機器的過程中，她知道了出故障的機器的重要零件正是自己負責生產的一個小齒輪之後，才意識到自己所做工作的重要，也感受到了責任感。最終，馬淑芬成爲了一位熱愛機器的少女，她離開了工廠，而屬於國家實行的「機器革命運動」的一環，進入中等技術學校求學。由此可以看出，當時「培養革命接班人」主題的創作模式基本上是「經過教育（老一輩的苦心教導、先進人物的典型事蹟）之後重新認識到自身的缺點，繼而克服改正成爲一名合格的接班人」。〔註26〕

可以說，在並非戰時的和平建設年代裏對年輕一代要求的「革命精神」，只是對現實生活裏遇到的各種不滿所做的思想上的克服，與中國領導的遠大世界革命理想相去甚遠，與之相比，較爲瑣碎細小。在文學以外的實際生活中也是如此，比如，《爲當好革命接班人而學》（《學術研究》1965 年第 3 期）中就體現了這一點，這裡先來看看部隊指揮官爲成爲革命接班人而做了哪些努力：當了兩年指揮員的江孝連因爲既無戰鬥經驗，也無連隊實際工作經驗，

〔註26〕黃蕾：《「接班人」問題與 1960 年代初的文學——文化想像》，華東師範大學博士學位論文，2016 年，第 28 頁。

因此必須學習毛澤東著作,並以毛澤東思想為指針。他的狀態基本如下:「這十年來,我思想中也一直進行著無產階級思想與資產階級思想的鬥爭」(思想裏的鬥爭),同時,也「必須從生活的各個領域裏,加強興無滅資的思想鬥爭」(生活裏的鬥爭)。然而他踐行的「生活裏的鬥爭」,其實只是平凡的日常生活裏的一些極其瑣碎的事情。「比如,當幹部後我能接受批評了,誰要是批評我,誰就是我最好的朋友。又比如當幹部後,我仍然積極參加打掃衛生和副業生產。……經常參加勞動是鍛鍊和改造的最好機會,也是帶動部隊的最好方法。……我記住:懶、饞、貪是和平演變的開始」。部隊的指揮官尚且如此,其他領域裏的「思想與生活裏的鬥爭」就更無需再提。從這一點來看,緊隨其後發動的文化大革命,某種程度上可以說是整個社會累積的這種「思想和生活裏的階級鬥爭」激情在達到頂峰之後的一次爆發,也因此,這次爆發才勢不可擋,表現得更為極端。

與此相反,與這種「日常生活中的階級鬥爭」的局限性相比,「革命戰爭片」在面向出生和成長在和平建設時期的青年們進行革命價值觀的宣傳和教育方面,可以說是最富於感染力、生動感、現實感和快感的方法。在跨越生死的極端狀況之下被強有力地賦予了黨和階級層面的意義,並展現了為實現保衛祖國和取得革命成功之理想而奮不顧身、英勇獻身的英雄主義精神的革命戰爭電影,其本身就是培養無產階級革命接班人的典型教科書。因此,抗美援朝戰爭敘事以體現了六十年代時代精神──反帝國主義 / 國際主義 / 第三世界民族解放 / 革命英雄主義的革命歷史敘事這一形式再次現身,為肩負著「興無滅資」歷史使命的新主體──「革命接班人」的想像服務。下文中將以《英雄兒女》為對象,對抗美援朝電影中如何塑造「革命接班人」形象,以及與先前的志願軍形象的差異等問題進行詳細的分析和探究。

2.從親人‧祖國的《團圓》到革命接班人《英雄兒女》

「革命接班人」話語在引起全社會的關注和熱議之後,一直到 1966 年文化大革命爆發之間,僅有兩部電影問世,分別是《英雄兒女》(1964 年)和《打擊侵略者》(1965 年)。這兩部電影雖然都以抗美援朝戰爭為主題,刻畫了作為革命接班人的志願軍形象,但各自側重的中心點卻不盡相同:《英雄兒女》塑造了作為「革命交班與接班人」的「人民志願軍」;而《打擊侵略者》雖然也以此為基礎,但重點刻畫了作為「第三世界民族解放鬥爭」前線的「朝鮮」形象。因此,這兩部電影可以說包含了文化大革命前夕中國產生的新的自我

認識與世界革命想像。

首先，本節將通過電影《英雄兒女》來分析志願軍形象上投射的新的自我認識層面。這部電影是由巴金的《團圓》（1961）改編而成，作家巴金在朝鮮戰爭爆發之後，前後兩次奔赴朝鮮。第一次是1952年，率領文聯派出的「朝鮮戰地訪問團」赴朝體驗生活；第二次赴朝是1953年8月到1954年1月，這次在朝鮮停留期間，他創作了大量的戰地通訊。無論是五十年代發表的《生活在英雄們中間》、《保衛和平的人們》、《英雄的故事》等作品，還是六十年代發表的作品《副指導員》、《回家》、《再見》等，都展現了志願軍戰士英雄面貌和愛國之情，受到了廣泛的歡迎與喜愛。這些作品在「前三十年」巴金創作中也佔了大多數。這其中，他於1961年發表的中篇小說《團圓》，以從解放前到朝鮮戰爭期間一直爲祖國革命前仆後繼的老革命家王文清爲主要人物，講述了他與解放前失散的女兒在朝鮮戰場上重逢的「親情」故事。把「愛國之情」和「祖國」這兩大核心價值放在了同等位置上的這部小說，被改編爲「革命交班－接班」這一新主題的電影《英雄兒女》，這一點頗具深意。從小說改編爲電影的結果是，小說中支撐「親情‧家庭倫理」的血緣和民族框架消失，取而代之的是超越了其的「繼續革命」與「跨國界的革命大家庭」。通過這種對同一文本的不同敍事方式，可以對在短短三四年時間裏發生了明顯變化的抗美援朝敍事策略進行分析，尤其是「革命接班人」身上體現的志願軍形象的變化。

小說《團圓》以在朝鮮戰場上相逢的父女之間的故事爲主線，小說的故事通過爲搜集英雄事蹟材料而來到軍隊政治部的小說敍述者「我」（李林）而展開。某一天，李林從政委王文清那裡聽到了在報社工作的王芳是其親生女兒的這一令人震驚的消息。二十多年前，王文清與妻子一起在上海一家印刷廠工作，同時做著革命地下工作。不幸的是，妻子被外國水兵的酒瓶砸死，王文清也被國民黨逮捕入獄。在他家後面住著的鄰居——工人王富標精心地照看了他們留下的獨女王芳。但隨後音信全完，王文清從此不知女兒的生死，直到在朝鮮戰場上遇見王富標的兒子王成之後才知道了王芳原來就是他失散多年的女兒。抗美援朝戰爭中，王富標到朝鮮戰場慰問志願軍戰士，認出了王文清的王富標告訴女兒王芳，王文清才是她的親生父親。父女最終得以相認。小說中的這種「失散親人的重逢」把劇情推向了高潮，而電影中，則在開始部分就爲兩個人是父女關係埋下了伏筆。相比之下，電影裏更加強調的

是超越親情的「革命熱情」，即革命的交班與接班。政委王文清通過王富標的兒子——志願軍王成得知文工團的戰士王芳正是自己二十年前失散的親生女兒。見到了王成，連敘舊的時間也沒有就開始了抗美援朝的戰鬥，王成也投入了戰鬥。王成獨自守著高地與敵人奮勇搏鬥，最終壯烈犧牲。戰鬥結束之後，政委王文清告訴了王芳王成壯烈犧牲的實情，並鼓勵王芳多創作紀念其英雄事蹟的歌曲，以使全軍和全體人民都能學習王成的革命英雄主義精神。在政委王文清的教導下，王芳創作並演唱了讚頌哥哥革命英雄主義精神的歌曲，並爲身處最前方的志願軍戰士進行慰問演出，逐漸成長爲一名「革命文藝戰士」。有一次，王芳在敵人空襲中爲保護炊事員而負傷，在祖國接受治療。那時候，王富標爲了慰問志願軍戰士而訪問朝鮮，在那裡知道了政委王文清就是王芳的親生父親。此時，回到朝鮮戰場的王芳聽到這一消息非常高興，並投身戰場。電影的尾聲，用「王成精神」武裝的志願軍戰士高舉「王成排」的旗幟，向著無名高地勇敢地推進。王富標和王文清以滿意地表情看著革命接班人戰士們的戰鬥勝利。由此可見，雖然電影《英雄兒女》以巴金的小說《團圓》爲基本框架，但卻是包含了六十年代中期時代精神的一部全新的作品。不過幾年的時間裏，重塑抗美援朝記憶的主流敘事方式就發生了很大的變化，值得注意的是，這種差異正如這部電影的題目所體現的那樣，主要集中在志願軍的英雄形象塑造上。電影中的主要英雄志願軍人物主要有戰鬥員王成、文工團員王芳、政委兼指導員王文清。下文中將通過這幾位人物的形象，具體探究小說內容上的變化所體現的時代精神的需求。

首先，戰鬥員王成在電影前半段參加了戰鬥，他爲守衛戰地與敵人英勇戰鬥，最終壯烈犧牲。從整體的篇幅來看，他並沒有占很大的比重。但是王成的英勇犧牲隨後成爲了志願軍戰士們「革命精神的榜樣」，一直到電影的最後都佔有非常重要的位置。電影導演武兆堤和負責劇本改編的毛烽也曾表示，在電影的製作過程中爲王成的英雄形象煞費苦心，傾注了很多心血，是綜合了以楊根思爲中心的很多志願軍的眞實英雄事蹟而塑造的角色。〔註 27〕劇中，王成是在根本上具有明確「無產階級」階級意識的人物，他明確地認識到自己的革命使命：參加朝鮮戰爭之前，他接過他父親王復標的班在工廠工作，反對並抵抗不正之風。〔註 28〕在朝鮮的戰場上，他也正確地認識到自

〔註 27〕 袁成亮：《電影〈英雄兒女〉誕生記》，《世紀橋》，2006 年第 07 期，第 91 頁。
〔註 28〕 通過王芳的臺詞得知，哥哥王成像工人出身的爸爸一樣從小就開始在外國人

己作爲共產黨員、作爲全世界無產階級革命一員的革命戰士，身上擔負的歷史任務。譬如，當張團長不同意傷還沒完全痊癒的他提出的參戰請求之時，王成做了如下的回答請求團長同意他參戰：「團長！你老跟我們說，革命戰士要當硬骨頭，拖不垮，打不爛，輕傷不下火線……」，儘管這樣，王團長還是沒有同意他，這時他又向身旁的王政委請求：「王政委，您也常跟我們講，爲了全世界無產階級革命，不怕上刀山，入火海……」。〔註29〕與此相反，小說中的王成只是扮演了使王文清知道王芳是自己親生女兒的媒介角色，此外並無其他的重要意義。相反，通訊兵小劉作爲志願軍戰士形象，替代了電影中王成的角色，比較這兩個志願軍戰士的形象塑造可以很明顯地發現，志願軍戰士的身份由農民戰士轉變爲革命戰士。小說《團圓》則由敘述者李林展開，在他眼中小劉的形象如下：「滾圓滾圓的胖嘟嘟臉上沒有一個時候不見笑容」〔註30〕的外貌，以及對沒有成功營救負傷的王成而深感自責的「小鬼兵」。換句話說，小劉並不是像王成那樣老練的戰鬥員，也不是階級意識很強的戰士形象。同時，李林描述小劉爲文化水平低的農民，〔註31〕「翻身農民出身的志願軍在朝鮮戰場裏成長」模式在1950年代文學裏是志願軍形象刻畫的典型手法。兩部作品裏，在戰鬥過程中對「死傷場面」的處理也可以看出文革前夕，作爲革命戰士的志願軍身上包含的意義以及大眾文藝中的革命浪漫主義特徵。首先，小說裏的小劉在戰爭中身受重傷，兩條腿都需要截肢，於是被移送回國。敘述者李林之後才從連長那裡聽到了小劉的消息，連長這樣描述道當時的場景：「他自己滿身是血，兩條腿都完了。擔架員來抬他，他還說：『我要堅持，我要打。』我後來去看他。他皺著眉頭，臉上沒有一點血色，我卻不聽見他哼一聲。我告訴他要給他請功，他還說自己沒有好好完成任務，應當檢討。」〔註32〕小說中對小劉負傷的這種描述與巴金的其他抗美援朝作品基本一致，即比起戰爭的殘酷、跨越生死的恐怖和痛苦，更加強調志願軍不屈不撓的英雄主義和愛國之情，但還是比較現實地敘述了戰士結果。與此

的工廠做工，並且勇敢抗拒工頭的欺負。毛烽、武兆堤改編：《英雄兒女》，北京：《中國電影出版社》，1965年，第52～53頁。

〔註29〕　毛烽、武兆堤改編，同上，第26頁。

〔註30〕　巴金：《團圓》，《巴金全集‧第十一卷》，北京：人民大學出版社，1989年，第525頁。

〔註31〕　「他這個農村出來的青年，文化水平並不低。他說，他剛入朝的時候，只認得七八百字。可見他到了部隊以後，有很大的進步」，巴金，同上，第528頁。

〔註32〕　巴金，同上，第548～549頁。

相反，在身爲視覺和聽覺媒體革命戰鬥片中，「用畫面展現和用聲音講述」的志願軍的戰鬥與犧牲則增添了非現實性和浪漫性的色彩。「十七年」時期的革命歷史題材電影創作是大眾性與政治意指提高的重要標誌，因爲實際創作中依賴於戲劇和文學的兩根「拐杖」。因此，這種電影以追蹤英雄人物言行的故事性爲基礎，通過光線、色彩、位置、角度、景別、音響與音樂等電影修辭手法使得文本的政治意指性大大加強〔註 33〕，特別是考慮到這部電影是在文革前夕上映的這一因素，從王成的戰鬥場面與壯烈犧牲也可以看出對英雄人物形象所做的極端的政治性象徵化。好不容易獲准參戰的王成，告訴了指揮部射擊位置，自己則獨自堅守無名高地。面對由無線電對講機傳來的王文清的激勵，王成堅定地回答道：「報告首長，我是共產黨員，保證堅持到！」，隨後，幾乎蓋過了周圍炮彈聲的雄壯嘹亮的背景音樂響起。敵軍逐漸向著陣地逼近，王成距離炮擊的距離也越來越近。此時，擔心因自己而妨礙了支持火力的王成，著急地高喊「向我這兒打，別顧我！」王成距離射擊越來越近，他注視著正在不斷逼近的敵軍部隊，通過無線電對講機高喊「爲了勝利，向我開炮！」此時的背景音樂轉換爲慷慨激昂的女聲合唱，王成一個人與眾多敵軍進行戰鬥的畫面開始上演，以男聲朗誦的「烈火金剛，屹立人間！英雄的讚歌傳遍三千里江山！」爲開頭的男女合唱開始響起。敵軍一步步地逼近王成，王成再次高喊「勝利永遠屬於我們！」在戰地上方高舉一根爆破筒巋然地站著。此時，烘托王成形象的攝相機鏡頭和光線、周邊背景以及音響效果等均與刻畫文革時期英雄人物的方法相似。〔註 34〕而對隨之而來的王成的犧牲則運用了象徵性的處理手法，不僅伴隨著爆炸聲，也出現了在暴風雨中搖曳的大樹、以及山川與河流等大自然景觀的畫面。背景音樂非常雄壯而輕快，如果不看畫面，只是單純地聽這段背景音樂，完全不會與死亡聯繫到一

〔註 33〕 參考路紹陽：《「十七年」革命歷史題材電影中的修辭策略》，《解放軍藝術學院學報（季刊）》，2011 年第 1 期。

〔註 34〕 王斑教授對這場面的描寫特別卓越，值得參考：「王成挺身站立，手舉炸藥，在小山頂上顯得格外高大。這個鏡頭以低角度往上拍攝，使得王成健碩的上身佔據了銀幕的大部分，表現出中國蓋世英雄的形象：頂天立地，頭頂天，腳踩地。背景裏萬丈霞光，從雲層透射下來，形成王成背後的神聖光環。適度距離的特寫展現出王成的面部表情，堅毅、決絕，雖然面對死亡，卻視其爲最終勝利，以身殉道。他高大的形象沐浴著仿傚超驗光環的神聖光芒，這組鏡頭創造出強烈的歌劇衝擊力，將王成的英勇功績編排成崇高的音樂詩篇」，王斑、由元譯：《藝術、政治、國際主義：中國電影裏的抗美援朝》，《當代作家評論》，2012 年第 4 期，第 190 頁。

起。電影中王成光榮的犧牲不像小說裏小劉由於戰爭中受傷而丟掉兩條腿那樣殘酷，甚至不許妹妹王芳落淚。

　　對英雄的死亡進行這樣非現實而又浪漫化的處理，是「十七年」時期戰爭片的典型特徵。〔註35〕他的死亡不是悲哀，而是光榮，因爲身體雖然已死，但其英雄的精神會代代相傳，在實現世界革命的道路上成爲了鋪路磚石。這部電影中，「革命精神的繼承」不僅在王成的英勇犧牲以及學習繼承王成精神的戰友們之中達成，也通過政委王文清的老革命家一家的「交班」與王芳、小劉等年青一代的「交班」得到體現。這其中，與小說相比，「革命交班人」政委王文清形象的變化最大。導演武兆堤和負責劇本改編的毛烽在製作拍攝電影時最在意的四點因素幾乎都與王文清關聯，可見王文清這一角色在這部電影中非常重要。這四點因素的內容大致如下：「第一，作爲師政治部主任，王文清應當成爲劇中主要人物並發揮他在全師中的『政治作用』，因此必須克服小說里師政治部主任好像僅僅是爲了女兒才去朝鮮前線的『缺點』；第二，根據現實生活裏的原型，具有『革命老一輩健康感情』的王義清，還應該『像教育戰士一樣教育女兒』，『像教育女兒一樣教育戰士』；第三，從毛主席抓住雷鋒這個典型教育全國人民的事例得到啓發，劇本中的王文清應該抓住王成這個典型事例教育全軍、鼓舞士氣，這樣，劇本就必須『大力刻畫』王成的英雄事蹟；第四，既然故事發生在抗美援朝戰場上，就應該表現『正義的戰爭』是『崇高』的、『美』的」〔註36〕。爲匹配這四點改編目標，小說中王文清看到自己失散多年的女兒王芳之時，能感覺到從他的聲音和臉色中「好像看到一種類似父愛的感情」〔註37〕，而電影裏，則把王文清的父愛轉變爲革命老一輩健康的革命感情，將其設定爲「戰士或階級的感情」，即像對待子女一樣對待志願軍，也像對待志願軍戰士一樣對待女兒。與此同時，

〔註35〕 「作爲英雄主義的頌歌，影片不迴避犧牲與死亡，但略去了戰場上可能的無謂的、殘酷的死，略去了抽象的對人、生與死的討論，而代之以爲敘事過程與敘事方式所放大的英勇的獻身與意識形態、價值體系所肯定的犧牲。」戴錦華：《歷史敘事與話語：十七年歷史題材影片二題》，《北京電影學院學報》，1991 年第 2 期，第 50 頁。

〔註36〕 《〈英雄兒女〉創作過程（初稿）》，轉引自陳娜：《不僅僅是故事旅行：小説〈團圓〉與電影〈英雄兒女〉的改編研究》，《文藝爭鳴》，2014 年第 10 期，第 182 頁。

〔註37〕 巴金：《團圓》，《巴金全集·第十一卷》，北京：人民大學出版社，1989 年，第 534 頁。

也有必要對他作爲政治委員所負責的部隊內「政治工作」進行關注。這種指揮官的角色與《上甘嶺》（1956）、《奇襲》（1960）等代表性的抗美援朝電影中指揮官擅長戰術組織，在戰場上奮勇拼搏的形象形成鮮明的對比。這部電影中，王文清與王成在志願軍形象方面都發揮著重要的作用，從這一點來看，可以說這一時期志願軍形象刻畫方面產生了重要的變化或者產生了新的特點。

　　換句話說，如果百折不撓、英勇奮戰及犧牲精神是之前志願軍形象的典型特徵，那麼通過老革命家王文清的政委形象使得「培養與宣傳無產階級革命精神」的志願軍形象得以出現。〔註 38〕這種志願軍的形象也可以理解爲當時人民解放軍思想和政治地位的投映。錢理群認爲，1961 年在陷入困境之時毛澤東再次給軍隊帶來了希望，處於毛澤東和林彪領導之下的軍隊之間的相互呼應是爲下一階段的文革所做的準備，針對這一點，他做了如下闡釋：「毛澤東在 1963 年發出『學習解放軍』的號召、親自爲部隊寫讚歌《八連頌》、宣揚被譽爲『毛主席的好戰士』的雷鋒，都有深意，他顯然認爲以農民爲主體的軍隊，比之已經官僚化、日見腐敗、並被他的對手所控制的黨，更具有『拒腐敗，永不沾』的道德純潔性，以及『不怕壓，不怕迫』，『不怕帝，不怕賊』的革命性，應該成爲推行其路線的主要依靠對象。」〔註 39〕這其中，人民解放軍超越了一般層面的軍隊意義，被刻畫爲比文革前夕時常與毛澤東等處於對峙狀態的黨更具革命性和道德純潔性的「政治／思想領域的模範」。人民解放軍的這種形象在魏巍於 1964 年針對青年的「幸福觀」發表在《中國青年》的文章《棄燕雀之小志，慕鴻鵠而高翔！——〈幸福的花爲勇士而開〉續篇》中也能看出。魏巍在這篇文章的第一部分中表示，展開幸福問題討論的契機是「向雷鋒同志學習」的熱潮〔註 40〕，針對革命青年應該樹立什麼樣的幸福觀這個問題，他認爲應該樹立「最先進最革命的階級——無產階級的幸福觀」，同時列舉了與此相關的益處。整篇文章中，他多次提到了人民解放

〔註 38〕　參考王斑、由元譯：《藝術、政治、國際主義：中國電影裏的抗美援朝》，《當代作家評論》，2012 年第 4 期，第 189 頁。

〔註 39〕　錢理群：《毛澤東時代和後毛澤東時代（1949～2009）——另一種歷史書寫（上）》，臺北：聯經，2012 年，第 414～415 頁。

〔註 40〕　「在『向雷鋒同志學習』的熱潮中，我國青年又一次展開了關於幸福問題的討論。」魏巍：《棄燕雀之小志，慕鴻鵠而高翔！——〈幸福的花爲勇士而開〉續篇》，《魏巍文集・第七卷》，廣州，廣東教育出版社，第 404 頁。

軍「雷鋒」這一榜樣。

　　最後，對於王芳的形象，有必要在兩個層面上關注和探究其意義。首先是身爲「文工團員」的志願軍角色。在以文工團員志願軍爲主要人物的抗美援朝文藝作品中，《英雄兒女》是第一部。雖然在當時已經面世的電影和小說中，也有文工團員出現的作品，但只是作爲志願軍戰鬥員的輔助性角色登場。在這部電影中，王芳卻是展現「文化層面上的中朝友愛」的重要媒介。譬如，王芳向朝鮮婦女學習朝鮮長鼓舞，並在朝鮮人民和志願軍戰士都在場的舞臺上進行表演，深受大家的歡迎與喜愛。此時，將翩翩長髮紮成兩股，優雅地穿著韓服的王芳的樣子，儼然一位朝鮮少女的形象。這一點與之前刻畫中朝友愛的模式有了不同。既有的作品中經常運用的模式，是通過刻畫並肩作戰的戰友之情或爲了志願軍犧牲的朝鮮人來突顯用鮮血凝成的中朝友誼，而這裡則在此基礎上增加了通過銀幕上的「朝鮮文化」而展開的中朝文化交流這一新的層面。〔註 41〕第二，王芳稱呼「朝鮮大爺」金正泰爲「阿巴基」，這其中體現了非常親近的「中朝間的父女關係」。這也打破了在描述中朝之間的國際主義方面一直存在的「朝鮮母親與志願軍兒子」這一既有的典型模式。像親生女兒一樣的王芳由於敵人的轟炸命懸一線之時，「朝鮮父親」金正泰爲了王芳冒著生命危險渡江。這種場景使中朝之間的階級感情更容易被理解爲親情和家庭倫理，而由此形成的「階級愛的情感化」在提升對觀眾的感召力、引起觀眾共鳴方面起著積極作用。這部電影的結尾部分，在「革命老一輩」革命的教導下，王芳超越了血肉層面的家庭倫理，蛻變成一位跨國界的無產階級的女兒以及革命的接班人，並登上「朝鮮戰場」這一世界革命的舞臺。

　　上文中通過電影《英雄兒女》裏的志願軍形象，對「革命接班人」話語引起關注和熱議之後抗美援朝敘事逐漸發生的變化進行了分析。通過具有國際主義精神的英雄戰士王成、負責對戰士們進行政治宣傳和思想培養的政委王文清、既是革命接班人又在文化層面展現了中朝友愛的王芳等人物形象，我們可以把握《英雄兒女》在當時受到廣泛歡迎並被譽爲「抗美援朝電影的

─────────────

〔註41〕 王斑教授指出，作爲文藝工作者王芳的出演有如下兩個方面的意義：第一，在藝術和軍事這一緊密結合的背後，是毛澤東軍事浪漫主義的作戰思想體系。第二，在文化交流與非軍事合作方面，中朝人民的交流比喻成一個革命大家庭。參考王斑、由元譯：《藝術、政治、國際主義：中國電影裏的抗美援朝》，《當代作家評論》，2012 年第 4 期。

經典」的原因。具體來說，是因爲《英雄兒女》包含並體現了文革前夕中國共產黨構建的「中國」與「中國主導的世界革命」這一藍圖。1965 年上映的電影《打擊侵略者》也像《英雄兒女》一樣，刻畫了身爲無產階級的後代和革命接班人的志願軍戰士丁大勇的形象。作爲革命接班人的丁大勇與《英雄兒女》裏的王成不同之處只有一點，那就是他並非工人階級出身：他有著老革命家父母的家世，但同時他又在貧農階級的手裡長大。然而，正如前文提到的那樣，比起革命接班人，這部電影中更加側重的部分是刻畫中朝間的並肩作戰以及南朝鮮和北朝鮮的人物，從而使「朝鮮」全面登場。對於這部電影的分析，將在下文中的第三節中具體地展開。

第三節　國際主義世界觀的鞏固——革命的「亞非拉」與新的「朝鮮」想像

一、「亞非拉」新的革命空間與抗美援朝敘事的重塑

1.「亞非拉」與中國的中樞性的位置

1950 年末，中共中央明確提出要警惕「修正主義」和防止「和平演變」，此後隨著國際形勢的變化，對國內革命的路線也不可避免地做出了調整。尋找符合革命方向的新革命動力成爲了中國政府面臨的一項非常緊迫的工作。此時，「亞非拉」第三世界的民族解放熱潮作爲新的革命動力，不僅在六十年代重塑中國的新「世界想像」上扮演著重要的媒介角色，而且是身爲世界革命之領導的中國在國際共產主義運動中的地位得以提升的具體「他者」。從王蓂蓂的「1960 年代中國外交的側重點從對蘇聯及社會主義陣營轉移至『革命』的亞非拉，這一視域的轉換過程既包括了從地緣政治角度對國際形勢的現實判斷，也包括了中國對於國際共產主義運動的重新認識」〔註 42〕這一觀點中也可以看出，當時遭受的美國和蘇聯兩個超級大國的國際孤立對中國政府來說是一個顯而易見的危機。但與此同時，這也是實現毛澤東一貫主張的「由中國領導的世界革命」的理想的機會。

第三世界這一新的革命空間並不是在 1950 年代末突然被分離出來的。中

〔註 42〕 參考王蓂蓂：《革命之路——中國社會主義時期文學文化想像中的「世界」（1949～1966）》，上海大學博士學位論文，2012 年，第 82 頁。

國的社會主義革命某種意義上也可以看作是擺脫了傳統馬克思主義理論的「農民革命」。毛澤東從很早開始就認識到中國革命的特殊性。從他第一次提出「中間地帶」的 1946 年到七十年代的「第三世界」理論，宗旨（即不屬於美蘇兩大陣營中的任何一方，帶有反帝國主義性質的國家）並沒有發生變化。中國自己的革命經歷與在國際舞臺上的表現形成了其得以實踐的基礎。「中間地帶」理論在 1946 年 8 月毛澤東與美國記者安娜路易斯特朗的談話中被首次提出，這次談話包含著第二次世界大戰結束之後毛澤東對國內外形勢的認識，當時美蘇矛盾逐漸惡化，許多人擔心會不會爆發第三次世界大戰。對於記者提出的「美國會不發起反蘇戰爭」這一問題，毛澤東在指出美帝國主義面臨的複雜矛盾的同時〔註 43〕，對美蘇之間廣闊的「中間地帶」的存在和影響力做了如下闡述，強調了遭受美國人民和面臨美國侵略威脅的所有國家和人民應該緊緊地團結在一起，共同抵抗美反動派和各國走狗的攻擊：「美國和蘇聯中間隔著極其遼闊的地帶，這裡有歐、亞、非三洲的許多資本主義國家和殖民地、半殖民地國家。美國反動派在沒有壓服這些國家之前，是談不到進攻蘇聯的。」〔註 44〕劉少奇也在第七屆中國共產黨大會上提出毛澤東思想是所有東方國家人民的方針，第二年（1947 年），在與安娜路易斯特朗的訪談中，對這一思想進行了進一步的強調：「毛澤東成就的偉大之處在於把馬克思主義從歐洲式改造為亞洲式。中國是一個半殖民地半封建社會，無數人民耕作在微少的土地上，在飢餓線上苦苦掙扎……在朝著更加產業化的經濟轉變的同時，中國遭受了先進產業國家施加的壓力……東南亞其他一些國家也身處相似的境地。中國選擇的道路會對所有這些國家產生影響。」〔註 45〕斯大林也在中國共產黨取得革命勝利以後改變了對亞洲革命的想法，通過中蘇之間的所謂「分工合作」，承認了中國共產黨在國際革命層面上對殖民地、

〔註43〕「這種宣傳，是美國反動派用以掩蓋當前美國帝國主義所直接面對著的許多實際矛盾，所放的煙幕。這些矛盾，就是美國反動派同美國人民之間的矛盾，以及美國帝國主義同其他資本主義國家和殖民地、半殖民地國家之間的矛盾」，《和美國記者安娜·路易斯·斯特朗的談話（一九四六年八月六日）》，轉引自《毛澤東選集·第四卷》，北京：人民大學出版社，1991 年，第 1193 頁。

〔註44〕同上，第 1193 頁。

〔註45〕Anna Louise Strong, *The Thought of Ma Tse-tung Amerasia*, XI, No.6 (June 1947), p.161.〔美〕Stuart R. Schram，金東式譯：《毛澤東》，首爾：Du-Rae，1979 年，第 243 頁（再引用）。

半殖民地和附屬國家的民族民主革命運動所起的作用〔註 46〕。隨後，在 1949
年 11 月於北京召開的世界勞組聯盟會合上，劉少奇在發言中指出中國的革命
模式可以成爲處在相似狀況的殖民、半殖民地國家實現人民解放的主要途徑
〔註 47〕。從上述內容中可以看出，在中國共產黨取得革命勝利之後，新中國
對殖民、半殖民地國家產生的影響和自身角色有了清醒的認識。

在國際舞臺上也開始湧現出弱小國家與新生國家同樣應該發出自己聲音
的這一主張。1952 年 12 月舉辦的亞洲・阿拉伯十二國會議上，這一主張第一
次被提及討論，而第一個站出來高舉這一要求、主張國際攜手的正是中國。
在由朝鮮戰爭而產生的第三次世界大戰與核戰爭的危機達到高潮的情況下，
援助朝鮮而與美國在朝鮮戰場上廝殺的中國遭受的國際孤立日漸加劇，對此
周恩來切實感受到了中國的這種處境，並積極地在外交方面尋找突破口。於
是中國將視線從美國和蘇聯，也即第一、第二世界轉移到第三世界。中國的
共產主義者們反對「褐色國家」在美蘇兩個超級大國的影響圈之下挑邊投靠
的想法，這種立場將中國變成第三世界紐帶的中樞。中國看起來象徵著獨立
和自決，而非緩和（détente）與分割〔註 48〕。

周恩來 1954 年與印度總理尼赫魯召開中印首腦會談，雙方就第三世界團
結一心達成一致。同時，五個國家（印度尼西亞、中國、印度、巴基斯坦、
斯里蘭卡）的總理齊聚斯里蘭卡的科倫坡，發佈「和平五項原則」，並提出第
三世界國家齊聚一堂的萬隆會議的構想。1955 年 4 月 18 日，二十九個亞洲和
非洲新生國家代表在印度尼西亞的萬隆召開「萬隆會議」，終於發佈了以反帝

〔註 46〕 據師哲回憶，1949 年 6 月，劉少奇在出訪蘇聯期間，中蘇之間在國際問題上
就有過明確分工，當時斯大林說：「在國際革命運動中，中蘇兩家都應當多承
擔些義務，而且應該有某種分工，就是說要分工合作。希望中國今後多擔負
些對殖民地、半殖民地、附屬國家的民族民主革命運動方面的幫助，因爲中
國革命本身和革命經驗會對它們產生較大影響，會被它們參考和吸取。蘇聯
在這個方面起不到中國那樣的影響和作用。這個道理是明顯的，猶如中國難
以像蘇聯那樣在歐洲產生影響一樣。因此，爲了國際革命的利益，咱們兩家
來個分工：你們多做東方和殖民地、半殖民地國家的工作，在這方面多發揮
你們的作用和影響。我們對西方多承擔些義務，多做些工作。總而言之，這
是我們義不容辭的國際義務！」，師哲：《我的一生──師哲自述》，北京：人
民出版社，2001 年版，第 309 頁。

〔註 47〕 〔美〕John Lewis Gaddis，Park Kun-Yong 譯：《WE NOW KNOW：Rethinking
Cold War History》，首爾：（株）社會評論，2002 年，第 270 頁。

〔註 48〕 〔印度〕VIJAY PRASHAD，Park So-Hyun 譯：《Darker Nations：A People's
History of the Third World》，首爾：뿌리와 이파리，2015 年，第 66 頁。

反殖民主義性的民族主義政治理念與「和平共存非同盟中立戰略」外交路線
爲代表的十項和平原則。「萬隆會議」是中國團結第三世界、在國際外交舞臺
上成爲重要存在的關鍵性轉折點，這次會議也成爲了中國得以擺脫國際孤立
的良好契機。同時，它留下了「塑造共同的第三世界意識」這一精神遺產。
在萬隆，舊殖民地國家的代表們表示「要拒絕過去殖民主義國家形成的秩
序」，同時要用實際行動證明他們自己也能商討國際問題，並能廣泛搜集徵求
意見進行決策。與此同時，萬隆會議也使聯合國內部形成了亞洲－非洲集團
的雛形，後又進一步發展成爲亞洲－非洲－拉丁美洲集團〔註 49〕。事實上，
第三世界高呼的「反帝國主義與反殖民主義」這些用語當時並未具備完整的
邏輯理論體系，由於對過去壓迫的抵抗意識而產生的抨擊西方列強的情感性
口號的性質很強〔註 50〕。不過，不能忽視的是，能將文化、資源、人口、政
權體系等方面均帶有明顯異質性的成員團結在一起的也正是源於這種「情感
的紐帶」。然而，中國登上世界舞臺對蘇聯來說絕非開心的事。1956 年赫魯曉
夫發表批判斯大林的演講之後，蘇聯對美國的政策調整爲和平共存與維持世
界和平，這一政策較之前更爲柔和。對此，中國批評蘇聯的社會主義是「修
正主義」，蘇聯則批評中國是「教條主義」，由此中蘇矛盾逐漸惡化。在主張
和平共存與和解的蘇聯和支持意識形態與暴力革命的中國之間，第三世界民
族主義者最終選擇了中國這一邊，由此也可以斷定，將第三世界團結在一起
的「情感紐帶」產生的共鳴的影響逐漸增強。這其中的原因在於，與他們處
境相似、處於半殖民地和「前產業化」階段的貧困的中國，通過民族自身的
力量戰勝殖民帝國主義侵略者、實現民族獨立以及建設社會主義國家的經
驗，對於當時剛剛解放的新興國家而言是最合適不過的參考範例。

　　因此，中國逐漸轉變爲第三世界社會主義中心國家，發揮著主導性的作
用。同時，中國在中蘇爭議期間，在外交、政治文化以及經濟方面都對第三
世界國家進行了慷慨的援助，爲獲得支持做出了很多努力，例如，據吳冷西
回憶，毛澤東爲吸納越南共產黨加入本方陣營，特地派鄧小平赴越南訪問，
與越南達成 200 億元經濟援助的協議，由此得到了越南的支持。200 億元在當
時相當於中國國民收入的五分之一、財政收入的百分之六十。同時，在當時

〔註 49〕　〔印度〕VIJAY PRASHAD，Park So-Hyun 譯：《Darker Nations：A People's
　　　　　History of the Third World》，首爾：뿌리와 이파리，2015 年，第 71 頁。
〔註 50〕　〔美〕Robert A. Mortimer，Jang Hae-Kwang 譯：《第三世界國際政治論——以
　　　　　第三世界聯立政策爲中心》，首爾：大旺社，1985 年，第 15 頁。

朝鮮勞動黨的領導人黃長燁日後的回憶錄中也提到相關狀況：「當時的局面給人的感覺是國際共產主義運動的領導權從蘇聯的手裏轉向了中國；比起對蘇聯，阿爾巴尼亞對中國更有好感。……與赫魯曉夫提出條件式的援助不同，中國不僅不提條件，而且時常會給予比需求量更多地援助，因此阿爾巴尼亞也站在了中國這一邊。」〔註 51〕1963～1964 年毛澤東進一步鞏固了其自身關於「中間地帶」的想法。尤其是 1964 年毛澤東在同日本共產黨中央政治局委員聽濤克己的談話中說：「所以講到中間地帶有兩部分：一部分是指亞洲、非洲和拉丁美洲的廣大經濟落後的國家，一部分是指以歐洲爲代表的帝國主義國家和發達的資本主義國家。這兩部分都反對美國的控制。在東歐各國則發生反對蘇聯控制的問題。」〔註 52〕通過這些內容，我們可以把握兩點重要內容：第一，隨著拉丁美洲加入「中間地帶」的第一類，「第三世界」理論的基本體系初步形成；第二，相比 1946 年，中國對蘇聯的認識逐漸轉爲負面，這也暗示著日後毛澤東的第三世界革命體系朝著與蘇聯的革命模式完全不同的方向發展。同時，在文革前夕的 1965 年，爲紀念中國人民抗日戰爭勝利二十週年，林彪發表了《人民戰爭勝利萬歲》。從這篇文章中我們可以確定中國處於中間位置的新的「世界革命」設計圖〔註 53〕。林彪認爲亞非拉人民和國家對以美國爲首的帝國主義的革命鬥爭是新世界革命的潮流，這種新的革命潮流也適用毛澤東在中國人民革命戰爭中的理論——「關於建立農村革命根據地、以農村包圍城市的理論」，並賦予其普遍性的現實意義，由此將中國變成世界革命的根據地和中心。

2.作爲「亞非拉」革命再現的「抗美援朝戰爭」

如上所述，1960 年代中國的國內外革命路線發生了變化，由此，亞非拉第三世界則成爲六十年代中國新革命動力的空間，也確保了重塑中國的世界想像以及革命的永久性。亞非拉從 1950 年代後期開始到世界革命熱潮的文革之間，在中國的政治文化領域逐漸扮演了重要的角色。這其中，歌曲、電影、文學、畫報等大眾敘事方式將難以理解的政治話語生活化、影像化、人

〔註 51〕 〔韓〕黃長燁：《我看到了歷史的眞理（黃長燁回顧錄）》，首爾：한울，1999年，第 128 頁。
〔註 52〕 毛澤東：《兩個中間地帶（一九六三年九月，一九六四年一月、七月）》，《毛澤東文集·第八卷》，北京：人民大學出版社，1999 年，第 344 頁。
〔註 53〕 林彪：《人民革命戰爭萬歲——紀念中國人民抗日戰爭勝利二十週年》，北京：人民出版社，1965 年。

情化，從而向普通群眾提供體驗及想像，逐漸滲透到普通大眾的情感結構
中。錢理群教授提到對 50～60 年代知識分子的世界想像產生影響的因素之一
的俄羅斯文學與被壓迫民族文學，對當時青年的普遍性價值理想做了如下剖
析：「可以說，二十世紀五六十年代的知識分子也是被俄國文學與被壓迫民族
文學薰陶出來的，它直接影響到我們的世界想像：在我們的心目中，世界是
由『壓迫者和被壓迫者』組成的，前者是我們的敵人，後者則是我們的兄弟
姐妹和朋友。消滅一切（國內與國際的）人壓迫人、人剝削人、人奴役人的
現象，正是我們的價值理想與歷史使命。」〔註 54〕如此，全世界被二分為「壓
迫者與被壓迫者」，仍然有太多人被壓迫、被剝削，像奴隸一樣生活的現實認
識，以及由此出現的新的「革命空間」與中國應該為幫助這些被壓迫民族的
歷史使命感，就像錢理群教授說的那樣，作為那個時代獨特的情感結構，在
當前的國際秩序中是無法形成共鳴的〔註 55〕。不過，對當時中國人民來說，
這種革命世界觀實際存在，亞非拉是支撐該種自我認知與世界想像的重要的
「他者」中的一個。王蓁蓁在其博士學位論文《革命之路——中國社會主義
時期文學文化想像中的「世界」（1949～1966）》中，對在當時中國文藝世界
中登場的亞非拉作為新的革命空間與六十年代中國的政治文化之間的相互關
係進行了詳細的論述。同時，對於 1958 年中國參加了在烏茲別克共和國首都
塔什干召開的第一屆亞非作家會議之後，中國與亞非拉國家之間日漸活躍的
文化交流所具有的意義，作者也從亞非拉國家這一中國的「他者」意義層面
進行歸納。作者指出：中國與亞非拉國家間的文學交往毋庸置疑帶有官方色
彩，比如，祝壽這種私人性質的活動明顯地變成了公共領域的政治行為。但
即使這種國家意識形態化的文化交流同時為新中國的自我認同提供了寶貴的
「他者」。……中國的大躍進運動也得到了眾多亞非拉國家作家的熱情謳歌：
「鐵！意味著和平與人民的夢想，／鋼！意味著戰爭狂人的死亡／強大的中
國！／人類的朋友！／願你一直向前「大躍進」／人類得到一個鋼鐵的朋
友，／向前，向前，／天上顯露出一片紅光。」……類似的頌歌經常出現在
中國的報刊雜誌上，它既表明了廣大亞非拉國家對中國模式的認同，同時也
在很大程度上重新塑造著中國對於「世界」的想像（下劃線為筆者引用時標

〔註 54〕 錢理群：《我們這一代人的世界想像》，《書城》，2006 年第 06 期，第 17 頁。
〔註 55〕 「這或許是一種烏托邦式的理想與追求，但我們卻是絕對真誠。而且顯示出
　　　　 一種將國際問題看作是國內問題的一個延伸的思路，這也是屬於我們這一代
　　　　 人的」，錢理群，同上。

注）〔註 56〕。自我在與他者的相互關係中被認識，並在其所屬的集體之中產生關係進而成長。在社會主義國家意識形態認同遭受威脅的情況下，「亞非拉」國家的中國模式認同與支持，以及「反帝國的共同命運體」的歸屬感，使遭受美國和蘇聯陣營雙重孤立的中國快速地重塑了自我認同與某種「想像的共同體」。同時，在文藝中得以再構造的（從既有的蘇聯中心轉向「亞非拉」中心）新的「東方「使人民，尤其使青年們能體驗和想像到革命的永久性與革命空間的無限性。然而，報紙、社論、音樂、畫報、文藝作品中大量出現的亞非拉國家的民族解放鬥爭相關的消息，使中國人民能夠充分感受到他們對革命的熱情。不過，僅僅通過「階級感情」把沒有實際去過也沒有遇見過的他們與中國緊密結合在一起的感情很難成爲現實〔註 57〕。因此，在中國政府的立場上來看，把「想像的共同體」——亞非拉國家的革命熱情生動地進行再現，在亞非拉國家的解放戰爭中賦予中國以領導的角色，並刻畫與他們團結「聯合」的場景，成爲了文藝創作的中心所在。

把六十年代抗美援朝電影的熱潮，以及電影中「朝鮮的登場」放在當時的語境下，可以進行充分的說明。也就是說，抗美援朝電影在刻畫國內經濟困難以及遭受國際孤立的情況下出現的「自力更生」的民族主義熱情，以及由於國際孤立而被推崇的強烈的自我崇高感與純潔感的英雄主義情緒方面非常合適。這一時期逐漸產生變化的朝鮮形象刻畫主要是：朝鮮作爲亞非拉這一新的革命空間的再現對象，隨著中國政府的政治文化需要得以重塑。再者，「朝鮮戰爭」與「朝鮮」在解決當時的難題上，從很多方面來說都是非常合適的對象：首先，抗美援朝的國家敘事在建國初表現爲向以美國爲首的帝國主義進行對抗的、已經經歷過的、正義的、勝利的戰爭，在全國範圍內展開的抗美援朝運動當時向人民構建了學習愛國主義與國際主義精神、覺醒成長爲社會主義人民的重要框架。此外，朝鮮作爲鄰邦，是一個與中國在很長的歷史時期內都保持了和睦友好、同喜同悲的密切關係的民族。雖然日本侵略時期，由於日本帝國主義的「以鮮殖滿，以日殖鮮」的殖民方針，讓中國人民對朝鮮產生了負面印象與態度，但同爲亞洲新近誕生的社會主義國家，在

〔註 56〕 王苗苗：《革命之路——中國社會主義時期文學文化想像中的「世界」（1949～1966）》，上海大學博士學位論文，2012 年，第 80～81 頁。

〔註 57〕 王苗苗也在其論文中對與此相似的內容進行了如下論述：「當時反映中國工人與非洲人民階級感情的同類文藝作品在不同程度上都會遇到如何將兩者勾連起來的問題。」王苗苗，同上，第 94 頁。

經過朝鮮戰爭之後，由於國家主導的政治宣傳與大眾敘事，中國和朝鮮逐漸成為對方「絕無僅有」的友邦。最終，清除了對朝鮮的負面認識，而在階級視角之下的朝鮮認識——「兄弟國家」、「兄弟戰友」得以形成和確立。隨著中蘇矛盾的逐漸加劇，中國與社會主義國家之間的關係也有所疏遠，這種情況之下，朝鮮成為了當時中國僅有的幾個重要的邦交國家。考慮到這些環境與條件，在生動地再現亞非拉國家反帝國主義、反殖民主義的民族抵抗方面，中國人民對抗美援朝戰爭與朝鮮的集體記憶在社會主義意識形態的角度上非常「安全」，也值得稱讚。

　　不過，筆者把抗美援朝文藝作品中刻畫朝鮮形象的特徵歸納為五十年代「朝鮮的缺席」與六十年代「朝鮮的登場」，對二者進行對照比較，這並不意味著朝鮮形象在之前的時期根本沒有出現或者這一時期朝鮮形象展現得更加真實。就像當代形象學研究者巴柔和孟華指出的那樣，異國形象最終並不是對異國社會的表現，而是對本國社會的表現。也就是說，異國形象是映像了該時期創作者（作家或作家所屬的集體）所屬的意識形態與文化空間的假想的形象〔註58〕。不過，可以確定的是，這一時期電影中的朝鮮與之前的時期相比，無論是比重還是形象的類型都進行了大幅度地調整。從這一點來看，儘管它是按照創造者（作家或作家所屬的集體）的需要進行重塑的形象，但卻表現為「相對性的登場」。由於朝鮮的登場，這一時期朝鮮戰爭被再解讀為中國援助亞非拉國家之一的朝鮮的反帝反殖民抗爭的無產階級國際主義精神，而不只是「保家衛國」的愛國主義精神。如果說，對於在後革命時代出生的青年學生們而言，亞非拉的抵抗鬥爭是對中國革命模式的生動再現，那麼朝鮮戰爭作為中國革命家們曾經共同參加的第三世界戰爭中的一部分，從某種程度上也可以說是為日後中國領導世界革命而進行的一次模擬。朝鮮戰爭是中國在建國初期惡劣的處境中，仍然為亞非拉國家的反抗運動出謀劃策盡一份力的歷史憑證，為領導世界革命的理想帶來了自信感。這種語境之中，

〔註58〕當代形象學研究者巴柔指出「異國形象應被作為一個廣泛且複雜的總體——想像物的一部分來研究」，他還指出以社會集體想像物的「形象」是「對一種文化現實的再現，通過這種再現，創作了它（或贊同、宣傳它）的個人或群體揭示出和說明了他們生活於其中的那個意識形態和文化的空間」（巴柔：《從文化形象到集體想像物》，孟華主編：《比較文學形象學》，北京大學出版社，2001 年版，第 121 頁）；孟華也指出，「一個作家筆下的形象，主要不是對異國社會（缺席的客體）的表現，而是對本國社會（在場的主體生活於其中）的表現。」（孟華主編，同上，第 9 頁）。

朝鮮是亞非拉國家的具體形象中的一個，比之前時期的抗美援朝文藝更加具體化，比重也有所增加。

因此，「朝鮮」從過去五十年代可以賦予參戰合法性的被憐憫的對象以及女性化的敘事模式中擺脫出來，被刻畫爲反抗帝國主義的被壓迫民族，包含了更加能動性、多樣性的形象。在文革前夕，朝鮮則被刻畫爲「革命接班人」戰士實現世界革命的第一個舞臺；另一方面，朝鮮的登場同時也可以在當時中朝兩國的友好關係層面上進行考察。平岩俊司在他研究當代中朝關係的著作中認爲，中國與朝鮮的關係帶有一種無法用簡單的社會主義友好國家的關係進行說明的特殊性。他所謂的中朝關係的特殊性可以概括爲幾點：首先，中國與朝鮮兩國都屬於社會主義陣營，在地緣政治學上也彼此銜接，不僅在意識形態方面，在安全保障上也緊密相連。不過，他同時指出，在漫長的歷史長河中以「唇齒關係」和「傳統友誼」爲代表的中朝傳統的關係與經濟關係也是將二者連接在一起的重要因素〔註 59〕。事實上，中國與朝鮮在社會主義政權誕生以後，未曾有過一次結成「完整合一」性的盟友關係的經歷。兩國在抗美援朝戰爭期間也曾圍繞戰爭主導權掌握在誰的手裏這一問題產生分歧，中蘇爭議時期反對蘇聯的原因也各不相同。同時，在中蘇矛盾時期，朝鮮在倒向中國這一邊的同時，也顧及考慮到與蘇聯的關係。既避免了向「中國一邊倒」，也維持了自身的「主體思想」。然而，無論如何，朝鮮戰爭以後，中朝關係非常緊密的時期基本上是 1963 年。同時，對當時被美蘇兩大陣營孤立的中國而言，第三世界是僅有的能進行交流的「唯一的世界」〔註 60〕。特別值得一提的是，無論在地理位置上還是戰略角度，朝鮮都是中國當時牽制蘇聯，以及使中國人民切身體會亞非拉民族解放的最需要的友邦。與此同時，朝鮮也利用中蘇對立謀求自身利益的最大化。

1950 年代後期，正式放出抗美援朝電影之信號彈的兩部電影——《戰友》（朝鮮，1958 年）和《友誼》（1959 年）在處理中朝友誼和國際主義精神方

〔註 59〕 〔日〕平岩俊司，Lee Jong-Guk 譯：《北朝鮮・中國關係 60 年——「唇齒關係」的結構與轉變》，首爾：선인，2013 年，第 20～22 頁參考。

〔註 60〕 錢理群也回顧說：「在遭到以美國爲首的西方世界與以蘇聯爲首的共產主義運動封鎖與孤立的情況下，中國惟一的支持者與朋友，就只有後來被稱爲『第三世界』的國家。因此，在一九六三年開始的中蘇論戰中，如何對待亞非拉民族解放運動，就成了論戰的一個重要焦點」，錢理群：《我們這一代人的世界想像》，《書城》，2006 年 06 期，第 19 頁。

面頗有趣味。兩部電影以同一主題爲基礎，就像回應對方國際主義的友愛表示一樣製作上映，朝鮮電影《戰友》於 1958 年，中國電影《友誼》於 1959 年由八一電影製片廠製作。不過，僅從內容來看，雖然同樣是表現國際主義的友愛，但二者在解讀和闡釋國際主義的方法上有所差異。這一點在朝鮮的形象刻畫方面有明顯體現。在朝鮮電影中，朝鮮人民軍所佔的比重較大，包括了與志願軍並肩作戰的內容，這才可以稱得上是以戰士之間的友情爲中心；中國的這部電影中可以看出，朝鮮的符號基本是迫切需要男性志願軍幫助的女性角色，且關注「傳揚國際主義溫情的人是誰」這一問題。這種中朝兩國對國際主義的不同想像也隱喻著中朝之間的「血盟」背後也潛藏著矛盾，這一點值得關注。1950 年代後期到文革時期製作上映的一系列抗美援朝電影中對朝鮮形象的刻畫，雖然比重和塑造的形象類型更加多樣，但並非朝鮮的實際面貌，而是與本國的政治宣傳目的相符合的形象刻畫，這一點不容忽視。下文中將以此爲切入點，以抗美援朝電影文本爲基礎，對其中具體是如何刻畫朝鮮形象的進行分析。

二、「兩個朝鮮」出現與抗美援朝意義的轉變

　　通過上一章的整理分析，可以將 1950 年代文學作品裏朝鮮形象刻畫的特徵概括爲敘事的「去男性化／去成人化」〔註 61〕，這是當時爲了向人民大眾強調抗美援朝戰爭的必要性，對人民大眾進行身心動員而採取的一種敘事策略。其結果是，遭受美帝國主義慘無人道的侵略而徹底淪落的「被保護者──朝鮮」，與他們唯一的「保護者──中國人民志願軍」一起構成了人民大眾的抗美援朝集體記憶。同時，這種抗美援朝文藝作爲情感化的政治宣傳，爲促使人民大眾在共產國際的秩序之下接受「國際主義」這一新政治理念做出了很大的貢獻。然而，在這種朝鮮敘事的特徵之下，朝鮮戰爭雖然是在朝

〔註61〕進入 2000 年代，建立了抗美援朝文學研究典範的常彬常彬對朝鮮敘事的特徵做了如下歸納：對朝鮮軍民的描寫，更多地集中於老、中、青、幼四種年齡身份段的女性／女童形象（母親、嫂子、妻子／戀人、女兒）的日常生活敘事，並給予濃墨重彩地描繪：苦難堅韌慈祥的阿媽妮（大娘）、沉重負荷下微笑的阿志媽妮（大嫂）、裙據翩躍巧笑倩兮的年輕姑娘、向志願軍叔叔撒歡親昵的少童幼女。……對朝鮮男性的描寫，除了偶然出現的老大爺形象，青壯年男性幾乎消失隱匿於文本之外，即便有所涉及，也多以他們曾經參加中國革命戰爭的「老戰友」身份定位。常彬：《面影模糊的「老戰友」──抗美援朝文學的「友軍」敘事》，華夏文化論壇・第八輯，2016 年，第 125 頁。

鮮爆發的戰爭，但朝鮮並未能佔據主導地位，最終的結果是，比起「朝鮮戰爭」，這場戰爭更多地被闡釋爲「中美戰爭」。如果說抗美援朝敘事形成期的 1950 年代是新中國成立以前時期關於朝鮮的既有記憶發生第一次轉變的時期，那麼在戰爭回顧時期的 1960 年代的抗美援朝電影中，不僅（北）朝鮮形象發生了轉變，李承晚僞軍（南韓軍）也以新近登場，由此，既有的朝鮮敘事發生了又一次的轉變（第二次轉變）。具體來看，這一變化主要如下：第一，朝鮮婦女形象發生了變化。在既有的文學作品中佔據主流的朝鮮婦女形象集中表現爲「阿媽妮」或者「大嫂」。她們照顧家庭，致力於戰後的恢複重建，在與志願軍的相處中，通常像對待兒子一樣看待和對待志願軍戰士等等。既有的朝鮮婦女形象僅僅局限在這一人物設定之中，而 1960 年代的電影中，朝鮮婦女形象逐漸多樣化；第二，朝鮮男性的登場。既有的朝鮮敘事中出現的朝鮮男性僅僅有兒童與老人。而在六十年代的電影中，人民軍與擔架隊等青壯年層男性也悉數登場，不僅有他們與人民志願軍並肩作戰的場面，而且也出現了他們痛斥美軍暴行的場景；第三，之前被排除在外的南韓軍登場，他們不僅與志願軍，也與朝鮮人民軍對峙和戰鬥。如果說「朝鮮」這一符號是解釋「抗美援朝戰爭」和「國際主義精神」的載體，那麼朝鮮敘事模式的這種變化在某種程度上也說明了中國政府主導的主流政治文化話語與五十年代逐漸不同。作爲能使六十年代中國的新革命空間——亞非拉的反帝反殖民鬥爭被切身體會的具體「再現對象」，朝鮮戰爭的意義發生了怎樣的變化和擴展，中國政府通過這種敘事策略想要展現的由中國領導的世界革命想像又是什麼？針對這些問題，本章將通過對電影文本的分析進行詳細的梳理。

1.北朝鮮形象的多樣化：作為反帝・反殖民朝鮮民族解放鬥爭的「抗美援朝」

1950 年代抗美援朝文藝中對「中朝友誼」的刻畫方式主要是展現在戰爭中失去家人需要保護的朝鮮母親、大嫂、女兒，與像守護自己家人一樣保護她們的志願軍戰士之間的「軍民魚水情」。不過，六十年代的電影中，「軍民魚水情」並不僅僅局限在被保護者——朝鮮婦女形象上。階級意識覺醒而意志頑強的婦女、朝鮮「阿巴基」與擔架隊、朝鮮人民軍等同時登場，他們爲志願軍提供實際的幫助，冒著生命危險與敵軍進行殊死搏鬥並最終取得勝利，從而展現了眞正意義上的用鮮血凝成的中朝友誼。其結果是，突破了

過去國際主義政治理念的文學闡釋所具有的局限性，這種局限性主要是指把中朝兩國關係明顯地劃分爲上下關係，以及把志願軍的援朝刻畫爲革命家庭中的家長應盡的責任。與此同時，朝鮮作爲反帝反殖民以及實現祖國解放與革命目標的「主體」登場，使抗美援朝戰爭的意義擴大爲「朝鮮民族解放戰爭」。

　　首先將通過逐漸多樣化了的朝鮮婦女形象，來梳理歸納她們與中國志願軍的「軍民魚水情」模式產生了什麼樣的變化。《友誼》（1959年）中，志願軍戰士們在押送俘虜的途中聽到槍聲，在那裡目睹了一群敵軍士兵用繩綁住無辜的朝鮮村民，並揮舞著鞭子要把他們帶走。此時，正被繩子綁著帶走的朝鮮婦女金順玉憤怒難忍，便搶過鞭子用其抽打敵軍士兵，隨後打算逃走，但不幸中彈倒地。志願軍戰士們看到金順玉尚有生命氣息，便把她帶到了他們駐紮的地方。懷著身孕又流了太多血的金順玉在志願軍和醫務人員的積極獻血和保護下，順利地生下孩子，並逐漸恢復了健康。金順玉懷著對志願軍戰士的感激之情，給孩子取名爲「友誼」。與志願軍戰士度過了一段美好時光的金順玉，爲營救在執行作戰任務中遇到危險的志願軍排長，不顧志願軍的勸阻悄悄地潛入村莊。發現了有隨時會被敵軍槍殺危險的排長之後，金順玉自稱知道其他志願軍戰士的藏身之處，從而引誘敵軍。解救排長於危險之中，並將敵軍逼到一處的金順玉將炮彈扔向敵軍，自己則與敵軍同歸於盡。不能忍受敵軍暴行而進行反擊，進而又爲了志願軍戰士犧牲自己的朝鮮婦女金順玉的形象直接刻畫了中朝兩國之間鮮血凝成的友誼。同時，《奇襲》（1960年）中出現的「媽媽」不再僅僅是五十年代文學作品中經常出現的那種強忍失去家園親人的悲傷而默默生活的慈愛形象。「媽媽」爲了見到志願軍連長方勇以進行幫助，對敵軍要求南下的命令拒不服從，而是在村莊裏等候。對此，覺得頗爲異常的南韓軍士兵對拒不屈從命令的「媽媽」進行折磨，不斷地追問其不離開村子的原因。這一部分的臺詞內容大致如下：

　　　　南匪軍：「是你這個老東西啊，你轉到這兒來啊」

　　　　朝鮮媽媽：「我這麼大的年紀要到哪兒去啊！」

　　　　南匪軍：「別自找苦頭啦，趕快搬到曦南去吧，這是美軍的命
　　令」

　　　　朝鮮媽媽：「你們的父母都是朝鮮人，爲什麼轉聽美國人的
　　話！」

最終，「媽媽」被南韓軍隊帶走，在被帶走的途中，她拒不屈服，神態自若而又義正言辭地怒斥這些士兵：「你們這些強盜、土匪！」。在方勇的幫助下好不容易才獲救的「媽媽」開始負責與朝鮮游擊隊隊長進行聯繫的任務。如此，電影中的「媽媽」比起以前更加頑強，階級意識覺醒，而且爲志願軍執行任務提供了很多實質上的幫助。換句話說，她們的性格變得更加積極。這部電影中，也首次出現了朝鮮女游擊隊員（朴金玉），在整部電影中佔了不小的比重。整部電影的緊張感主要集中在爲阻止敵方軍事物資的供給，志願軍戰士在大橋下放置炸彈這一部分，整部電影也由此達到高潮。在朝鮮游擊隊與志願軍的協同作戰順利推進的過程中，發現了志願軍蹤跡的美軍在橋上打開探照燈，悄悄渡江並在橋下放置炸彈的志願軍戰士則受到進攻。此時，爲阻止敵軍的進攻，前去切斷探照燈電線的志願軍戰士受到敵人的槍擊而受傷倒地，看到這一場景的朴金玉開槍並投擲手榴彈掩護該戰士，並替他切斷了探照燈的電源，從而將作戰帶向勝利。嚴肅且不苟言笑的表情、將長髮緊緊紮起、身著戰鬥服全身武裝的朴金玉這一形象，也宣告了作爲戰士的新的朝鮮婦女形象的誕生。《三八線上》（1960 年）中，出身於從日本侵略時期開始就一直爲朝鮮的解放與革命獻身的革命家庭的「朝鮮媽媽」登場，她當面憤怒地譴責在停戰協商之後依然虎視眈眈地企圖越過三八線破壞北朝鮮軍事作戰的美軍上校：「這是我們朝鮮人的朝鮮，不是你們美國人的朝鮮」、「多少年來日本鬼子的刺刀殺害了我們多少同胞，美國鬼子的炮彈炸毀了我們多少城市、鄉村。家破人亡，妻離子散。可是你們還是不夠，你們這些美國強盜又把這些日本戰犯養起來繼續殺人。吃人不眨眼的美國強盜，你們給我滾出朝鮮去。」如此，六十年代電影中出現的「朝鮮媽媽」，不再是失去兒子終日以淚洗面的軟弱受害者形象。同時，她們也不再僅僅停留在像對待兒子一樣對待志願軍戰士、給他們做飯洗衣服的慈祥母親形象，而是轉變爲能聲討美軍暴行、義正言辭地要求美軍撤離朝鮮的階級意識覺醒的頑強母親形象。上述六十年代逐漸發生變化的朝鮮婦女形象，不再像過去的文學作品中那樣扮演著使志願軍想起舊社會的痛苦、感受到不久之後又要回到過去的危機感的被動的「鏡子」角色，而是作爲朝鮮解放與實現革命的主體中的一員，被刻畫得更加堅韌更加頑強。

1960 年代抗美援朝電影中，除了上述多樣化了的婦女形象以外，也有朝鮮老大爺登場，突破了既有的「軍民魚水情」模式中的「朝鮮母親與志願軍

兒子」的關係，進一步擴展爲「朝鮮阿巴基與志願軍兒女」模式。尤其是文革前夕問世的兩部電影《英雄兒女》（1964 年）與《打擊侵略者》（1965 年）中，「朝鮮老大爺」作爲重要的人物登場，其形象所包含的意義也不盡相同，這一點值得關注。首先，在由巴金的中篇小說《團圓》（1961 年）改編而成的電影《英雄兒女》中，「朝鮮老大爺」金正泰在原小說中並沒有出現，而是電影中新塑造的人物。小說《團圓》雖然主要講述了老革命家在朝鮮戰場上與失散多年的女兒重逢的故事，但小說中朝鮮只是「舞臺」，在小說的整體敘事中並不是非常重要的對象。因此，這部小說中，「朝鮮」僅在闡述哥哥王成在朝鮮戰場上壯烈犧牲之後王芳仍然保持樂觀心態的原因之時出現過一次。親眼見到了很多在戰爭中失去親人但依然堅韌頑強的朝鮮婦女之後，王芳也收起了自己的痛苦和悲傷。同時，此處也穿插講述了一個給王芳教唱朝鮮歌曲的少女的故事：「我知道劉老大娘的外孫女。外孫女今年十八歲，幾個月前跟著母親來看外婆，在路上母親給敵人炮彈打死了。她親手埋了母親，一個人走到外婆家來，就跟著外婆一塊兒生活，白天在外面種菜，晚上在家裏紡線。」〔註62〕這部小說雖然創作於 1961 年，但因美軍的轟炸而失去親人的朝鮮少女與奶奶相依爲命的這種情節設定，並沒有完全脫離 1950 年代的「女性化朝鮮敘事」的模式。與此相反，電影中的朝鮮敘事進行了大幅度地修改和增加：給王芳教唱歌曲的朝鮮姑娘，以及年幼的女孩都出現。

　　但是，影片中最大的變化在於老大爺「金正泰」代替了老大娘的登場。他在電影的開頭幫助志願軍政委王文清的部分中首次出現，王文清駕駛戰地吉普車，在由於敵人空襲而產生的炸彈坑處無法通過之時，老大爺叫來了周圍的朝鮮人一起幫忙把吉普車抬了過去。王文清問他這個方案可不可行之時，稱呼他爲「阿巴基」，並對他表示感謝。對於他的外貌，劇本中進行了如下的刻畫：「一位年近六十歲、鬢鬢蒼蒼、身體結實的朝鮮老大爺——金正泰，用木架背著一塊大石頭，掛著木棍來到炸彈坑邊……」〔註63〕。與既有的文藝作品中對朝鮮形象的刻畫相比，「身體結實的朝鮮老大爺」的出現是朝鮮形象產生的變化中非常顯著的部分。誠然，電影中僅僅出現了兩次的金大爺並不能稱得上是主要人物，但朝鮮「阿巴基」——金大爺的出現給觀眾們留下

〔註62〕巴金：《團圓》，轉載於《巴金全集》第十一卷，北京：人民文學出版社，2005年，第 543 頁。

〔註63〕毛烽、武兆堤改編：《英雄兒女》，北京：《中國電影出版社》，1965 年，第 5頁。

了非常深刻的印象。1965 年這部電影上映之時，各方對金大爺形象的評價大致如下：《談〈英雄兒女〉》中記錄了軍隊系統在觀看了這部電影之後，空軍某部隊戰士及演出隊隊員等的觀後感。在《英雄形象在鼓舞著我們》這篇觀後感中，空軍某部的趙蘭田把金大爺的形象概括爲兩次「抬」的行動，並進行了如下評價：「一次是王主任上前線的路上，彈坑擋住了去路，金大爺和朝鮮老鄉幫著把吉普車抬過了彈坑。另一次是當王芳因救護炊事員負了傷，在送往後方醫院的路上，橋被炸毀，不能通過，金大爺和幾個朝鮮老鄉用擔架把王芳抬過了冰河。這些動人的場面，感人至深，充分反映了中、朝兩國人民用鮮血凝成的戰鬥友誼。這種鋼鐵般的團結是所向無敵的。今天美帝國主義膽敢再挑起戰火，中、朝兩國人民會更牢固地團結在一起，並肩作戰，粉碎敵人的任何堡壘。」〔註 64〕如果說他把金大爺評價爲「中朝兩國人民之間鋼鐵般團結的象徵」，那麼在該文章中同時被提及的另一篇觀後感《幾點感想》的作者——空軍某部戰士業餘演出隊隊員、五號戰士王寶生則對金大爺這一人物進行了高度評價，他將其評價爲「朝鮮人民的英雄形象」，他寫道：「影片通過金大爺這個人物，描寫出了朝鮮人民偉大的英雄形象以及對志願軍無比的熱愛，體現出中、朝人民用鮮血凝成的友誼。」〔註 65〕這兩位觀眾的評價，可以說已經將筆者眼中「朝鮮男性登場」的意義全部涵蓋。不過，對於朝鮮「阿巴基」的意義，有必要在五十年代性別權力話語模式下的中朝友誼刻畫及差異的角度進行分析。在描述中朝友誼與國際主義精神方面，朝鮮「阿媽妮或女性」與志願軍「兒子或男性」的性別權力話語模式是五十年代朝鮮敘事最大的特點之一。也因此，在大眾想像之中，中朝友誼並非互惠互利的關係，而表現爲中國單方面援助朝鮮；同時，國際主義精神也更接近一個家庭之內家長理應保護朝鮮女性（就像自己的媽媽、妹妹、嫂子和女兒一樣）的責任。不過，金大爺以「阿巴基」這一象徵家庭內部家長的身份出現，填充了之前由志願軍戰士擔當的朝鮮男性符號。金大爺第二次出現的場面尤其值得關注：小劉爲將負傷的王芳送往醫院打算渡江，但由於敵軍的空襲大橋已被毀壞，車輛無法通過。金大爺望著負傷的王芳，焦急地直呼她的名字，勉強有了一點意識的王芳喊了他一聲「阿巴基」之後又再次昏了過去。金大

〔註 64〕趙蘭田等：《談〈英雄兒女〉英雄形象在鼓舞著我們》，《電影藝術》，1965 年第 01 期，第 17 頁。

〔註 65〕同上，第 21 頁。

爺就像自己的親女兒受傷了一樣，沒有絲毫的猶豫便準備帶著王芳渡江。江水已經結冰，江面浮著冰塊，嚴寒刺骨，敵軍從天而降的空襲持續不斷。在如此危急的狀況之下，金大爺毫不猶豫地渡江，雖然在敵人的空襲中受傷，但爲了營救王芳，他並沒有停止渡江。如此冒著生命危險營救了王芳的朝鮮金大爺形象，無疑是擺脫了之前作爲受害者形象出現的朝鮮敘事特徵的一大變化。同時，金大爺也被評價爲「無數英雄的朝鮮人民的化身」。在既有的文學作品中，「英雄的朝鮮人民」這一修飾語主要用來形容在戰爭中失去兒子、丈夫和父親但卻並未陷入絕望而是投身祖國建設生產的朝鮮婦女。不過到這一時期，「英雄」這一稱號的範圍延伸到了能體現中朝之間鮮血凝成的友誼的朝鮮人民軍與朝鮮男性身上。

在1965年上映的《打擊侵略者》中，同樣有作爲朝鮮父親形象的「金大爺」出現，不過與《英雄兒女》中的金正泰相比，這一形象具有不同的意義。金大爺是在後方受到志願軍的幫助而努力耕田勞作的「農民」，也是在朝鮮半島南側活動的朝鮮游擊隊隊長金哲奎的父親。金大爺這一朝鮮老大爺的形象，在整個故事中隨著丁大勇出生秘密的揭開，具有更加特別的意義。通過跟隨祖國慰問團訪問戰線的丁大勇的母親之口，丁大勇出生的秘密被揭開：「大勇的這條命還是丁大伯用自己的小孫子換來的！那年他爸爸犧牲之後，白匪軍就派人四處抓我們娘兒倆，我們在村裏呆不住了，把大勇寄養在丁家墟的貧農會員丁大伯那裡，我就去找紅軍了。那時大勇才兩歲，恰好跟丁大伯的孫子一般大。白狗子又打聽到梅國良（大勇的父親）有個孩子留在村裏，就把丁大伯的孫子和大勇一起抓了去，查來查去查不清究竟哪個是大勇。後來，白狗子就定了一條毒計，兩個娃娃只准抱回一個，丁大伯狠了狠心就把大勇抱回來了……可是那些吃人的白狗子們哪！把丁大伯的孫子扔進火裏活活地給燒死了！」〔註66〕志願軍戰士們在聽到爲營救革命家的兒子大勇而犧牲了自己親孫子的貧農丁大伯的故事之後備受鼓舞，學習和鬥爭的熱情高漲，紛紛高喊：「我們要學習丁大伯這種捨己爲人的高貴革命品質，堅決打好一仗，徹底粉碎美帝國主義的侵略陰謀！」〔註67〕接下來繼續來看金大爺的朝鮮老大爺形象。他是一個農民，由於飛機空襲而失去了妻子和兒媳，自己

〔註66〕曹欣、鄭洪改編：《打擊侵略者》，北京：中國電影出版社，1965年，第37～38頁。
〔註67〕同上。

仍然在後方默默地耕田勞作。兒子是一位志願軍戰士，正在朝鮮半島南部爲了朝鮮民族的解放與敵軍進行戰鬥。既是朝鮮農民又是革命戰士父親的金大爺，與出身中國農民、忍受骨肉犧牲又培養出革命戰士丁大勇的丁大伯形象是否有所重疊呢？在這部電影中，朝鮮父親金大爺形象具有的意義超越了單純的熱愛中國志願軍的「朝鮮阿巴基」形象，躍升爲具有革命的「無產階級身份」的朝鮮與朝鮮人民共和國的革命譜系。

1960 年代電影中「用鮮血凝成的中朝友誼」不僅限於上文提到的中國志願軍與朝鮮人民之間的「軍民魚水情」模式，也表現在朝鮮人民軍與游擊隊相繼出現，和志願軍一起同美軍進行戰鬥。事實上，戰爭中的「男性」，更加確切地說，「男性的身體」比任何時候都更被認同爲國家的「主體」。因爲在決定國家存亡的戰爭非常時期，男性身體的本身就代表著一種能左右戰鬥勝負的「戰鬥力」。如此，在重新再現決定敵我性命的戰爭電影中，「誰來擔當男性的角色」這一點自然地成爲了主要描述對象。眾所周知，1950 年代中國的抗美援朝戰爭文藝中，中國志願軍獨佔了「男性」這一符號，朝鮮男性、尤其是人民軍因有與其重複的可能性，因此被有意地去除。不過，1960 年代中國志願軍與朝鮮共同擔當「男性」角色的這一點，是與之前時期朝鮮敘事相比最明顯的變化。當然，應該知道的是，由於抗美援朝電影的主旨在於宣揚中國人民志願軍的英雄面貌，因此在大部分的電影中，朝鮮人民軍與游擊隊的角色基本上是在志願軍戰略戰術的指揮下進行協助和提供輔助性支持。儘管如此，1960 年上映的兩部電影《三八線上》和《烽火列車》中，朝鮮人民軍與鐵路工人的出現及其意義仍然值得關注。首先，電影《三八線上》中，在可以稱得上戰爭片高潮的向敵人問罪並嚴懲敵人的場面中，並沒有志願軍出現，取而代之的是人民軍師團長的全面登場，這一點頗有趣味。這部電影中，雖然朝鮮戰爭停戰協定已經簽署，但美軍上校哈里森仍密謀派遣特務越過三八線刺探北韓的軍事作戰情報，最終以失敗告終。由於這個問題，朝鮮半島的南北兩側展開共同調查，以確認美軍是否有違反停戰協定的行爲。不過，在以三八線爲界進行的共同調查中，南側以美軍上校戴維斯爲代表，與此相反，並非志願軍的人民軍師團長則以北側代表身份登場。事實上，既有的抗美援朝電影中，雖然人民軍的比重逐漸增加，但在殲滅敵人和審判敵人的決定性關鍵場景中仍然是志願軍擔綱主力。但在這部電影中，痛斥美軍上校哈里森的人物角色卻是身穿軍裝、表情嚴峻且正義凜然的人民軍指揮官。

他指責哈里森上校：「停戰以來，美帝國主義好戰分子不僅主導緊張局勢阻撓朝鮮問題的和平解決，而且不但從天空、地面派遣特務偷越軍事分界線，到北方刺探我方的軍事情報。」「你方不僅派遣特務越界搗亂，更惡毒的是竟公然違反國際法使用日本戰犯在朝鮮進行長期的特務活動。這是朝鮮人民和全世界愛好和平的人民不能容忍的！」在這一場景中，志願軍指揮官與戰士們只是站在痛斥美軍的人民軍指揮官的旁邊靜靜地觀望，時不時地點頭表示認同，也並沒有說話。

朝鮮人民軍全面登場直接痛斥美帝國主義的場景，把為了祖國解放和革命勝利而孤軍奮鬥的朝鮮刻畫地更加接近朝鮮戰爭的「主體」。其結果，是朝鮮戰爭的意義延伸為第三世界民族解放戰爭的再現對象。另一部電影《烽火列車》中，描述了為修理前方被毀壞的鐵路而避開敵軍空襲向朝鮮運送材料的鐵道運輸隊進行活動的場景。這其中，中朝兩國鐵路工人的友誼是電影的重點描述對象。負責當地線路指導的朝鮮金隊長與英勇的運輸隊一起衝出了敵軍的跑火，勇敢地向前推進。從一開始就互相稱呼「同志」、非常親近的他們在聽了金隊長不幸的家庭遭遇（妻子被美軍抓走後死亡，母親和兒子和生死不明）之後非常憤怒，紛紛表示要一起打倒美帝國主義。在朝鮮的民家吃了老大爺和大嫂做的美味菜肴之後乘坐火車返回的途中，因敵機投下的定時炸彈而使任務執行受到影響之時，他們不分國籍，紛紛冒著生命危險要前去拆除定時炸彈。另外，由於敵軍的轟炸火車開始起火，此時他們絲毫沒有猶豫，爭先恐後地跑去拆除起火的火車車廂。這種選擇和行為，對他們而言，就像身處自己祖國的一個組織那樣極其自然，在英雄的形象刻畫上，朝鮮金隊長的人物形象與志願軍相比也絲毫不遜色。成功地完成了任務之後，朝鮮金隊長也一同來到了運輸隊司機長劉峰的家裏，在那裡他知道了自己生死未卜的母親和兒子一直受到劉峰母親的幫助和保護。此時，沉浸在喜悅中的兩個中朝家庭互相稱呼對方「母親」和「兒子」，整部電影在這種愉快的氛圍中落下了帷幕。通過這種情節，鮮血凝成的中朝友誼超越了單純的戰友之愛，被刻畫為一個超越了國境的「階級家庭」。

2.南韓軍的出現：「一分為二」冷戰格局下兩個世界的對立

1960 年代抗美援朝電影的特別之處，既有上文所述的朝鮮人民軍的出現，同時也有在前一時期大眾敘事中被雪藏的「李承晚偽軍」，即「南韓軍」的登場。在社會主義革命時期抗美援朝敘事中，「朝鮮」都是指代「北朝鮮民

主主義人民共和國」（今北韓／北朝鮮），因爲在當時中國社會主義意識形態的視角上，僅承認與自身爲同一理念體系的「北朝鮮」，「南朝鮮」（今韓國／南韓）則被認爲是受到李承晚僞軍壓制、亟待解放之地。然而，在朝鮮戰爭時期，南韓是這場戰爭的主要當事國之一，也與中國志願軍進行了多次戰鬥，因此對於志願軍而言，它是與美軍一樣的主要敵人。但是在 1950 年代抗美援朝主題的文學中，南韓敘事幾乎處於缺席狀態〔註 68〕。其原因大致可以歸納如下：首先，從軍記者未被允許前往三八線以南，同時寫作必須完全在國家主流話語允許的範圍內進行；第二，把美軍作爲志願軍的主要敵人，通過濃縮「中美對決」來強調新中國的崛起，同時也是爲了防止人民大衆出現認識上的混亂。不過，當時朝鮮的狀況是在朝鮮戰爭停戰之後南北分裂進一步加劇，南北韓雖然都強調自身的正統性，互相併不承認對方爲國家。但是總之，過去曾是一個整體國家的朝鮮分裂成爲南韓和北韓兩個理念完全不同的國家。同時，在之前五十年代抗美援朝文學敘事中處於空白狀態的「南韓」雖然僅僅局限在「南韓軍」，但在六十年代發生了變化的世界格局之中，隨著中國的政治文化需要也開始出現。抗美援朝文藝中南朝鮮和北朝鮮軍人的出現也意味著中國正面對待「分裂的兩個朝鮮」，並遇到使人民大衆區分「我軍」——北韓軍與「敵軍」——南韓軍的問題。爲了成功地對二者形象進行區分，中國以何種視角看待朝鮮，南韓軍的出現又帶來了怎樣的效果？針對這一問題，下文將通過具體的文本進行梳理和分析。

正式描述南朝鮮軍人與北朝鮮軍人形成對峙，並使人民大衆直面冷戰秩序之下「分裂的兩個朝鮮」的作品是《三八線上》（1960 年）和《打擊侵略者》（1965 年）。首先，電影《三八線上》的背景是 1953 年 7 月朝鮮戰爭剛剛停戰之時。對於停戰的消息，中朝軍人與朝鮮人民歡欣鼓舞，但美軍以停戰爲藉口，虎視眈眈地伺機尋找反擊的機會。爲了進行反擊，美軍上校哈里森屢次越過分界線企圖刺探北韓狀況，但均以失敗告終。哈里森叫來南韓軍喬先生，命令他直接執行任務，與他一起執行任務的人還有日本軍派來的「六號」——朝鮮人春生，他作爲特務與喬先生一起前去執行任務。他們的任務是從藏身在北韓的日本戰犯山本太郎處獲得北韓的軍事情報。這部電影的關鍵點是出生之後的經歷頗有秘密色彩的春生。他五歲時受到敵人的欺騙，他們謊

〔註68〕路翎的長篇小說《戰爭，爲了和平》幾乎是唯一一部描述了生活在三八線以南的南韓人民與李承晚僞軍的形象作品。相關內容參考第一章第二節。

稱他的父母被共產黨殺害，之後他在日本人山本太郎的撫養下長大，並一心
想著要為父母報仇雪恨。春生與南韓軍人喬先生一起偽裝成人民軍，越界從
山本太郎那裡成功獲得北韓軍事情報。不過，在返回的途中身份暴露而受傷，
最終被志願軍戰士抓獲，並知道了他負傷後暫時藏身的民家的朝鮮大嬸竟是
自己的親生母親。母親告訴了春生他小時候發生的事情的真實情況，這時他
才意識到自己一直受到日本戰犯山本太郎的欺騙：「那是 1938 年秋天，咱們
住在中國東北的一個村子裏，你父親是游擊隊的事務長。有一天，你父親下
山來給游擊隊籌糧。日本人把你父親抓了去，要他供出游擊隊駐紮的地方，
你父親非要不說，他們就把你父親活活地給埋了！逼死前你父親他喊著『打
倒日本帝國主義，共產黨萬歲！』那時候，你哥哥永生十三歲，在游擊隊當
號兵。你才剛剛五歲。日本人活埋了你的父親還不甘心，還把我弔在大樹上，
要我說出村裏誰是共產黨員來，我說不知道。他們就架起火來，要把我燒死，
就在這個時候，抗日聯軍來了，打跑了鬼子救了我。也就是從這以後，我再
也沒見到過你」〔註 69〕。

　　通過母親之口揭開的春生的家庭史中，春生的父親是日本侵略時期的共
產黨員和抗日游擊隊隊員，春生的哥哥原來當號兵，後來成為人民軍戰上，
是在漢城解放中光榮犧牲的人民英雄。春生的母親被中國志願軍戰士稱為
「阿媽妮」，可以說是「軍民魚水情」的標本。春生的家庭史從抗日開始一直
貫穿到抗美，可以稱得上現在社會主義朝鮮的革命譜系。這與春生成長的
道路和經歷截然相反。母親轟走春生，對他喊道：「你哥哥永生為了保衛祖
國在解放漢城的戰爭中英勇犧牲了，祖國人民追認他為共和國英雄，可你，
你是個特務，是祖國人民的叛徒，我不要你這樣的兒子！」〔註 70〕春生母親
對春生所走的人生道路進行了全盤否定，她的臺詞中，「朝鮮」的正統性一
直延續到春生的父親與哥哥同日本帝國主義、美帝國主義反抗並守護至今的
「社會主義朝鮮人民共和國」。與此相反，春生所走的路是被日本帝國主義欺
騙的「歧路」，是「人民的敵人」，代表著反共、日美帝國主義及其走狗「南
韓軍」。

　　如果說《三八線上》是通過春生的家庭史用間接的方式表現出對「兩個
朝鮮」的二分法認識，那麼在文革前夕的 1965 年上映的《打擊侵略者》則用

〔註 69〕電影《三八線上》，1960 年，八一電影製片廠拍攝。
〔註 70〕同上。

視角性策略更加直接和生動地刻畫了冷戰視野下的南韓軍與北韓軍。這部電影中尤其值得注意的，是南韓軍團長的外貌和南韓軍指揮部內部的形象。劇本中的描述如下：「公路旁的山窪裏，有一座圍在鐵絲網裏面的臨時修造的軍用木屋，那便是李僞軍白虎團團部。屋內，板壁上懸掛著艾森豪威爾和李承晚的相片。相片下面坐著白虎團團長白昌璞，他有四五十歲，滿臉橫肉，頭剃得光光的，身著美式軍服，但形容舉止卻像個日本軍人。從他坐著的姿式看來，那伸得直直的腰板，岔開的兩腿，以及那雙支撐在膝上的微曲的雙臂，都顯示出他是受過嚴格的『武士道』精神訓練的『武士』」〔註71〕。在電影中出現的南韓軍團長白昌璞雖然仍身穿美式軍服，但其形象卻能使人聯想到日本武士。隨後，在執行任務的過程中被抓來的朝鮮游擊隊隊長金哲奎登場，從二人的臺詞中可以知道以下事實：金哲奎從日本侵略時期到現在一直爲了朝鮮的獨立而鬥爭。南韓軍團長白昌璞上校在過去的日本侵略時期依附於日本憲兵，現在又是歸順於美帝國主義的南韓軍人，自始至終都是加害無辜朝鮮人民的賣國奴。通過這種南韓軍敘事的特徵，我們可以看出在六十年代抗美援朝大眾敘事中「如何看待被分裂的兩個朝鮮」：首先，從過去傳統的中朝關係時期一直延續到日本帝國主義侵略時期的「一個朝鮮」的認識被完全打破，取而代之的是以「剝削階級與被壓迫階級」這種「階級視角」將其二分爲南朝鮮和北朝鮮。不過這裡需要注意的是，南朝鮮並不是完整的國家，而是被進一步二分爲剝削階級李承晚僞軍的「部分反革命勢力」與居住在南韓的被壓迫階級「善良的人民」〔註72〕。第二，對朝鮮的「階級認識」

〔註71〕 曹欣、鄭洪改編：《打擊侵略者》，北京：中國電影出版社，1965 年，第 9 頁。

〔註72〕 這部電影中出現的南韓僅有南韓軍人的形象，南韓人民的形象並沒有直接出現，而只是通過南韓軍和北韓軍士兵的眼睛與口頭描述得以被間接地、意識形態性的「想像」。例如，《三八線上》中，通過潛伏在僞首都師白樸團做打字員執行任務的朝鮮人民軍女戰士尹玉善，南朝鮮人民的生活狀況得以被呈現。她拿到了朝鮮游擊隊員金哲奎隨身攜帶的敵人的進攻計劃，完成了任務之後爲了回到朝鮮人民軍聯絡部而越界。此時，恰好被正在附近偵查的志願軍戰士發現，在說明是「自己人」之後請求他們將她送回聯絡部。上司命令志願軍丁大勇執行將她送回人民軍聯絡部的任務，執行任務之時，因她是不是「自己人」這一點尚未得到確認，因而將其雙眼蒙著帶到吉普車上出發。在車輛行駛的過程中，丁大勇對待她的態度生硬不親切，蒙著雙眼坐在吉普車內的她在路上不停地訴說自己在南朝鮮過得多麼痛苦、回到自己的祖國有多麼開心：「同志，我真憋不住啊！你不知道……」「我在敵人窩裏工作，那是個地域呀！在那裡我哭不能哭，笑也不能笑，不敢說錯半句話，也不敢多

增加了一個「安全裝置」：給美帝國主義走狗南韓軍添加了過去日本帝國主義侵略者走狗的身影，進而使日本侵略時期中國人民對朝鮮的負面認識——「高麗棒子」（與南韓軍直接關聯）從社會主義朝鮮身上徹底分離出去。事實上，這種朝鮮認識從建國初期的抗美援朝戰爭時期開始就在官方敘事中被大規模宣傳。

但是，從前文的分析中可以看出，五十年代大眾敘事與官方敘事的宣傳策略不同，它並沒有採取通過李承晚匪幫區分「高麗棒子」的策略，（由「高麗棒子」得以被區分的）李承晚匪幫與南韓人民，也即南韓有關的符號均被隱藏而處於「缺席」狀態，以此來重新建立對朝鮮的記憶〔註73〕。不過，要等到六十年代作為大眾影像媒體的電影中，五十年代戰爭時期官方敘事的「階級視野下的朝鮮認識」才開始在人民大眾之間普遍傳播和確立。一方面，《打擊侵略者》中，在南韓軍的進攻之前，朝鮮游擊隊隊長金哲奎身處將被殺害的危機之中。但他不懼死亡，在死亡面前依然泰然自若地怒斥白昌璞上校，並堅信人民將會取得最終的勝利，他說：「勝利　定屬於人民！」「我个過是滄海的一滴水，可是千百萬勞動人民，有力量阻止你們進攻，也能徹底地消滅你們！」〔註74〕。上述南韓軍與朝鮮人民軍的正面對峙，並沒有僅僅停留在使大眾認識到冷戰秩序下的兩個朝鮮這個目標上，抗美援朝戰爭也並沒有像過去一樣被刻畫為「中美戰爭」，而是力圖強調朝鮮的作用，並將其闡釋為與美帝國主義及其走狗進行對抗的「朝鮮民族解放鬥爭」。同時，在階級意識之下，敵我分明的「兩個朝鮮」的冷戰對立，（這兩個朝鮮的形象）與中美、日本軍直接關聯，形成了冷戰秩序下的巨大「陣營」。譬如，在《打擊侵略者》中，志願軍與人民軍的並肩作戰並沒有像其他電影一樣僅僅停留在電影開始部分進行電話通話或其他形式上的程序，而是中朝的兩個指揮官會面一起制

說一句話。我好容易回到自己的家了，我感到一切都是新鮮的，就連一草一木我都感到可親，我心裏都有說不出的高興。我早就想到，只要一回到自己人中間，我就說個沒有完，我要把南朝鮮同胞的苦楚，把我回到家裏的換了都說出來。向同志們嚷，向親人們喊。」通過她的臺詞可以看出，南韓和北韓被鮮明地分為「人民的天國與地獄」，南朝鮮的人民被視為同一個被壓迫階級的「同胞」，而在遭受李承晚偽軍的壓迫、像地獄一樣的境況裏殷切期盼祖國解放的人民則被刻畫為「自己人」。

〔註73〕具體內容請參考本文第一章第三節第二部分。

〔註74〕曹欣、鄭洪改編：《打擊侵略者》，北京：《中國電影出版社》，1965年，第46～47頁。

定作戰計劃並抗戰到最後。

在進行激戰的鷹峰，中朝戰士一起爬上山峰阻擋敵人的退路，進而將敵人一網打盡的決定性場景令人印象非常深刻。在「十七年」時期革命戰爭片中，突顯英雄人物的場景設置一般是在戰鬥的最後時刻，以雄壯的音樂為背景，英雄人物在高處挺身站立，手裏拿著武器，鏡頭從低角度向上拍攝，英雄人物背後的天空中閃耀著曙光。不過，在這部電影中，被塑造為英雄人物的志願軍丁大勇站在鷹峰之上，自豪地俯瞰我軍將敵人一網打盡的場景之時，他的兩邊站著朝鮮人民軍金哲奎和尹玉善，他們與丁大勇一起「分享」英雄形象的地位。由此可以想像導演為了通過這一設定來重點描述中朝友誼花費了多少心血。不僅如此，通過這部電影的插曲也能發現，這部電影並非聚焦志願軍的英雄形象和愛國之心，而是重點刻畫中朝兩國在共同抵抗美帝國主義中用鮮血凝成的友誼。《打擊侵略者》的插曲《要用戰鬥保衛和平》歌詞如下：「啊……鴨綠江約波濤洶湧，白頭山約巍然不動，江面上漂浮著血跡，山頭上布滿了彈坑錦繡江山中朝相連，怎能讓強盜任意侵犯。啊……白頭山約，睜大憤怒的眼睛，啊……鴨綠江約發出你的戰鬥吼聲，看……中朝人民親如弟兄，頂著風雪迎著黎明，狠狠打擊美國強盜，要用戰鬥保衛和平。中朝人民親如弟兄，頂著風雪迎著黎明，狠狠打擊美國強盜，要用戰鬥保衛和平。中朝人民親如弟兄，頂著風雪迎著黎明，狠狠打擊美國強盜，要用戰鬥保衛和平。要用戰鬥要用戰鬥，保衛和平。要用戰鬥保衛和平、要用戰鬥保衛和平、要用戰鬥保衛和平」。

通過這部電影以上的種種設定可以斷定，如果說之前抗美援朝戰爭敘事的焦點更加接近「保家衛國」的話，那麼現在的焦點則是「保衛和平」，其對象是祖國、朝鮮以及整個世界。正如上文中志願軍與人民軍一起形成了一個陣營一樣，南韓軍與日本、美軍也形成了一個陣營，且兩個陣營同時出現，這一點值得關注。換句話說，南韓軍從過去到現在都被刻畫為帝國主義的走狗和賣國奴。《打擊侵略者》中南韓軍白昌璞上校甚至穿著美式軍服依附於美軍，但外貌和行動卻使人能聯想起日本武士，這也給南韓軍形象增添了日本侵略者的身影。同時，日本依然虎視眈眈地企圖讓帝國主義死灰復燃，美軍則被刻畫為既對日本進行援助同時又統領指揮日本和南韓軍的領導者。如此，六十年代抗美援朝電影在形象塑造主要分為敵我兩個陣營，這是冷戰格局中全球兩大陣營對立局面的縮影和體現。其結果是，抗美援朝電影履行

著宣傳冷戰文化的政治文化功能。同時，對「美國－日本－南韓軍」這一敵軍陣營的形象刻畫，也給在此前的抗美援朝文藝中未能取得成功的美軍形象塑造賦予了很強的生動感。事實上，抗美援朝文藝想要表達的主題之一就是向人民大眾傳達「即使是擁有現代化武器、最強大的美軍，在中國志願軍的英雄無畏和戰略戰術面前都和紙老虎一樣」這一信息。那麼，文學作品中擁有現代化武器的精銳部隊美軍的形象，需要通過精心塑造才能達成。五十年代抗美援朝作品中描述的美軍多是怕死鬼的少爺兵和被單純醜化、漫畫化的形象，這自然無法有說服力地表達和呈現這一信息。不過，六十年代電影中「美軍－日本－南韓軍」這一敵軍陣營的出現打破了過去抽象和粗略的美軍形象塑造的局限，它以日本帝國主義侵略時期的歷史為動力，把美軍刻畫為朝鮮戰爭的總指揮和資本主義陣營的頭目，它利用日本和南韓軍，將它們作為其侵略亞洲的跳板，由此給美軍的形象塑造賦予了較強的說服力和生動性。

　　對於電影而言，具體產生了怎樣的效果呢？首先，五十年代官方敘事中的朝鮮戰爭認識得到了重現：美帝國主義重蹈過去日本帝國主義侵略亞洲的覆轍，它以朝鮮為跳板企圖侵略中國並最終佔領整個亞洲。例如，《三八線上》中，美軍上校哈里森在朝鮮戰爭停戰之後依然制定重啟戰爭的計劃。他命令南韓軍士兵越界去尋找日本戰犯山本太郎截取零零二號軍事情報。南韓軍與日本軍、以及主導它們的敵軍頭目美軍就這樣形成了資本主義陣營的三邊關係。這種陣營化了的敵軍形象刻畫，使中國人民自然地回想起過去日本帝國主義侵略時期痛苦的集體記憶。同時，美軍對日本進行再次武裝的行為把「沿襲日本侵略之路侵略整個亞洲」這一官方敘事成功地融入到電影中，最終過去的民族矛盾與現在的階級矛盾融為一體。第二，形成了美軍、日本、南韓軍這一排序。在六十年代電影中，美軍被刻畫為對南韓軍下發命令的司令部形象，而接受其命令的南韓軍則被設定為志願軍與朝鮮人民軍的對立方。這種設定的有趣之處在於，過去文學作品中塑造美軍形象的要素——醜化、怕死鬼、粗暴等特徵大部分被轉移到南韓軍形象的塑造上，這可以看作是由於敵軍陣營的等級排序而產生的結果。例如，《奇襲》中出場的南韓軍運輸隊長臉上長著非常大的黑痣，部下稱該地是「共產軍」經常出沒的區域，因此向他提議盡快撤離，對此他破口大罵將其轟走；他手下的某士兵誤以為是「共產軍」向林中開槍之後，他對其拳腳相加。埋伏在附近暗中觀察到這一切的

志願軍出現在他們面前，兩個人假扮「美八軍五十團」的美軍，連長方勇假裝爲南韓軍的口譯兵，他們嚴肅地批評了運輸隊長的工作態度。運輸隊長並沒有理會看著像南韓軍的連長，而是向著美軍士兵走去，卑微地笑著點頭哈腰並要爲他們點煙。這時假扮爲口譯兵的連長用嚴屬的聲音呵斥他們：「你們不知道這附近有共產軍在活動的報告嗎！」運輸隊長看著發怒的美軍，趕緊駕車慌忙地離開了那裡。此外，電影還描繪了夜間站崗時南韓軍士兵鬆懈的形象，他們在坑道裏面喝酒睡覺，忽然遭受志願軍的進攻，此時他們是驚慌而不知所措的怕死鬼形象。從過去到現在一直都是帝國主義走狗和賣國奴形象的南韓軍，被塑造爲比美國和日本更加醜陋不堪的形象。

另一方面，隨著南韓軍的出現，美軍的形象刻畫不再是一味醜化，而是試圖通過它揭露資本主義文化的消極面。1950 年代以來，冷戰時期以美國爲代表的資本主義文化在中國主要是以頹廢的形象被宣傳，在抗美援朝文藝中，美軍也被刻畫爲沉迷於酒和女色的負面形象。1960 年代抗美援朝主題的電影中美軍形象塑造的重點是將其刻畫爲資本主義陣營的頭目，從而生動地揭露物質萬能主義和頹廢的文化。首先，在電影中出現的美軍總部幾乎都有煙和酒出現，且美軍上司身旁時常有像秘書一樣的女士兵出現。美軍女士兵穿著裙子，用帶著嬌媚的聲音說話或者嘴裏含著煙翹著二郎腿，這與身爲「戰士」和「階級意識覺醒的女性」、且「女性」特有的性別符號幾乎被去掉的人民軍和志願軍的女性戰士形象形成鮮明的對比。此外，也強烈地諷刺了只要有錢就萬事俱備的資本主義的物質萬能主義。例如，《三八線上》中出現了志願軍戰士嚴詞拒絕企圖用物質和金錢來套取軍事情報的美軍 MP，痛斥資本主義體制中拜金主義的場景〔註 75〕。與此相反，美軍上校哈里森向南韓軍士兵喬先生布置越界任務的場景中，喬先生聽到哈里森的提議之後剛開始以身體不好爲由拒絕，但當哈里森提出給錢之後，他立刻說著「爲了我們共同的利益」而欣然答應。這些對資本主義陣營負面形象的刻畫與志願軍的形象（人民的軍隊、高尚的精神、親人一樣的上下關係等）形成了鮮明的對比，清晰地展現出靠錢運作的軍隊和一切爲了人民與世界和平的人民軍隊，也即共產主義和平陣營的不同之處。

上文中通過對六十年代抗美援朝電影文本的分析，歸納梳理了發生變化的朝鮮形象刻畫及隨之產生的新的朝鮮戰爭的意義。不過，有趣的是，這一

〔註 75〕 具體內容請參考本文第二章第二節。

時期電影中的這種美軍、日本、南韓軍形象與他們之間的關係設置，即對敵軍陣營的敘事策略並不是在 1960 年代新近形成的，而是 1950 年代官方敘事中時事宣傳的核心內容。要把一個急進抽象的官方敘事傳播給大眾、並使其在大眾的日常生活中紮根，進而形成該時代的情感結構，這需要一定的時間。而且官方敘事成為大眾敘事的過程中重新添加的官方宣傳與大眾既有的記憶、習慣及生活方式等衝突、對峙和整合的過程中，不可避免地會出現很多細化與錯雜。把 1950 年代抗美援朝戰爭爆發之時官方敘事中的朝鮮戰爭認識與冷戰式世界觀成功地傳播給大眾，這一過程用了十年之久的時間嗎？雖然電影中「朝鮮的登場」是源於六十年代世界秩序的變化產生的中國政治話語的需要，但這種他者形象刻畫的變化產生的影響力卻相當大。同時，這一點也再次說明了自我認識和世界想像及他者形象刻畫有直接關聯。隨著六十年代抗美援朝敘事中「被分裂的兩個朝鮮」的登場，中國的反帝反殖民革命譜系從過去國內革命勝利（在與日本帝國主義和國民黨匪幫的戰爭中取得勝利）發展延伸至國外朝鮮革命的勝利（在與美帝國主義和李承晚偽軍的戰鬥中勝利）。由此，中國革命以「朝鮮」這一亞非拉國家民族解放鬥爭的組成部分為跳板，登上了世界革命的舞臺。與此同時，以南朝鮮和美帝國主義為共同的敵人進行並肩作戰的「朝鮮與中國志願軍」則被刻畫為革命意識形態相同、一起實現社會主義理想的國際主義戰士。這種發生了變化的他者形象對自我——志願軍產生的「新的使命感與世界革命想像」的結果，也暗示了緊隨其後的「文化大革命」的到來。

第三章 1960 年代中期～1970 年代中期：樣板戲與世界革命

 1966 年 5 月 17 日，《人民日報》發佈《中國共產黨中央委員會通知》，即「五一六通知」，由此，文化大革命（以下簡稱「文革」）正式開始。以江青為中心的文藝激進派篡奪了文化權力，1966 年 2 月，發表了堪稱文革文藝規範的《林彪同志委託江青同志召開的部隊文藝工作座談會紀要》（下文簡稱「紀要」）。《紀要》提出「文藝黑線專政論」，全盤否定了建國「十七年」文藝界所取得的一切成果，並且提出要「千方百計地去塑造工農兵的英雄形象……這是社會主義文藝的根本任務」。這就是概念化和「三突出」的理論依據〔註 1〕。不過，《紀要》並未單純地停留在否定既有的文藝層面上，它提出了具體的創作方法和題材，而且也提出了「無產階級新文藝」的新「樣板」。與堪稱文革之前時期文藝創作規範的毛澤東的《講話》相比，它是更加體系化、具體性的完整規範，意味著之前政治和文藝創作之間的「縫隙」完全被縫合。在《紀要》中，成為無產階級新文藝之新「樣板」的是革命現代京劇〔註 2〕。眾所周知，作為文革象徵的「樣板戲」，早期有八部作品，後增加到十六七部〔註 3〕。可是不可否認的是，新的「樣板」的質量，大多已無法維持

〔註 1〕 陳曉明：《中國當代文學主潮（第二版）》，北京：北京大學出版社，2013 年，第 222～223 頁。

〔註 2〕 「近三年來，社會主義的文化大革命已經出現了新的形勢，革命現代京劇的興起就是最突出的代表」，《紀要》，轉自於同上，第 521 頁。

〔註 3〕 1967 年 5 月 31 日《人民日報》社論《革命文藝的優秀樣板》中指出「八個革

最初時的水準。而「樣板」製作不可避免的標準化、模式化問題，也更加尖銳地浮現了出來〔註 4〕。因此，「無產階級優秀的樣板」可以壓縮爲文革初期問世的「八個樣板戲」。

樣板戲的背景涵蓋土地革命時期（1927～1937 年），以及解放戰爭時期（1945～1949 年）、和中華人民共和國建國以後的時期（1949 年～）〔註 5〕，可以說像全景畫一樣展現了中國共產黨領導下的「中國革命的歷史畫卷」〔註 6〕。其中，背景爲土地革命時期到解放戰爭時期的作品被涵蓋在中國革命的「內部」。與此相反，以建國以後的當代革命中國爲時間和空間背景的《奇襲白虎團》與《海港》則延伸到「外部」。換句話說，它展現了中國領導的世界革命理想藍圖的「樣板」。這兩部作品的題材差異在於，雖然均涵蓋了「當代中國如何理解與世界革命的關係」這一文革話語，但是它們分別以朝鮮和中國國內爲舞臺背景，在武裝鬥爭和非武裝鬥爭的層面體現了實現國際主義精神的主旨，對這一點有必要進行關注。本文將通過這兩部作品，考察文革時期世界革命的前衛、以及與世界聯合的中國的「無產階級國際主義世界觀」。

命樣板戲」有京劇《智取威虎山》、《海港》、《紅燈記》、《沙家濱》、《奇襲白虎團》，芭蕾舞劇《紅色娘子軍》、《白毛女》，交響音樂《沙家濱》。1974 年在《紅旗》（第四期）上發表的《京劇革命十年》中指出，「近幾年來，繼八個樣板戲之後，鋼琴伴唱《紅燈記》，鋼琴協奏曲《黃河》，革命現代京劇《龍江頌》、《紅色娘子軍》、《平原作戰》、《杜鵑山》，革命現代舞劇《沂蒙頌》、《草原兒女》和革命交響音樂《智取威虎山》等新的革命樣板作品的先後誕生，鞏固和擴大了這場偉大革命的戰果，進一步推動了全國社會主義文藝創作運動的蓬勃發展」。

〔註 4〕 洪子誠：《中國當代文學史》（修訂版），北京：北京大學出版社，1999 年，第 170 頁。

〔註 5〕 「八個樣板戲「中反映土地革命時期的有《紅色娘子軍》，抗日戰爭背景的有《紅燈記》、《沙家濱》、《白毛女》，反映解放戰爭的有《智取威虎山》，反映建國以後抗美援朝戰爭的有《奇襲白虎團》，《海港》的時代背景是 1963 年夏天。

〔註 6〕 「革命樣板戲以黨的基本路線爲指導思想，深刻地反映了半個世紀以來，中國的無產階級和廣大人民群眾在中國共產黨領導下進行的艱苦卓越的武裝奪取政權的鬥爭生活，和無產階級專政下繼續革命的鬥爭生活，爲我們展現了一幅雄偉壯麗的中國革命的歷史畫卷。」初瀾：《中國革命的歷史畫卷——談革命樣板戲的成就和意義》，《紅旗》，1974 年第 1 期。

第一節　「向全世界輸出世界革命」──作爲朝鮮人民戰爭的《奇襲白虎團》

抗美援朝戰爭是建國初期爆發的戰爭，雖然已成爲過去很久了的「歷史」，但從戰爭爆發之後一直到文革時期，抗美援朝戰爭敘事都一直因響應主流意識形態而得以不斷地再敘事。由此，人民大眾的抗美援朝記憶也得以適當地「改編」。像這樣，作爲中國社會主義革命文藝之一，抗美援朝敘事與現實構建了一種互動關係，重建了中國社會主義的革命歷史，在構建人民大眾的自我認知與世界想像上做出了貢獻。作爲革命時代抗美援朝敘事變遷的最終階段的文革時期，在弘揚中國領導的世界革命理想，以及塑造社會主義無產階級新人的榜樣方面，抗美援朝敘事依然是重要的文藝策略之一，值得引起重視。本文通過《奇襲白虎團》分析既有的敘事策略發生了怎樣的變化，並由此歸納文革時期人民大眾的情感結構和革命烏托邦想像。

《奇襲白虎團》誕生於 1955 年朝鮮戰地。人民志願軍京劇團的方榮翔與劇團的李師斌、李貴華參考在《戰地簡報》上看到的一篇介紹戰鬥英雄楊育才帶領尖刀班、深入敵後智李僞軍白虎團的故事，經過日夜磋磨創作出一臺京劇《奇襲白虎團》。1958 年中國人民志願軍京劇團回國後，原京劇團的一班人馬組建了山東省京劇團。該團將原先創演的《奇襲白虎團》進行改編。1964年，爲參加京劇現代戲觀摩演出大會進行復排，同年 6 月，《奇襲白虎團》赴京正式演出。「文革」期間，《奇襲白虎團》被封爲「革命樣板戲」。1972 年，該劇由長春電影製片廠攝製成藝術片在全國上映後，受到廣大觀眾的熱烈歡迎〔註7〕。現代樣板戲《奇襲白虎團》的內容情節如下：1953 年雖然簽署停戰協定，但美李匪軍企圖利用停戰談判，拖延時間，拼湊殘兵數萬，在金城以南集結，並派其「王牌軍」首都師「白虎團」爲主力，向中國猖狂進攻，妄圖實現其所謂「北進計劃」。爲粉碎敵軍的陰謀，人民志願軍戰士在偵察排排長嚴偉才的指揮下，與朝鮮人民軍和朝鮮人民合力奇襲敵軍，取得勝利。如上文中所述，這部作品以朝鮮戰爭中人民志願軍的英雄事蹟爲素材，人民志願軍受到了朝鮮人民的幫助，保衛了祖國免受美帝國主義的侵略，並成功守衛朝鮮。整體上看，與六十年代抗美援朝主題的電影並沒有大的不同，不過

〔註 7〕　參考袁成亮：《現代樣板戲〈奇襲白虎團〉誕生記》，《百年潮》，2007 年第 03
期。

有趣的是，這部戲中很多細節就像把「十七年」時期的幾部抗美援朝經典（文革時期被文藝激進派批判爲「黑線」）作品的代表性要素結合而成的「綜合禮物套餐」。

　　首先，從敘事構成上看，作品中講述了志願軍排長嚴偉才與他的隊員們在上甘嶺戰役中，以少數人手戰勝了敵人兩個營的兵力，在敵軍幾百門大炮的轟擊中取得勝利，最終得以成功堅守戰地。上甘嶺戰役是在抗美援朝時期有記載、實際發生過的傳奇式戰。1953 年陸柱國寫的小說《上甘嶺》與 1956 年上映的電影《上甘嶺》是歌詠人民志願軍勇敢無畏的英雄主義的經典之一，社會主義革命時期中受到人民大眾廣泛喜愛，是當時家喻戶曉的作品。同時，志願軍化裝成美軍和李僞軍插入敵人心臟的這一設定與 1960 年拍攝的電影《奇襲》相同，「奇襲白虎團」的事蹟與 1965 年拍攝的電影《打擊侵略者》的素材相同。不僅如此，朝鮮婦女崔大娘在美軍的拷問之下，痛斥美帝國主義侵略朝鮮的行爲，並慷慨激昂地大喊「滾出朝鮮」的場景與 1960 年上映的電影《三八線上》中的朝鮮母親如出一轍〔註8〕。其次，從人物形象上看，敵我的劃分更加分明。作品中的「我軍」是完美無缺的英雄，敵軍則被描述爲惡的「完整體」，這種我方的絕對善與他方的絕對惡充分體現了文革時期極其盛行的二分法式世界觀，也即展現了剝削階級與被剝削階級之間的二元對立狀況。譬如，我軍的英雄人物志願軍排長嚴偉才把由現代武器全部武裝的美李匪軍一網打盡的場景，展現了由革命意識武裝的無產階級革命戰士

〔註 8〕這種「舊文藝」與「樣板戲」之間的關聯特徵在大多數樣板戲作品中也能看出。洪子誠指出：從題材來源和藝術經驗上說，除個別外（如《海港》），大多數劇目在被納入「樣板」製作過程時，都已具有一定的基礎，在某種意義上說，「樣板戲」是對已有劇目的修改或移植。《紅燈記》和《沙家濱》移植自滬劇。《智取威虎山》改編自小說《林海雪原》；在這之前，這部當時的『暢銷書』小說已改編爲電影和其他的藝術樣式。《紅色娘子軍》的電影 1960 年問世就獲得很高的聲譽。40 年代初創作的《白毛女》，在很長時間裏被認爲是中國新歌劇的典範之作。另外，《杜鵑山》改編自 60 年代初上演的同名話劇（王樹元編劇），而作爲《平原作戰》創作藍本的電影《平原游擊隊》，完成於 1955 年。（洪子誠：《中國當代文學史》（修訂版），北京：北京大學出版社，1999 年，第 172 頁。）這樣看的話，被稱爲無產階級文藝的「新紀元」的「樣板戲」是從無到有的創造結果，通過借助已達到相當水平的成果」的移植得以創作。這種「樣板戲」的特徵在內容和借用傳統戲劇「京劇」的藝術形式上均得到體現，但儘管如此，以「文革文藝」爲名義，與之前時代進行區別考察的理由是爲了使對同一文本的不同敘事規劃中蘊含的人民大眾的烏托邦衝動、情感結構、集體無意識等被認識爲「時代性症候」。

的英雄主義形象，而朝鮮的母親崔大娘則是朝鮮勞動黨的黨員。不向作惡多端的美李匪軍屈服，而是大義凜然地痛斥他們的罪行，在死亡面前依然鼓舞朝鮮群眾的鬥爭意志。這種朝鮮母親的人物設置，是在作為亞非拉國家反帝反殖民的民族解放鬥爭再現對象的六十年代朝鮮敘事的基礎之上，階級身份和階級覺醒進一步得到強化的結果。敵軍美李匪軍則在既有的「怕死鬼」、「小爺兵」等無能的負面形象的基礎之上，增加了壓迫朝鮮人民的元素。其中美李匪軍在修理北進的公路時企圖榨取朝鮮人民的勞動，未得到順從便放火焚燒村莊等行徑正是這種形象的體現。在敘事和人物塑造的層面上，相當於六十年代抗美援朝經典的綜合版。這種特徵，從樣板戲所借用的「京劇」藝術特徵中最重要的「程式化」角度也能進行分析和考察。李楊在他的著作《抗爭宿命之路》中關注京劇所具有的「象徵」特徵。他指出，「象徵」不僅僅是文學方式，作為一種話語，它同時還是意識形態。李楊認為，建國以後，從「寫實」的「敘事時代」轉變為文革時期「寫意」的「象徵時代」，他把文革時期難度較大、極為程式化的京劇成為文藝熱點的根由解釋為「新的象徵話語」的必要性〔註9〕。抗美援朝敘事從戰爭爆發以來，由快板、戲劇、文學、電影等形式得以不斷地闡述，因此對於人民大眾來說是家喻戶曉的敘事。較為完整的敘事之中包含的區分「資產階級」與「無產階級」的二分法式思維的世界觀和善惡的本質，通過文革時期「樣板戲」這一新形式的臉譜、服裝、登場的音樂、燈光等的程式化處理，再次以一個「象徵的意象」深入人民大眾。

　　由此可見，現代革命京劇《奇襲白虎團》雖然處於六十年代抗美援朝敘事的延長線上，但同時作為時代症候，包含著不同於過去時代，甚至更極端的對世界革命的認知。即「世界革命的高潮已經到來了」，「發動世界革命，打倒帝修反」。中國成為中心的新的「世界革命」設計圖，在林彪於文革前夕的 1965 年為紀念抗日戰爭勝利二十週年發佈的《人民戰爭勝利萬歲》中，得

〔註9〕　「因為這個時期（建國初期）的主導話語類型是敘事，敘事的目標在於描述一個現代民族國家的成長過程，因此，這一時期戲劇的主要品種是從近代以來從西方輸入的『寫實』的話劇。……隨著敘事的完成，話劇的退隱幾乎必然的趨勢。……京劇為『新文藝』提供了一種理想的形式——京劇特有的程式化、臉譜化、符號化等等都為本質化的意識形態提供了形式。」李楊：《抗爭宿命之路：「社會主義現實主義」（1942～1976）研究》，北京：時代文藝出版社，1993 年，參考《第四章：京劇與象徵》。

到尤爲清晰的確認：

> 「現在，亞洲、非洲、拉丁美洲的許多國家和人民，正遭受以美國爲首的帝國主義及其走狗的嚴重侵略和奴役。不少國家的政治、經濟的基本狀況，同舊中國有許多共同點。那裡的農民問題，同中國一樣具有極端重要性。農民是反對帝國主義及其走狗的民族民主革命的主力。……農村，只有農村，才是革命者縱橫馳騁的廣闊天地。農村，只有農村，才是革命者向最後勝利進軍的革命基地。……從全世界範圍看問題，如果說北美，西歐是『世界的城市』，那麼，亞洲、非洲、拉丁美洲就是『世界的農村』。第二次世界大戰以後，北美、西歐資本主義國家的無產階級革命運動由於種種原因被暫時拖延下去，而亞洲、非洲、拉丁美洲的人民革命運動卻蓬蓬勃勃地發展起來。今天的世界革命，從某種意義上說，也是一種農村包圍城市的形勢。整個世界革命事業，終究要以占世界人口絕大多數的亞洲、非洲、拉丁美洲的人民革命鬥爭爲轉移。……中國革命解決了如何在殖民地半殖民地國家把民族民主革命同社會主義革命聯繫起來的問題。」〔註 10〕

林彪認爲，亞非拉人民國家針對以美國爲首的帝國主義的革命鬥爭是新的世界革命的潮流。這種新的革命潮流，契合了中國人民革命戰爭中毛澤東的理論——「關於建立農村革命根據地、以農村包圍城市的理論」，並賦予其普遍性的現實意義。其終極目標，是把中國確立爲世界革命的根據地和中心。因此，亞非拉作爲中國新的革命動力空間，從 1950 年代後期開始到世界革命熱潮的文革之間，在中國的政治文化領域逐漸扮演了重要的角色。同樣，這一時期抗美援朝電影中的「朝鮮」成爲這種亞非拉革命熱情的生動再現對象，再一次滿足了中國的革命烏托邦衝動。到了文革時期，現代革命京劇《奇襲白虎團》則體現出不同於 1960 年代的時代特徵——毛澤東的人民戰爭思想和國際主義思想被強化等幾點變化。

首先，如果「文革可以說是異常徹底的反西方運動，它的最終目標是以眞正的人性——階級意識超越西方現代性」〔註 11〕，以與美帝國主義及其走

〔註 10〕 林彪：《人民革命戰爭萬歲——紀念中國人民抗日戰爭勝利二十週年》，北京：人民出版社，1965 年，第 32 頁。

〔註 11〕 李楊：《抗爭宿命之路：「社會主義現實主義」（1942～1976）研究》，北京：

狗李承晚匪幫進行對抗的朝鮮解放鬥爭爲主題的《奇襲白虎團》，在文革時期文藝宣傳中不但在向人民大眾宣揚反帝·反革命的階級意識方面，而且在宣傳毛澤東的人民戰爭思想和國際主義思想方面也是非常重要的文藝武器。1967 年出版的《革命京劇樣板戲》中插入的劇本從序幕到最後一章，每一章的開始部分都選取了與之相符的毛澤東語錄。舉例來說，在序幕部分摘取了「已經獲得革命勝利的人民，應該幫助正在爭取解放的人民的鬥爭，這是我們的國際主義義務」這一毛澤東的國際主義思想，也壓縮涵蓋了整部作品的核心主題。不僅如此，在決定並與敵軍展開戰鬥的第三章開頭，摘取了毛澤東的軍事策略與思想，給人一種宣傳毛澤東思想是第三世界人民戰鬥中的無窮威力的戰略書的感覺〔註 12〕。如此，在文革開始不久的 1967 年，相比與此前，毛澤東的領導地位在由中國領導的世界人民鬥爭中，呈現出進一步強化的趨向。從這種構成來看，抗美援朝戰爭的爆發和勝利都是毛澤東人民戰爭戰術的必然結果，在毛澤東的培養和教育下成長起來的志願軍戰士們成爲了無產階級英雄形象的榜樣。

　　其次，與既有狀況相比，出現的另一個大的變化是「無產階級國際主義」主題的極大化。首先，使國際主義主題極大化的最顯著的設置是裝飾整部劇開頭和結尾的《國際歌》。這裡將參照與此相關的 1972 年刊登在《人民日報》上的批評文：

　　　　《奇襲白虎團》這首中朝人民團結戰鬥的壯麗史詩，以中朝兩國英雄戰士在《國際歌》的樂曲聲中，迎著滿天戰火，向前方挺進的宏偉場面作序幕；用中朝軍民在《國際歌》的樂曲聲中，排山倒海地乘勝進軍，猛追窮寇作結束。……特別是通過雄壯激越的《國際歌》，把五十年代的朝鮮抗美戰爭，和一百多年來無產階級前赴後繼波瀾壯闊的鬥爭連成一氣，從歷史的廣度突出地表現了無產階級國際主義的主題。〔註 13〕

　　　　時代文藝出版社，1993 年，參考《第四章：京劇與象徵》，第 304 頁。

〔註 12〕合肥師範學院大聯文藝革命組編：《革命京劇樣板戲》，合肥師範學院大聯文藝革命組出版，1967 年，第 31～91 頁。

〔註 13〕瀋陽部隊紅峰：《無產階級國際主義的禮讚——贊革命現代京劇〈奇襲白虎團〉》（原載 1972 年 11 月 12 日《人民日報》），轉自於人民文學出版社編輯部編：《革命現代京劇〈奇襲白虎團〉評論集》，北京：人民大學出版社，1975年，第 7 頁。

　　如果說通過《國際歌》把抗美援朝戰爭置於百餘年間一直延續下來的無產階級鬥爭的譜系之上，既有的抗美援朝敘事中經常出現、僅限在一個國家的愛國情，以及作爲民族苦難記憶的被日本侵略的歷史敘事則被收縮。這是因爲文革時期並不再需要以強調參加朝鮮戰爭必要性、帶有動員目的的抗美援朝敘事，相較之下，更需要按照「朝鮮戰爭是第三世界被壓迫民族的階級鬥爭，中國的援朝是無產階級國際主義的責任」這一象徵性的闡釋進行改寫。也就是說，朝鮮戰爭是爲了向全世界尤其是亞非拉國家輸出毛澤東意識形態的文藝載體。這種國際主義主題的強化自然地導致了朝鮮形象的多樣化，在戰爭推進的過程中，強化了朝鮮的主體性。

　　這種特徵在六十年代抗美援朝電影中可以發現其症候，譬如取得階級覺醒的頑強朝鮮婦女形象，或與志願軍戰士並肩作戰的英勇的人民軍戰士形象。在《奇襲白虎團》中，可以看到這種朝鮮形象的「綜合版」。值得關注的是作爲朝鮮勞動黨黨員出場的崔大娘，以及抵抗敵軍壓制的朝鮮人民的集體形象。這與之前的朝鮮母親或父親等個人英雄形象的塑造都不相同，倒是與中國革命文藝中在黨的指導教育下取得階級覺醒、逐步成長爲自身解放與民族解放主力的勞農兵的形象有些相似。在該劇的第二章中，朝鮮勞動黨黨員崔大娘按照黨組織和裏委員會的指示，冒著危險觀察敵人的動向，中途被敵軍發現，在崔大娘向追來的敵軍大喊「野獸！定把你們埋藏在人民戰爭的大海洋！」後，美軍顧問朝崔大娘開槍殺死了她。崔大嫂抱著犧牲了的崔大娘憤怒地說出了這樣的話：「我巍然國土三千里，英雄人民志氣剛。寧願站著刀下死，決不屈膝——」朝鮮民眾紛紛響應她，大家接著唱「決不屈膝，決不當馴養！」〔註 14〕南韓軍的僞連長拿著槍威脅朝鮮群眾，逼他們修公路，他們不懼怕槍，而是大膽反抗。朝鮮群眾都憤怒無比，他們聚集在一起，抬著崔大娘的屍體向南韓軍發起了進攻，此時大幕落下：「朝鮮群眾和僞兵相持，抬起崔大娘屍體。崔大嫂與朝鮮群眾義憤塡膺，怒視僞連長，昂然挺立於高坡。」〔註 15〕這一場景雖然不長，但與既有的朝鮮敘事方式中朝鮮群眾大部分處於人民志願軍的幫助之下或是扮演輔助性的角色相比，塑造了朝鮮人民集體性、主體性地反抗一切壓迫的「造反」形象，概括性地展現了第三世界

〔註14〕 山東省京劇團《奇襲白虎團》劇組集體創作：現代革命京劇《奇襲白虎團》，
　　　　北京：人民大學出版社，1972 年 9 月演出本，第 24 頁。
〔註15〕 同上，第 25 頁。

人民大眾的仇恨與反帝反殖民解放鬥爭的願望，這一點值得關注。

如果說「文化革命」不是政治、制度性層面的革命，而是意識形態層面的革命或無產階級人的誕生，那麼文革時期文藝創作的指針同樣適用於朝鮮民眾的形象刻畫。同時，「抗美援朝」的戰爭名稱被定爲「朝鮮抗美戰爭」，後被命名爲「朝鮮人民戰爭」。在對戰爭進行的命名中，一個名稱與戰爭的原因、性質、該戰爭被如何記憶等政治層面的問題有直接關聯，這是非常重要的變化。「朝鮮」被強調的這種新的名稱，更加突出了相對於美帝國主義與其走狗的反革命分子的朝鮮的主體性，成爲了擁有同樣階級認同的朝鮮與中國志願軍要一起保衛的「社會主義東方前哨」。

再次，敵軍從過去的「美軍－日本帝國主義戰犯－李承晚軍隊」，壓縮爲「美軍和李承晚軍隊」，集中在宣傳反美帝－反革命的「階級意識及其世界觀」。在作品中，志願軍嚴偉才在知道了朝鮮阿媽妮崔大娘的犧牲之後，想起來過去被「美蔣軍」殺害的自己的母親〔註16〕。這與既有的抗美援朝敘事中經常出現的被「日本軍和將軍」殺害的志願軍家庭的犧牲這一方式較爲不同。被「美蔣軍」和「美李軍」殺害的兩位母親的死亡被刻畫爲中朝兩國共同的階級仇和民族恨。日本侵略陰影的消除特徵從修公路時企圖榨取朝鮮人民勞動力的美軍顧問與歷數他們侵略罪行的崔大娘之間的以下臺詞中也可以看出：

> 美軍顧問：公民們，你們不要受赤色宣傳的欺騙。我們美國人是來幫助你們統一國土，換給你們帶來了和平、民主、自由和幸福。

> 崔大娘：呸！和平？幸福？民主？自由？鄉親們，看！這就是他們給我們帶來的和平、幸福；這就是他們給我們帶來的民主、自由。強盜，誰相信你們這些鬼話？！我們要你從朝鮮滾出去！〔註17〕

這裡將把與該場景如出一轍的1960年電影《三八線上》中的場景裏的臺詞和以上臺詞進行比較：

〔註16〕「遙望著安平山陰雲彌漫，阿媽妮英勇就義如在眼前。當年情景又重現，我的娘被美蔣殺害在嶗山。梁山迢迢隔大海，兩家苦難緊相連。中朝兄弟同患難，階級仇民族恨不共戴天。黨指引改天換地腦革命，爲人類求解放粉身碎骨也心甘！」山東省京劇團《奇襲白虎團》劇組集體創作：現代革命京劇《奇襲白虎團》，北京：人民大學出版社，1972年9月演出本，第31～32頁。

〔註17〕同上，第21～22頁。

　　「多少年來日本鬼子的刺刀殺害了我們多少同胞，美國鬼子的
炮彈炸毀了我們多少城市、鄉村。家破人亡，妻離子散。可是你們
還是不夠，你們這些美國強盜又把這些日本戰犯養起來繼續殺人。
吃人不眨眼的美國強盜，你們給我滾出朝鮮去。」〔註18〕

　　如果說電影《三八線上》中的朝鮮母親站在過去日本帝國主義侵略朝鮮
的延長線上看待美國的侵略行徑，那麼《奇襲白虎團》中的朝鮮母親則表露
了對以美國為中心的「自由民主世界」的否定和作為受壓迫民族的憤慨。可
以確定的是，比起局限在一國的民族和愛國精神，反美的階級意識及其世界
觀則被更為強調。

　　如上所述，在分析《奇襲白虎團》敘事特徵的時候，雖然該作品處於六
十年代抗美援朝敘事的延長線上，但從中可以探知文革時期盛行的「向全世
界輸出革命」世界革命與國際主義想像這一時代症候。這一點也可以說是本
文自始至終的一貫主題——「通過社會主義革命時期抗美援朝敘事考察當代
中國的自我認知與世界想像」得出的大結論。

第二節　「全世界人民團結起來！」——《海港》中第三世界間的紐帶

　　《奇襲白虎團》中，以開展反帝國主義民族解放戰爭的朝鮮為敘事舞臺，
包含了中國人民志願軍對朝鮮的「直接的革命援助」，因此，通過文革時期的
文藝塑造對於世界的國際主義想像則較為容易。然而，即使在和平建設時期
的日常生活中，與隱藏的階級敵人之間不斷進行階級鬥爭也成為必要，世界
想像之前衛的中國革命與亞非拉人民的解放鬥爭緊密關聯的國際主義想像，
是當時文藝宣傳中必須堅守的創作重點之一。從這一點來看，八大樣板戲中
唯一體現六十年代中國裝卸工人生活的《海港》以「上海港」這一特殊的空
間為舞臺。通過這部戲，可以考察在政治－制度性革命已經完成的社會主義
建設時期人民大眾的日常生活中，通過文藝如何敘述革命自我以及想像與世
界的關係。這裡將通過這一作品，著重探究「上海」這一象徵性的時空間如
何強化碼頭工人的革命自我認同、最終如何呈現與亞非拉國家之間的想像共
同體，以及中國與亞非拉的紐帶是何種形式。

〔註18〕電影《三八線上》，1960 年，八一電影製片廠拍攝。

一、上海港殖民歷史「憶苦思甜」與「反修防修」

　　《海港》講述的大致內容如下：1963 年夏天，上海的黃浦江碼頭，碼頭工人們充滿了在社會主義祖國當家做主人的自豪感，他們忙碌地搬運著援助非洲的稻種。不過，剛剛從高中畢業被分配到的碼頭的韓小強對碼頭工作感到非常自卑。革命隊伍中隱藏的階級敵人錢守維利用韓小強的思想混亂，將玻璃纖維混入小麥中，妄圖抹黑中國的國際形象。以裝卸大隊黨支部書記方海珍為首的工人們找到了錯包和該事件背後搞鬼的人，通過上海港的殖民統治歷史教育，韓小強的政治意識和覺悟得到了提高。最終，錢守維受到處罰，工人們按時裝載了援非稻種，順利地完成了國際主義任務。這部戲中，裝卸工人們對國際主義精神的踐行與《奇襲白虎團》不同，它是國內敵我階級鬥爭的結果，也即揭穿隱藏階級敵人的陰謀，對相關人員做出懲處，間接性和象徵性地表現了針對革命接班人的思想污染的警惕。而使這一切成為可能的，正是象徵性地涵蓋「新舊中國」變化的戲劇背景——上海港。

　　在中國近現代史中，上海這一城市具有獨特的意義。解放之前，隨著《南京條約》的簽訂，在 1843 年之後的近百年時間裏上海一直是西方列強的租界地。可以說，上海是中國遭受帝國主義列強侵略的被殖民歷史的象徵。然而，僅僅把上海看作被帝國主義殖民壓迫的城市、是腐敗和懦弱的舊中國的代表的觀點是非常片面性的。上海也是一座革命的城市。中國共產黨成立的地方也是上海，現代意義上的中國大眾運動萌芽的地方也是上海。1952 年的「五卅」運動標誌著中國革命進入激進與衝突的階段。1925 年上半年，工人罷工的浪潮席卷上海——帝國主義在華的中心和象徵。5 月 30 日，工人和學生舉行抗議示威活動，租界裏的英國巡捕在驅散示威者時，開槍打死了 12 名示威者。「五卅」慘案產生了爆炸性的結果，在所有大城市中引起了一系列罷工、示威遊行和抵制洋貨運動，大規模的反帝浪潮席卷全國〔註 19〕。以五卅運動為導火線而爆發的大眾運動雖然在初期賦予了國共合作巨大的政治推動力，但最終其合作的政治基礎被瓦解，導致的結果是四一二政變對共產黨的壓制和破壞。至此，第一次社會主義革命的潛力最終被埋沒。然而，距此大約二十年後，中國共產黨統一了巨大的中國，實現了社會主體革命。《海港》的主

〔註19〕〔美〕莫里斯・邁斯納著，杜蒲譯：《毛澤東的中國及其後：中華人民共和國史》，香港：中文大學出版社，2005 年，第 24 頁。

要舞臺──上海港與無產階級英雄「碼頭工人」們正如上文所說的那樣，在中國現代革命史上以上海和工人們的象徵性意義為基石。

那麼，解放之後的 1963 年，上海發生了怎樣的變化呢？第一場中，隨著大幕拉開，上海港出現：「黃浦江上千輪萬船，汽笛長鳴。上海港的一個裝卸作業區碼頭上掛著『總路線萬歲！』的標語的鐵塔高聳入雲。廣大碼頭工人滿懷無產階級國際主義革命豪情，正在為提前裝運援非稻種而緊張地勞動著」。與此同時，在舞臺上登場的裝卸五隊長高志揚興奮地觀看現場，眺望江景說，「真是個裝不完卸不盡的上海港啊！咱們裝卸工，左手高舉糧萬擔；右手托起千噸鋼。為革命，哪怕山高海闊來阻擋，縱有千難和萬險，也要把這深情厚誼，送往那四面八方！」〔註 20〕從高志揚的臺詞可以知道，建國以後社會主義中國的「上海碼頭」作為國際港口，交通四通八達，與全世界相連接，是對亞非拉人民的世界革命進行援助的社會主義革命中國的理想空間。同時，「裝卸工人」們作為在社會主義國家當家的主人，深知這份工作與國際主義任務相互銜接，也意識到自己是無產階級工人的榜樣，他們的自我認同也來源於對新舊社會上海港的對比。

因此，作為直接經歷了殖民時代上海歷史的革命交班人，退休碼頭工人馬洪亮與黨支部書記方海珍向青年工人韓小強講述了上海港的「血淚史」，韓小強通過這種階級思想教育覺醒成為合格的革命接班人，此時，階級敵人錢守維登場，通過對上海港殖民歷史的反射來憶苦思甜，其並沒有單純停留在後代人的教育上，而是將其重要性擴大到無產階級專政下階級鬥爭的必要性。錢守維的惡行不僅以資本主義思想污染了後代工人韓小強的思想，而且被刻畫為過去幫助敵人──美國佬、日本強盜、國民黨反動派壓榨工人血汗的賬房先生，對新社會有刻骨的仇恨，一遇機會就興風作浪的階級敵人的元兇。如此，他從過去一直持續到現在的惡行就像以下方海珍的臺詞中體現的那樣，傳達了無產階級專政下階級鬥爭的必要性：「同志們！錢守維雖然抓起來了，可是還會有新的錢守維。太平洋上不太平，上海港也不是避風港。我們要永遠記住毛主席的教導：階級鬥爭，必須年年講、月月講、天天講。」〔註 21〕

〔註 20〕上海工人業餘寫作組：革命樣板戲故事《海港》，上海人民出版社，1972 年，第 1 頁。

〔註 21〕同上，第 33 頁。

二、去殖民時代，第三世界之間的紐帶想像

　　《海港》中工人們試圖衝破錢守維的阻礙以爭取時間進行裝載的東西是為了援非的「稻種」。方海珍對馬洪亮說：

　　　　「老馬師傅，那是支持非洲的稻種。帝國主義早就下過結論，
　　說那個地方根本不能種水稻，吃飯問題，只能靠進口糧食解決。可
　　咱們的同志去了才兩年，就和那裡的人民一道，把水稻試種成功了。
　　現在他們要大面積推廣，需要大批的稻種啊！」〔註22〕

　　她的臺詞暗示了非洲雖然擺脫帝國主義殖民統治獲得了政治獨立，但各個領域仍然處於非常困難的境地。西歐帝國主義侵略非洲最早從19世紀後期正式開始，他們在世界各地展開殖民地爭奪戰，非洲大陸正是殖民地爭奪戰的角鬥場，各民族的特性及語言、生活環境等受到無視，在帝國主義侵略者的意志操縱下被迫分離。然而，在第二次世界大戰結束之後，隨著全世界性的民族解放運動潮流，在非洲大陸上，反帝國主義的民族主義運動也開始出現。1957年加納的獨立為其拉開了序幕。取得獨立的加納在1958年召開了非洲國民會議，全非洲的代表們齊聚一堂，設立了旨在促進解放與統一的「全非洲國民會議」。在其努力之下，1960年代，以尼日利亞為開端，十七個國家同時獲得獨立，也被稱為「非洲年」。同時，到1963年，非洲大部分地區獲得獨立。然而，擺脫帝國主義殖民侵略取得政治獨立並不意味著非洲新興國家磨難和考驗的完全結束。雖然殖民主義的各個階段均已結束，但帝國主義依然以「後殖民」的形態，通過經濟、文化和知識支配等形式繼續存在。《海港》中，中國從幾年之前就開始向處於這種「後殖民」危機中的非洲人民派遣專家普及農業技術，幫助非洲通過「自力更生」擺脫經濟上的殖民。在這一點上，《海港》中把經歷了舊中國殖民時期的上海港設置為背景，不僅是為了抵制資本主義死灰復燃的國內「反修防修」，也是一個象徵性的敘事策略，它支撐了履行與第三世界相銜接的國際主義義務的必然性。

　　在這部戲中，中國工人們的「援非」敘事，映像了中國在苦難中實現無產階級專政的自豪感。與此相應，非洲是在弘揚工人階級更典型、更理想的英雄面貌這一大目標的指引下「想像」而成的。中國與非洲相似，都曾遭受殖民侵略，而通過這一敘事可以分析和探究文革時期中國是如何在世界革命

〔註22〕上海工人業餘寫作組：革命樣板戲故事《海港》，上海人民出版社，1972年，
　　　　第33頁。

的範疇中定位自己，以及如何與第三世界建立紐帶的。中國在 1955 年參加了
萬隆會議，將自身定位爲「第三世界」，漸漸地成爲第三世界紐帶的中樞。在
當時的時代背景下，能將從語言到文化、宗教、政權體系等眾多領域都大不
相同的亞洲和非洲的二十九個新興國家合爲一體的唯一因素就是他們共同經
歷的被殖民的歷史。《海港》裏中國的援助並非直接的物質性援助，而是與非
洲人民的生存直接關聯的稻種，這一點與爲賺取外匯的玻璃纖維出口形成鮮
明對比。〔註 23〕它涵蓋了同樣經歷被殖民的第三世界紐帶的特殊性，體現了
被中國革命的成功充分證明了的毛澤東思想的自信，農村重建、自力更生等
可以說是面向非洲的中國革命模式的輸出。

　　上文中對反映了中國「無產階級國際主義世界觀」的兩部作品進行了考
察。在文革時期，樣板戲幾乎是唯一被允許的大眾藝術，從這一點來看，這
兩部作品可以說是革命世界觀的終極價值理想的呈現，並不斷推動著中國革
命自我的確立。即革命勝利的中國應當伸出援手幫助還處於被壓迫之中的其
他民族取得解放，並進一步實現全人類的解放。

　　1948 年 11 月，劉少奇在《論國際主義與民族主義》中批判了帝國主義國
家針對被壓迫民族的殖民地爭奪行爲。同時，在被壓迫民族中，共產黨人的
反帝國主義運動是無產階級國際主義的具體實踐，曾被評價爲「這種民族解
放運動的勝利就是向著無產階級國際主義事業的道路上前進一大步，就給予
世界上無產階級的社會主義革命以極大的援助和推動」〔註 24〕。這再一次強
調了毛澤東早期在抗日戰爭時期提到的「愛國主義就是國際主義在民族解放
戰爭中的實施」的宗旨，即無產階級的國際主義與愛國主義的相互結合。作
爲被壓迫民族的中國的上述獨特的革命經驗與思想，建國以來逐漸擺脫了蘇
聯的社會主義方式，以第三世界的「感情紐帶」爲基礎，逐漸成爲新的世界
革命潮流的前衛。這一中國的獨特路線可以說是針對以美蘇兩國爲中心被極
端二分化了的世界秩序提出的一項明確的對策；同時，對於在主權以及經濟

〔註23〕　《海港》中裝載運輸到非洲的稻種與出口到北歐的玻璃纖維形成鮮明的對
　　　　　比。工人們爲了避開即將到來的颱風而將裝載援非稻種的時間提前，但是在
　　　　　調度室工作的階級敵人錢守維卻企圖突擊北歐船，在小麥包中摻入玻璃纖
　　　　　維，給中國的國際形象抹黑。通過這種情節是指，稻種與非洲人民的生命、
　　　　　自立相互銜接，與此相反，玻璃纖維則與資本直接關聯，是危害生命的對立
　　　　　面形象。
〔註24〕　劉少奇：《論國際主義與民族主義》，北京：人民出版社，1953 年（第六次印
　　　　　刷），第 9 頁。

文化方面長期遭受帝國主義與殖民／半殖民性壓迫的第三世界新興國家來說，這也是發出自己聲音的良好契機。

　　然而眾所周知的是，中國的世界革命構想的實現最終還是以失敗告終。那麼，在第二世界喪失，第三世界萎靡，更準確地說是第三世界紐帶失敗的今天，通過反思歷史，我們是否可以發現一些需要挽救和發揚的思想遺產？超越民族國家之間弱肉強食的關係邏輯，選擇站在弱者一邊試圖團結和聯盟，爲此付出的所有努力最終以失敗收尾，究竟原因何在？六十年代以中國爲領導的第三世界中心的世界革命最終失敗的原因，一方面可以在無產階級國際主義與民族主義之間天然注定的矛盾中尋找到；另一方面，正如中蘇紛爭是中蘇之間圍繞國際共產主義運動與社會主義陣營內的領導者合法性和主導權等問題產生的爭議，掌握主導權的領導者和適應追隨其的社會主義陣營的內部結構重複出現。這其實與過去社會主義陣營領導國——蘇聯作爲「大哥」提供援助並要求意識形態的服從，而中國作爲「小弟」接受這種要求以獲取國家利益的模式並沒有什麼不同。這在某種意義上也可以說是過去中華帝國「天下秩序」的革命版本。然而，這種革命的失敗之所以更加「鎮痛」，是因爲中國與蘇聯不同，中國與第三世界國家有著相似的民族悲劇性遭遇。不過，歷史的失敗絕不是永遠的失敗。更何況在堪稱「第一世界獨霸」的當前世界秩序之中，如果對與其對應的新的「共同體」進行構想的話，當初中國同世界上的被壓迫、被奴役者之間產生的生命共同感以及第三世界的「萬隆精神」可以帶來怎樣的啓示？把在文化、資源、人口、政權體系等方面都具有極大異質性的成員團結在一起的該「情感紐帶」既然存在，那麼使他們在思想上團結一致，共同反對新自由主義的同時也摒棄極端性的暴力革命，從而形成新的命運共同體的「鑰匙」也許正在其中。

結　語

　　朝鮮戰爭是作爲冷戰最初的「小」熱戰爆發的〔註1〕，它對 1950 年代前後形成及鞏固的東亞國家尤其是韓國和北朝鮮，中國大陸和臺灣，還有日本產生了極大的影響：其結果就是朝鮮半島陷入實際分裂，而南北雙方爲各自維護單一國家主權政權將反共反朝和反美反韓確立爲國家政策。而中國也藉此打破了建國初期政治、社會的動盪局面，獲得了社會主義新中國的政治正當性。同時，臺灣以朝鮮戰爭爲契機依靠美國將反共防線推進至臺灣海峽，在美國的保護下得以脫離毛澤東的「解放臺灣」的威脅；日本則通過成爲美軍後方軍事基地及前進基地，很快逃脫過去帝國主義時代戰犯國家的烙印。作爲冷戰的最大受益國，日本成爲美－日－韓聯盟的中繼，具備了再起飛的基礎。對日本來說，朝鮮戰爭就像首相吉田茂形容的那樣，可視爲「神的禮物」，是日本變身爲自由同盟國家的典範的契機〔註2〕。丸川哲史曾經指出以上這些東亞國家是在「1950 年前後冷戰國家群系統」下誕生的「不安定國家群」。其表述如下：「在歐洲，國家的成熟過程雖然經歷了與迂迴曲折的磨難，但在其內部依然有形成成熟民主國家的條件與基礎。而東亞各國則非常缺乏這樣的條件。結果就像現在我們看到的這樣，東亞內部所有的國家（政

〔註1〕　用國際視野對朝鮮戰爭進行考察研究的波恩德斯德佛指出因爲韓國戰爭是冷戰最初的「小」熱戰，對由部分向全球層面的擴張產生了諸多影像。他在《韓國戰爭》第五章《朝鮮戰爭對世界造成的結果》中詳細記述了朝鮮戰爭對美國、蘇聯、中國以及歐洲造成的影響。〔德〕Bernd Stover，Hwang Eun-mi 譯：《冷戰時代最初熱戰韓國戰爭》，首爾：여문젹，2016 年。
〔註2〕　〔韓〕朴明林：《韓國 1950，戰爭與和平》，坡洲：나남，2002 年，第 757～758 頁。

府）都是不安定國家。其不安定的根源之一表現爲現在東亞的國家格局是因東亞冷戰而形成的冷戰國家群系統。歐洲國家範圍是完全根據原有的國家勢力劃分，而東亞的所有國家成立條件的形成都離不開冷戰影響的介入。由此來看，以舊金山條約和美日安保同盟的確立和朝鮮戰爭爲契機，在 1950 年前後形成了東亞冷戰國家群系統，並且這一系統的前史就是日本帝國大東亞共同圈。」〔註3〕

半個多世紀過去後的今天，銅牆鐵壁般的冷戰體制已被瓦解了。因此決定朝鮮半島與其他東亞國家命運的朝鮮戰爭，關於它記憶要麼被歪曲，要麼被縮小爲一國的記憶正在慢慢被遺忘。不過，在朝鮮半島上未嘗或已的緊張狀態，與隨之而來的國家之間的矛盾提醒著我們，這一場戰爭並未徹底結束，而只是處於短暫休止狀態而已。後冷戰時代的當下，對那一時代的認知構造、感覺與記憶如果依舊有意識、無意識地在東亞國家及其國民之間發揮著作用的話，那麼，作爲「東亞冷戰和世界冷戰中心」的朝鮮戰爭，就不應該遭到「自然而然」的遺忘。朝鮮戰爭「是什麼」還有「怎麼樣」，它在當今東亞國家的建構與國民性形成方面起到了哪些重大作用，都是需要我們去思考的。如果我們直面過去東亞國家及其國民所經歷的對「同一」戰爭的「不同」記憶，以及直面這些記憶造成的冷戰思維，是否能幫助我們實現真正的東亞和平？本書正是從這樣的問題意識出發，考察革命中國即毛澤東時代中國的朝鮮戰爭記憶的重建。

追溯到歷史的紋理，並考察社會主義革命時期中國的政治、社會、文化脈絡，我們可以發現朝鮮戰爭實際促成了建國初期社會主義新中國的政治穩定化。不僅如此，對戰爭記憶的敘事，在 1950～1970 年代整個毛澤東時代中國一直是支撐文化政治的重要環節。筆者認爲，作爲「國家敘事」的抗美援朝敘事的構建，可以看成一個歷時性的過程——50 年代形成、60 年代轉變、70 年代文革時期鞏固，筆者關注每個時代國內外環境與隨著時代發展潮流，以及由此呈現出的敘事構成方式上的「連續性與差異性」。最終得出的結論是：革命中國時期，抗美援朝敘事不斷推動中國新的自我認知與世界想像。

本文的具體成果與意義如下：

〔註3〕　〔日〕Tetsushi Marukawa（丸川哲史），Jang Sae-Jin 譯：《冷戰文化論》，首爾：너머북스，2010 年，第 6 頁。

　　第一，現存的抗美援朝文藝研究較少關注毛澤東時代的中國話語的文化研究價值。本文以前人研究作爲借鑒，把 1950～1970 年代抗美援朝敘事特徵與每個時代國內外政治、文化、社會環境放在一起考察，將抗美援朝文藝研究提升到文化研究範疇。尤其在第一章第二節，本文通過舊中國具有不同出身背景和世界觀的抗美援朝作家們的文學創作——魏巍《最可愛的人》等戰地通訊、楊朔的長篇小說《三千里江山》、路翎的小說，對從舊中國向新中國轉換的過渡期性質進行考察，即考察建國初期各種世界觀交織並存的中國的冷戰化特徵，筆者認爲突破了現存的研究局限。這表明當代中國是在舊中國的領土、人民構成、傳統和文化習俗的環境之上建立的。正因如此，建國初期，階級認同在短時間內快速形成一體化非常困難，加之貫穿整個二十世紀的多種政治認同成分交織共存，包括晚清以來的「民族國家認同」、五四以來的「個人認同」、社會主義新中國以後的「階級認同」等。這種情況下，在舊中國具有不同出身背景和世界觀的抗美援朝作家們的文學創作，無疑可以成爲探究具體狀況的文化途徑。同時，當代文壇體制之內作家們創作的產生、變化及受到批判的甄別過程，實則是建國初期複雜多樣的「階級認同」逐漸實現單一化、一體化過程的再現。

　　第二，通過抗美援朝文藝中的自我與他者形象，在時代話語的表徵角度探究冷戰時期中國的「國家・人民」自我認同的確立過程。以朝鮮戰爭爲重要轉折點而形成的當代中國的冷戰世界觀，如果說是通過抗美援朝文藝作品，以審美的視角及過程得以向人民大眾進行傳播和宣揚的話，那麼文藝作品中的「自我與他者形象」可以說是支撐著這種冷戰式「自我主體」與「世界想像」的力量之源泉。現存的研究集中在靜態層面，也就是對自我與他者形象進行類型化或特徵分析。而本文更關注不同時期，中國抗美援朝文藝作品中對自我與他者形象的敘述，所呈現出的連續性與差異性，以及其背後特定時期歷史語境中文化邏輯之間的互動關係。

　　首先，在自我形象的分析中，筆者主要側重於探究抗美援朝敘事中志願軍戰士的「階級身份」及其變化。就結論而言，我們可以發現第一個時期，即 1950 年代抗美援朝文學中的志願軍戰士的主要階級身份是「窮苦人」，尤其是「翻身農民」出身。到了 1960 年代抗美援朝電影中，他們就已經完全擺脫了農民形象。自 1958 年起到 1963 年是「無產階級戰士」，1964～1965 文革前夕是「革命接班人」，共發生了兩次轉變。本文通過不同時期不同階級身份

的志願軍形象進行分析他所具有的「社會主義新人」的意義與局限性，以此推測革命中國自我敘事的一個發展成熟的過程。在他者形象方面，筆者特別關注促使中國完成新的自我認同與構建國際主義世界觀的特殊他者——「朝鮮」。與中美關係不同，中朝兩國的關係在數千年歷史長河中發展延續至今，因此中國人民對朝鮮的記憶與態度並不能簡單地用「好」或「惡」來概括，有關朝鮮的記憶和對朝鮮的態度中有多種複雜的因素相互交織。在革命時代的中國，人們對朝鮮的集體記憶因政治、文化的需要而經歷了幾次變化：抗美援朝敘事形成期的 1950 年代，去男性化·去成人化的朝鮮敘事策略可以看做是將舊中國的朝鮮記憶迎合社會主義理念進行編制的第一次轉變。朝鮮形象刻畫發生第二次轉變的 1960 年代，是需要能克服以「和平演變」爲代表的革命危機，並構建中國領導下的世界革命藍圖的時代。這種背景之下，朝鮮與朝鮮戰爭作爲再現了新的革命空間「亞非拉」地區民族解放熱潮的對象，在完成這一時期所需的社會主義中國藍圖的構建方面，扮演著重要的他者角色，由此經歷了又一次的轉變。從 1950 年代，朝鮮在中國的文藝作品當中被刻畫爲「被保護者」。到 1960 年代，朝鮮作爲反帝反殖民以及實現祖國解放與革命目標的「主體」登場，朝鮮敘事模式的這一變化過程，反映了中國國際主義世界觀的成熟及其產生的必要性。不僅如此，這表明朝鮮戰爭敘事中的自我形象——人民志願軍形象中映像的中國的新型自我認知與世界想像的形成與變遷，是通過朝鮮這一特殊的「他者」才得以完成的。在這一點上，通過中國抗美援朝大眾文藝把握中國看待朝鮮的態度，是探究朝鮮在當代中國的自我構建中扮演什麼樣的角色、處於什麼樣的位置、含有什麼樣的意義等問題的重要文化路徑。

與此同時，「朝鮮」這一特殊的他者也揭示了一種可能性——在中國現代性言論中被一直作爲特定話語體系的「中國對西歐」與「東方對西方」的二分法結構所掩蓋的其他可能性。近現代以來，每當中國處於民族危機或需要政治文化變革之時，都會在自身與西歐的二分法結構中對西歐進行再闡釋，進而定位新的中國。這也是在西方的作用下被迫經歷現代化的非西歐國家慣有的思維方式。對於西歐的這種西方主義思維方式在新文化運動時期傾向於「反傳統西方中心主義」，即民主科學的先進文明「西歐」與封建、落後、愚昧的「中國」這一定性；與之相反，在社會主義革命時期則轉變爲「反西方中國中心主義」。當然，社會主義革命時期，對於「西方對中國」的認識比起

先進文明與否，更強調階級認識。在這種冷戰式世界觀裏，西歐被妖魔化，它是由榨取和掠奪、拜金主義與頹廢文化點綴的資本主義的象徵。在直接傳達了反美意識形態與強盛中國信息的抗美援朝文藝中，以美軍為象徵的西歐雖然對於中國而言是終極的「他者」，但單純、粗魯、被妖魔化的美軍形象在主知主義層面被著重強調的英雄形象——志願軍的自我認同確立方面還是力量有限。具體來說，在塑造英雄形象——所有外在條件都落後於美軍的情況下，單憑精神上的武裝取得最終勝利的志願軍形象方面，「美軍」這一他者形象無法提供全部支撐。雖然通過這種美軍形象可以痛斥資本主義壓迫者、頹廢資本主義的非道德性，進而反襯社會主義的正義性與道德性，但是在表現「強盛中國」的方面還是有一定的局限性。在這一點上，「朝鮮」可以說是社會主義革命時期中國確立新的國家政體的形象——「強盛中國」與「革命中國」的實際性他者。也就是說，在 1950 年代中後期，作為需要中國保護的受害者而被女性化的朝鮮形象滿足了「強盛中國」的願望，而從 1950 年代末到文革時期被刻畫為第三世界民族解放鬥爭主體的朝鮮形象則滿足了中國主導世界革命的這一藍圖。在這一時期，「朝鮮戰爭」這個符號才開始作為使社會主義中國的烏托邦理想——「強盛中國」與「革命中國」成為完整的「所指」而被召喚。

　　第三，本文擺脫現有的樣板戲研究方向，即文革時期政治權力與文化之間的互動關係，以及文化的政治權力化，通過樣板戲《奇襲白虎團》和《海港》，考察文革時期中國的「無產階級國際主義世界觀」。這兩部作品是可以探究在中國革命烏托邦衝動達到最高潮的文革時期，在武力鬥爭與非武力鬥爭層面中國特有的國際主義世界觀。如果說《奇襲白虎團》中映像了體現毛澤東思想的第三世界的人民戰爭，描述了無產階級戰士們對朝鮮「解放鬥爭」直接的援助；那麼描述了 1960 年代工人生活的《海港》則通過新舊上海的對比，勾勒出「無產階級專政下繼續鬥爭」與直面「後殖民」危機的第三世界國家之間的紐帶。中國成為中心的新的「世界革命」設計圖，尤其在林彪於文革前夕的 1965 年為紀念中國人民抗日戰爭勝利二十週年發佈的《人民戰爭勝利萬歲》中得到確認。他認為，亞非拉人民國家針對以美國為首的帝國主義的革命鬥爭是新的世界革命的潮流，他對這種新的革命潮流適用了中國人民革命戰爭中毛澤東的理論——「關於建立農村革命根據地、以農村包圍城市的理論」，並賦予其普遍性的現實意義，終極目標是把中國確立為世界革命

的根據地和中心。正如《人民戰爭勝利萬歲》中提到，當構想世界革命的時候，中國作爲同樣被壓迫的第三世界國家，過去中國的革命經驗無疑非常重要。可是更重要的是，要顯示革命勝利以後中國與第三世界還是命運共同體這一信息，即中國作爲面向即將到來的世界革命的「實踐與紐帶」這一信息：如果把中國在建國初期惡劣的處境中仍然幫助朝鮮人民擊退美帝國主義的朝鮮戰爭，看成是中國的國際主義「實踐」，那麼，舊中國時期經歷過殖民歷史的上海碼頭工人，在建國後爲非洲援助稻種，這一事件則呈現出去殖民時期中國作爲第三世界之間的「紐帶」。由此，過去中國的抗日戰爭和朝鮮乃至非洲關聯，並跳升爲走向第三世界的新的世界革命譜系。從這一點來看，在世界革命的視野中進行兩部樣板戲作品的再解讀十分必要。

最後，筆者想強調的是，解讀朝鮮戰爭的價值，無論在過去充滿激進與變革的革命時代，還是在處於後革命時代的今天都是有效的。尤其是習近平就任國家主席以來，中國躋身「G2」行列與美國競相比肩，僅 2016 年一年，就有電視劇《三八線》和《我的戰爭》兩部抗美援朝題材的影視作品上映。這兩部作品與 1990 年以來主要講述革命偉人生活的某個階段以及再現抗日戰爭和解放戰爭中軼聞軼事的抗美援朝題材的影視作品截然不同。另外，自 2010 年以來，已經有三部講述抗美援朝戰爭的紀錄片面世，紀錄片的篇幅也明顯增加，長度從六集到十五集不等，不再像過去一樣僅僅是短篇。這一變化可以說也反映了中國政府在國際舞臺上面對美國的自信。當然，新近上映的電視劇和電影中對「敵軍」美軍和南朝鮮軍隊的負面描寫比起社會主義革命時期，力度似乎有所減輕；同時，根據不同的時期和作品，「敵軍」的具體標記要麼被去除，要麼運用以「最惡」和「次惡」對美國和南韓軍隊進行區分的手法塑造形象。對這一點，雖然需要進行更加具體的研究，但是筆者認爲，今後中國與韓美的關係會對他者形象塑造的變化產生影響。尤其是近來圍繞朝鮮核試驗以及美國在韓國部署薩德系統等問題，中美韓三國的關係可謂如履薄冰，在這種情況下，抗美援朝主題也是從文化政治層面觀察中國政府動向的重要途徑之一。抗美援朝主題中通常把美國和南朝鮮軍隊設定爲敵軍，通過這種大眾文化傳播的方式，在某種程度上可激起人民大眾的「反美」和「反韓」情緒。由此可見，中國的抗美援朝敘事依然是熱門的話題。那麼，對後革命時代該如何開展抗美援朝戰爭敘事，以及對通過抗美援朝主題的文藝作品想要表達的信息等問題的研究將留作今後的課題。

參考文獻

一、基本文獻

1）文學

1. 魏巍：《魏巍文集》，廣州：廣東教育出版社，第 3、4、5、7、9、10 卷，1999 年。
2. 楊朔：《三千里江山》，北京：人民文學出版社，1978 年。
3. 楊朔：《楊朔文集》（上），濟南：山東文藝出版社，1984 年。
4. 路翎：《初雪》，寧夏：寧夏人民出版社，1981 年。
5. 路翎：《戰爭，爲了和平》，北京：中國文聯出版公司，1985 年。
6. 路翎：《路翎文集》（第四卷），合肥：安徽文藝出版社，1995 年。
7. 路翎：《路翎作品新編》，北京：人民大學出版社，2011 年。
8. 巴金：《巴金全集》，北京：人民文學出版社，第 11、14 卷，1986 年。
9. 老舍：《老舍全集・第六卷》，北京：人民文學出版社，1999 年。

2）影片

1. 《抗美援朝（一）》（紀錄片），北京電影製片廠，1951 年。
2. 《飛虎》，八一電影製片廠，1952 年。
3. 《上甘嶺》，長春電影製片廠，1956 年。
4. 〔朝鮮〕《戰友》，조선필름，1958 年。
5. 《友誼》，八一電影製片廠，1959 年。
6. 《烽火列車》，長春電影製片廠，1960 年。
7. 《鐵道衛士》，長春電影製片廠，1960 年。

8. 《三八線上》，八一電影製片廠，1960 年。

9. 《奇襲》，八一電影製片廠，1960 年。

10. 《英雄坦克手》，八一電影製片廠，1962 年。

11. 《英雄兒女》，長春電影製片廠，1964 年。

12. 《打擊侵略者》，八一電影製片廠，1965 年。

13. 《奇襲白虎團》，長春電影製片廠，1972 年。

3）劇本

1. 林杉著：《上甘嶺》，北京：中國電影出版社，1960 年。

2. 毛烽、武兆堤改編：《英雄兒女》，北京：中國電影出版社，1965 年。

3. 曹欣改編：《打擊侵略者》，北京：中國電影出版社，1965 年。

4. 山東省京劇團《奇襲白虎團》劇組集體創作：《奇襲白虎團》，北京：人民大學出版社，1973 年。

5. 上海工人業餘寫作組：革命樣板戲故事《海港》，上海：上海人民出版社，1972 年。

二、研究資料

1）中文

著作

1. 周一良主編：《中朝人民的友誼關係與文化交流》，開明書店，1951 年。

2. 張其春、劉征編撰：《朝鮮民主主義人民共和國》，開明書店，1951 年。

3. 李傳琇作：《抗美援朝快板集》，晨光出版公司，1951 年。

4. 劉少奇：《論國際主義與民族主義》，人民出版社，1953 年（第六次印刷）。

5. 中國人民抗美援朝總會宣傳部：《偉大的抗美援朝運動》，人民出版社，1954 年。

6. 林彪：《人民革命戰爭萬歲——紀念中國人民抗日戰爭勝利二十週年》，北京：人民出版社，1965 年。

7. 山東大學中文系中國當代文學史編寫組編：《中國當代文學史（1949～1959），上冊》，山東大學出版，1960 年。

8. 華中師範學院中國語言文學系編著：《中國當代文學史稿》，科學出版社，1962 年。

9. 合肥師範學院大聯文藝革命組編：《革命京劇樣板戲》，合肥師範學院大聯文藝革命組出版，1967 年。

10. 山東省京劇團《奇襲白虎團》劇組集體創作：現代革命京劇《奇襲白虎團》，北京：人民大學出版。

11. 上海工人業餘寫作組：革命樣板戲故事《海港》，上海人民出版社，1972年。

12. 人民文學出版社編輯部編：《革命現代京劇〈奇襲白虎團〉評論集》，北京：人民大學出版社，1975年。

13. 宋賢邦編：《中國當代文學研究資料叢書：魏巍研究專集》，北京：解放軍文藝出版社，1982年。

14. 冉淮舟著：《魏巍創作論》，西安：陝西人民出版社，1985年。

15. 張文苑主編：《抗美援朝散文選粹》，解放軍文藝出版社，1990年。

16. 劉宏煊主編：《抗美援朝研究》，北京：人民出版社，1990年。

17. 毛澤東：《毛澤東選集》（第二版），北京：人民大學出版社，第一、四卷，1991年。

18. 毛澤東：《建國以來毛澤東文稿》（第十冊），中央文獻出版社，1996年。

19. 毛澤東：《毛澤東文集‧第八卷》，北京：人民大學出版社，1999年。

20. 李楊：《抗爭宿命之路：「社會主義現實主義」（1942～1976）研究》，北京：時代文藝出版社，1993年。

21. 劉白羽，〈劉白羽文集1〉，新華出版社，1995年。

22. 謝冕、洪子誠主編：《中國當代文學史料選（1948～1975）》，北京：北京大學中文系中國當代文。

23. 陸弘石、舒曉鳴：《中國電影史》，文化藝術出版社，1998年。

24. 錢理群：《1948，天地玄黃》，濟南：山東教育出版社，1998年。

25. 洪子誠：《中國當代文學史》（修訂版），北京：北京大學出版社，1999年。

26. 楊柄等著：《魏巍評傳》，北京：當代中國出版社，2000年。

27. 逢先知：《毛澤東與抗美援朝》，北京：中央文獻出版社，2000年。

28. 孟華主編：《比較文學形象學》，北京：北京大學出版社，2000年。

29. 師哲：《我的一生——師哲自述》，北京：人民出版社，2001年版。

30. 陳思和：《中國當代文學關鍵詞十講》，上海：復旦大學出版社，2002年。

31. 沈志華：《毛澤東、斯大林與朝鮮戰爭》，廣東：廣東人民出版社，2003年。

32. 沈志華：《中蘇同盟與朝鮮戰爭研究》，桂林：廣西師範大學出版社，1999年。

33. 李道新：《中國電影文化史（1905～2004）》，北京：北京大學出版社，2005 年。

34. 曠晨・潘良編著：《我們的五十年代》，北京：中國友誼出版社出版，2005 年。

35. 曠晨・潘良編著：《我們的六十年代》，北京：中國友誼出版社出版，2006 年。

36. 唐小兵主編：《再解讀──大眾文藝與意識形態》，北京：北京大學出版社，2007 年。

37. 陳曉明：《中國當代文學主潮（第二版）》，北京：北京大學出版社，2013 年。

38. 〔美〕莫里斯・邁斯納著，杜蒲譯：《毛澤東的中國及其後：中華人民共和國史》，香港：中文大學出版社，2005 年。

39. 〔臺〕錢理群：《毛澤東時代和後毛澤東時代（1949～2009）──另一種歷史書寫（上）》，臺北：聯經，2012 年。

40. 〔美〕弗雷德里克・詹姆遜，王逢振／陳永國譯：《政治無意識》，北京：中國社會科學出版社，1999 年。

論文、期刊

1. 姜豔秀：《論魏巍抗美援朝作品中的朝鮮形象》，延邊大學碩士學位論文，2009 年。

2. 李偉光：《論楊朔抗美援朝文學作品中的朝鮮形象》，延邊大學碩士學位論文，2009 年。

3. 劉宇：《論路翎抗美援朝文學作品中的朝鮮形象》，延邊大學碩士學位論文，2012 年。

4. 張紹麗：《論「十七年」的朝鮮戰地文學》，河北師範大學碩士學位論文，2010 年。

5. 閆麗娜：《抗美援朝文學研究──以 1950 年代〈解放軍文藝〉爲個案》，河北大學碩士學位論文，2011 年。

6. 姚康康：《「組織寫作」與當代文學的「一體化」進程──以抗美援朝文學爲例》，西北師範大。

7. 郭龍俊：《抗美援朝小說研究》，貴州師範大學碩士學位論文，2014 年。

8. 高慧：《八一電影製片廠戰爭片研究》，湖南大學碩士學位論文，2008 年。

9. 侯松濤：《抗美援朝運動中的社會動員》，中共中央黨校博士學位論文，2006 年。

10. 王蔥蔥：《革命之路──中國社會主義時期文學文化想像中的「世界」

（1949～1966）》，上海大學博士學位論文，2012 年。

11. 黃蕾：《「接班人」問題與 1960 年代初的文學——文化現象》，華東師範大學博士學位論文，2016 年。

12. 梁啓超：《朝鮮亡國史略》，《新民叢報》，1904 年 9 月第 53～54 號。

13. 丁玲：《讀魏巍的朝鮮通訊——〈誰是最可愛的人〉與〈冬天和春天〉》，《文藝報》，1951 年 5 月第四卷第三期。

14. 侯金鏡：《評路翎的三篇小說》，《文藝報》，1954 年 6 月第 12 號。

15. 陳湧：《文學創作的新收穫——評楊朔的〈三千里江山〉》，《人民文學》，1953 年。

16. 陳播：《革命軍事鬥爭題材的教育意義》，《中國電影》，1958 年。

17. 藝軍：《電影與革命的浪漫主義——關於革命現實主義與革命浪漫主義相結合的學習筆記》，《中國電影》，1958 年。

18. 張憲章：《「上甘嶺」觀後雜感》，《中國電影》，1957 年。

19. 張立云：《〈上甘嶺〉的藝術概括和人物創造》，《中國電影》，1957 年。

20. 劉祖義：《略談「上甘嶺」中的人物描寫》，《中國電影》，1957 年。

21. 林杉：《深入向生活學習，忠實於生活——電影劇本「上甘嶺」創作經過》，《中國電影》，1957 年。

22. 雪蓬：《電影與革命接班人》，《電影藝術》，1963 年。

23. 陳明：《論革命接班人》，《江淮論壇》，1964 年第 04 期。

24. 曉竹：《爲培養革命接班人貢獻出更多的力量！》，《電影藝術》，1964 年。

25. 人民日報編輯部・紅旗雜誌編輯部：《關於赫魯曉夫的假共產主義及其在世界歷史上的教訓》，1964.07.14。

26. 趙蘭田、歐陽漢昆、王俊山、劉純修、王寶生：《談〈英雄兒女〉英雄形象在鼓舞著我們》，《電影藝術》，1965 年。

27. 倪玲穎：《抗戰時期楊朔的出版活動和文學創作》，《文藝報》，2015.04.27。

28. 初瀾：《中國革命的歷史畫卷——談革命樣板戲的成就和意義》，《紅旗》，1974 年第 1 期。。

29. 《全國文聯六次常委會決定成立抗美援朝宣傳委員會》，《人民日報》，1950.11.14。

30. 《「援朝」正是爲了反對「高麗棒子」》，《人民日報》，1950 年第八期。

31. 《百花齊放，百家爭鳴——一九五六年五月二十六日在懷仁堂的講話》，《人民日報》，1956.06.13。

32. 《論「長期共存、互相監督」》，《人民日報》，1956.11.20。

33. 《革命文藝的優秀樣板》,《人民日報》社論,1967.5.31。

34. 常彬:《抗美援朝文學敘事中的政治與人性》,《文學評論》,2007 年第 2 期。

35. 常彬:《抗美援朝文學中的域外風情敘事》,《文學評論》,2009 年第 4 期。

36. 常彬:《異域想像:抗美援朝的文學敘事》,《中國社會科學院報》,2009 年 5 月第 6 版。

37. 常彬:《異國錦繡河山與人文之美的故園情結:抗美援朝文學論》,《河北大學學報(哲學社會科學版)》,2010 年第 6 期。

38. 常彬:《北朝鮮作家筆下的朝鮮戰爭──1950 年代中國報刊刊載一瞥》,《河北大學學報(哲學社會科學版)》,2012 年 11 月。

39. 常彬:《面影模糊的「老戰友」──抗美援朝文學的「友軍」敘事》,《華夏文化論壇》,2012 年第八輯。

40. 常彬:《敘事同構的中朝軍民關係──抗美援朝文學論》,《河北學刊》,2013 年 1 月。

41. 常彬:《戰爭中的女人與女人的戰爭──抗美援朝文學論》,《河北大學學報(哲學社會科學版)》,2014 年 7 月。

42. 呂東亮:《為什麼會有這樣的批評──論 1954 年批評界對路翎的批評》,《汕頭大學學報》人文。

43. 王海燕:《合法性論證與敘事選擇──論路翎的兩部小說》,《湖北大學學報》哲學社會科學。

44. 賈玉民:《巴金抗美援朝創作論(上)》,《黎明職業大學學報》,2015 年第 4 期。

45. 賈玉民:《巴金抗美援朝創作論(下)》、《黎明職業大學學報》,2016 年 3 月。

46. 賈玉民:《巴金抗美援朝創作的崇高美(一)》,《美與時代》,2015 年第 10 期。

47. 賈玉民:《巴金抗美援朝創作的崇高美(二)》,《美與時代》,2015 年第 11 期。

48. 李宗剛:《巴金五十年代英雄敘事再解讀》,《東方論壇》,2005 年第一期。

49. 惠雁冰:《復合視角‧女性鏡象‧道德偏向──論抗美援朝文學中的「朝鮮敘事」》,《人文雜》。

50. 閆麗娜:《抗美援朝文學中的「朝鮮戰地快板詩」》,《大眾文藝》,2010.8。

51. 錢理群:《我們這一代人的世界想像》,《書城》,2006 年第 6 期。

52. 韓毓海：《「漫長的革命」——毛澤東與文化領導權問題（上）》，《文藝理論與批評》，2008 年。

53. 戴錦華：《歷史敘事與話語：十七年歷史題材影片二題》，《北京電影學院學報》，1991 年第 2 期。

54. 申志遠、魏春橋：《〈上甘嶺〉——中國電影的激情年代》，《電影往事》，2003 年。

55. 尹雪峰、賈宏宇：《淺析電影〈上甘嶺〉插曲〈我的祖國〉對當代青年人的愛國教育》，《電影文學》，2008 年第 24 期。

56. 李興芝：《漫談電影〈上甘嶺〉插曲：我的祖國》，《電影評介》，2009 年。

57. 魏德才：《電影〈奇襲〉誕生記》，《黨史縱橫》，1992 年。

58. 申志遠：《張魁印與電影〈奇襲〉》，《電影評介》，1999 年。

59. 春紫：《破襲武陵橋——電影〈奇襲〉原型志願軍偵察科長張魁印》，《黨史縱橫》，2013 年第 10 期。

60. 王貞勤：《〈奇襲武陵橋〉：解放軍首部軍教故事片》，《湖北檔案》，2014 年。

61. 袁成亮：《電影〈英雄兒女〉誕生記》，《世紀橋》，2006.7。

62. 張秀梅：《烽煙滾滾唱英雄——劇作家毛烽和電影〈英雄兒女〉》，《黨史縱橫》，2010 年第 11 期。

63. 陳娜：《不僅僅是故事的旅行：小說〈團圓〉與電影〈英雄兒女〉的改編研究》，《文藝爭鳴・視野》，2014 年第 10 期。

64. 李天印：《用電影膠片記錄偉大的抗美援朝戰爭——八一電影製片廠赴朝鮮攝製組拍攝抗美援朝戰爭紀實》，《軍事記者》，2010 年。

65. 王斑著，由元譯：《藝術、政治、國際主義：中國電影裏的抗美援朝》，《當代作家評論》，2012 年。

66. 路紹陽：《「十七年」革命歷史題材電影中的修辭策略》，《解放軍藝術學院學報（季刊）》，2011 年第 1 期。

67. 胡菊彬、姚曉濛：《新中國電影政策及其表述（上）》，《當代電影》，1989 年第 01 期。

68. 楊俊卿：《長春電影製片廠的前身——偽滿洲國映畫協會株式會社》，《吉林檔案》，1994 年第 5 期。

69. 尹鴻：《從新中國電影到中國新電影的歷史轉型》，《清華大學學報（哲學社會科學版）》，2003 年。

70. 王敏：《主體規訓與媒介選擇：十七年時期電影與農民關係辯證》，《河南廣播電視大學學報》，2007 年第 2 期。

71. 高紅雨、王文燕：《論新中國前 17 年戰爭電影》，《電影文學》，2012 年。

72. 張帆：《「卻向秋風哭故園」的戰地作家楊朔》,《炎黃春秋》, 1997 年第 11 期。

73. 李楊：《亞洲想像的背後——從竹内好的悖論談起》（2007 年）, 在中國北京大學——韓國外國語大學首屆中文論壇。

74. 周寧：《跨文化形象學的觀念與方法——以西方的中國形象研究為例》,《東南學術》, 2011 年第 5 期。

75. 侯松濤：《抗美援朝運動與民眾社會心態研究》,《中共黨史研究》, 2005 年。

76. 侯松濤：《抗美援朝運動中的「三視」教育——宏觀視角下的回顧與反思》,《黨史研究與教學》, 2007 年。

77. 何吉賢：《「新愛國主義」運動與新中國「國際觀」的形成》,《文化縱橫》, 2014 年第 04 期。

78. 馬釗：《革命戰爭、性別書寫、國際主義想像：抗美援朝文學作品中的朝鮮敘事》, 2015 年中國復旦大學中華文明國際研究中心主辦的訪問學者工作坊《海客談瀛洲：近代以來中國人的世界想像, 1839～1978》論文集。

79. 馬釗：《政治、宣傳與文藝：冷戰時期中朝同盟關係的建構》,《文化研究》, 2016 年第 01 期。

80. 汪暉,《當代中國的思想狀況與現代性問題》,《天涯——研究與批評》, 1997.05。

81. 汪暉：《二十世紀中國歷史視野下的抗美援朝戰爭》,《文化縱橫》, 2013 年第 06 期。

82. 蔡翔：《1960 年代的文學、社會主義和生活政治》,《文藝爭鳴・當代視野》, 2009 年 8 月。

83. 袁成亮：《現代樣板戲〈奇襲白虎團〉誕生記》,《百年潮》, 2007 年第 03 期。

2）韓文

著作

1. 박두복：《탈냉전시대 한국전쟁의 재조명》, 坡洲：백산서당, 2000 年。

2. 박명림：《한국전쟁의 발발과 기원》, 坡州：나남, 1996 年。

3. 박명림：《한국 1950, 전쟁과 평화》, 坡州：나남, 2002 年。

4. 韓國戰爭研究會編：《탈냉전시대 한국전쟁의 재조명》, 首爾：백산서당, 2000 年。

5. 성공회대동아시아연구소편, 백원담、임우경 엮음：《냉전아시아의 문

화 풍경 1：1940∼1950 年代》，首爾：현실문화연구 출판，2008 年。

6. 백원담、임우경 편：《냉전아시아의 탄생：신중국과 한국전쟁》，首爾：문화 과학사，2013 年。

7. 박영실：《中國人民志願軍與北中關係（중국인민지원군과북중관계）》，首爾：선인，2012 年。

8. 2017 年韓國成均館大學東 ASIA 學術院・韓國冷戰學會國際學術大會資料集。

9. 〔美〕Stuart R. Schram，金東式譯：《毛澤東》，首爾：두레，1979 年。

10. 〔中〕金景一：《中國入朝參戰起源（중국의 한국전쟁 참전기원：한중관계의 역사적 지정학적배경을 중심으로）》，홍면기譯，首爾：논형출판，2005 年。

11. 〔美〕John Lewis Gaddis，박건영譯：《새로 쓰는 냉전의 역사》，首爾：（주）사회평론，2002 年。

12. 〔美〕로버트 A. 모티머（Robert A. Mortimer），장해광譯：《제 3 세계 국제 정치론》，首爾：大旺社，1985 年。

13. 〔美〕Armstrong，Charles K，김연철 / 이정우譯：《北朝鮮的誕生》，首爾：서해문집，2006 年。

14. 〔德〕베른트슈퇴버（Bcrnd Stover），황은미譯：《냉전시대 최초의 열전 한국전쟁》，首爾：여문책，2016 年。

15. 〔德〕베른트슈퇴버（Bernd Stover），최승완譯：《냉전이란 무엇인가：극단의 시대 1945∼1991》，首爾：역사비평사，2008 年。

16. 〔德〕슈테판 크라머（STEFAN KRAMER），황진자譯：《中國電影史（Geschichte des chinesischen films）》，首爾：이산，2000 年。

17. 〔美〕샤오메이천，정진배 / 김정아譯：《옥시덴탈리즘：마오쩌둥 이후 중국의 대항담론》，首爾：도서출판 강，2001 年。

18. 〔美〕이안브루마 / 아이샤이 마갤릿，송충기譯：《옥시덴탈리즘：반서양주의 기원을 찾아서》，首爾：민음사，2007 年。

19. 〔日〕Tetsushi Marukawa（丸川哲史），Jang Sae-Jin 譯：《냉전문화론：1945 년 이후 일본의 영화와 문학은 냉전을 어떻게 기억하는가》，首爾：너머북스，2010 年。

20. 〔日〕朱建榮，서각수譯：《모택동은 왜 한국전쟁에 개입했을까》，首爾：역사넷，2005 年。

21. 〔日〕모리가즈코（毛里和子），이용빈譯：《현대중국정치》，坡州：한울아카데미，2013 年。

22. 〔日〕사카이 나오키（酒井直樹），후지이 다케시譯：《번역과 주체》，

首爾：이산，2005 年。

23. 〔日〕니시카와 나가오 (西川長夫)，윤대석譯：《국민이라는 괴물》，首爾：소명출판，2002 年。

24. 〔印度〕비자이 프리샤드 (VIJAY PRASHAD)，박소현譯：《갈색의 세계사：새로 쓴 제 3 세계 인민의 역사》，首爾：뿌리와 이파리，2015 年。

25. 〔日〕히라이와 슌지 (平岩俊司)，이종국譯：《북한·중국관계 60 년：'순치관계'의 구조와 변용》，首爾：선인，2013 年。

26. 〔美〕에드워드사이드，박홍규譯：《오리엔탈리즘》，首爾：교보문고，2000 年。

27. 〔法〕미셸 푸코，김상운 역：《사회를 보호해야한다》，首爾：동문선，1997 年。

論文、期刊

1. 복정은，〈巴金의 한국전쟁에 관한 작품연구〉，수원대학교 교육대학원 석사논문，2010 年。

2. 이영결，〈한국전쟁기 중국의 전쟁지원시 연구〉，경남대학교 석사학위논문，2011 年。

3. 왕침，〈소설〈동방〉에 투영된 항미원조 영웅의 이미지 연구〉，연세대학교 석사학위논문，2012 年。

4. 손해룡，〈抗美援朝文學에 나타난 중국의 한반도 인식：1950 년대를 중심으로〉，성균관대학교 동아시아학과 박사학위논문，2011 年。

5. 이세은，〈한국전쟁 시기 중공의 지식인·학생의 대중동원：항미원조운동과 북경대학〉，고려대학교 석사학위논문，2010 年。

6. 박재우，〈中國當代作家的朝鮮戰爭題材小説研究〉，〈中國研究〉，Vol. 32，2003 年。

7. 박재우 외 4 명，〈20 세기 中國作家의 對韓認識과 敍事 변천 연구〉，한국연구재단，2004 年。

8. 김인철，〈파금과 한국전쟁〉，〈중국소설논총〉，제 7 집，1998 年。

9. 조홍선，〈파금과 한국전쟁소설 소고〉，〈중국어문논역총간〉，제 13 집，2004 年。

10. 이영구，〈파금과 한국전쟁문학〉，〈외국문학연구〉，제 25 호，2007 年。

11. 이영구，〈위외와 한국전쟁문학〉，〈중국연구〉，제 42 호，2008 年。

12. 이영구，〈劉白羽與朝鮮戰爭文學〉，〈중국연구〉，제 45 호，2009 年。

13. 이영구,〈路翎與朝鮮戰爭文學〉,〈중국연구〉,제 50 호,2010 年。

14. 조대호,〈위외의 한국전 기록문학연구〉,〈중국학논총〉,제 23 집,2007 年。

15. 조대호,〈양삭의 한국전 참전문학연구〉,〈중국소설논총〉,제 15 집,2002 年。

16. 김명희,〈전쟁터에 핀 예술의 꽃－노령의 항미원조소설을 중심으로〉,〈중국인문과학〉,제 32 집,2006 年。

17. 이윤희,〈루링의 문학적 주장과 고수에 관한 시론〉,〈인문과학연구〉,2007 年。

18. 박난영,〈파금과 한국전쟁－국가이데올로기와 작가의식 사이〉,〈중국어문논총〉,제 40 호,2009 年。

19. 김소현,〈중국현대시 속의 한국전쟁〉,〈중국어문논총〉,제 41 집,2009 年。

20. 김의진,〈50 년대 老舍의 문학의 변신——〈無名高地有了名〉을 중심으로〉,〈중국어문학지〉,제 42 집,2013 年。

21. 임우경,〈한국전쟁시기 중국의 애국공약운동과 여성의 국민 되기〉,〈중국현내문학〉 제 48 호,2009 年。

22. 임우경,〈한국전쟁시기 중국의 반미운동과 아시아냉전〉,〈사이 間 SAI〉,제 10 호,한국문학문화비평학회,2011 年。

23. 이승희,〈전쟁의 정치적 변용 : 50～60 년대 '항미원조' 전쟁영화를 중심으로〉,〈사이 間 SAI〉,제 17 호,2014 年。

24. 〔中〕진 탁,〈한국전쟁시기『중국군』의 참전과 동원유형 및 구성에 관한 연구〉,〈정신문화연구〉,2016 년。

25. 〔日〕요시미 순야,〈냉전체제와『미국』의『소비』: 대중문화에서『전후』의 지정학〉,〈문화과학〉,2005.06。

三、網絡資源

1. www.china.com.cn